톨스토이

사람, 사랑 …

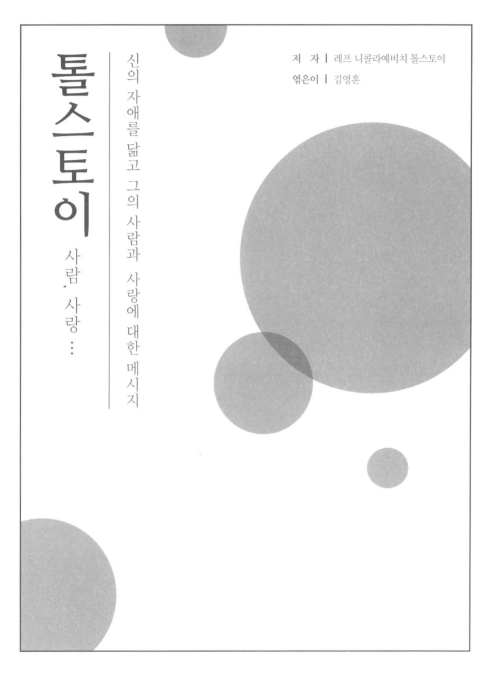

톨스토이

사람, 사랑 …

신의 자애를 닮고 그의 사람과 사랑에 대한 메시지

저 자 ┃ 레프 니콜라예비치 톨스토이

엮은이 ┃ 김영훈

 세기를 넘어선 이념, 생각, 관념을 들려주는 따듯한 가르침
내가 이해하는 모든 것은 내가 사랑하기 때문에 이해한다.

다인
미디어

프롤로그

"내가 이해하는 모든 것은 내가 사랑하기 때문에 이해하는 것이다."

내 기억 속 톨스토이는 이 한 문장으로 기억되고 있다. 오래 전 접했던 그의 길고 짧은 문장들은 희미해지고 그 의미만이 내 삶에 스며들어 있다.

톨스토이의 글을 보면 그가 이해하고 사랑하는 것을 우리에게 전하려는 마음이 느껴진다. 그는 많은 것을 이해하기 위해 많을 것을 사랑했을 것이다.

그는 "하나님은 한계가 없기에, 사람들은 그를 부분적으로 이해할 뿐이다. 진리는 오직 하나님께만 존재한다."라고 죽기 며칠 전 딸에게 편지를 썼다고 한다. 그는 모든 사람을 사랑했던 하나님의 행적을 따르고 싶었을 것이다. 실제로 톨스토이는 귀족으로 태어났지만 농민들을 사랑한 사람이었다. 그의 글에는 성경과 같이 가난한 사람, 죄인 그리고 원수까지 사랑하라는 말씀이 녹아있다. 그는 자애를 베풀 줄 아는 사람이었고 자신이 가지고 있던 은혜로운 마음을 많은 사람의 가슴에 심어주고 싶었던 사람이었다.

이 책을 통해 톨스토이가 품었던 사랑의 이야기와 삶의 통찰을 느껴보는 기회가 되길 바란다.

-김영훈-

Contents

2장

악에서 떠나 선을 행하라,
그리하면 영원히 살리니

1장

무엇보다도 뜨겁게 서로 사랑할지니,
사랑은 허다한 죄를 덮느니라

내가 주릴 때에 너희가 먹을 것을 주었고 목마를 때에 마시게 하였고 나그네 되었을 때에 영접하였고 헐벗었을 때에 옷을 입혔고 병들었을 때에 돌보았고 옥에 갇혔을 때에 와서 보았느니라.

이에 의인들이 대답하여 이르되, 주여 우리가 어느 때에 주께서 주리신 것을 보고 음식을 대접하였으며 목마르신 것을 보고 마시게 하였나이까. 어느 때에 나그네 되신 것을 보고 영접하였으며 헐벗으신 것을 보고 옷 입혔나이까. 어느 때에 병드신 것이나 옥에 갇히신 것을 보고 가서 뵈었나이까 하리니, 임금이 대답하여 이르시되 내가 진실로 너희에게 이르노니, 너희가 여기 내 형제 중에 지극히 작은 자 하나에게 한 것이 곧 내게 한 것이니라.

-마태복음 25장 35~40

사랑이 있는 곳에 신이 있다

어떤 마을에 마르틴 아브제이치라는 갖바치가 살고 있었다. 그의 방은 하나 뿐인 창문이 큰 길 쪽으로 나있어 그 창 너머로 거리를 지나가는 사람들이 보였다. 물론 지하방이라서 사람들의 발밖에 보이지 않았지만, 마르틴은 구두만 보고도 그 사람이 누구인지 알아볼 수 있었다.

마르틴은 오래전부터 같은 곳에서 살고 있었다. 그래서 동네에 아는 사람들이 많았다. 이 부근에서 한두 번 정도 그의 손을 거치지 않은 구두는 찾아보기 힘들었다. 바닥을 갈은 구두, 찢어진 곳을 덧댄 신발, 터진 곳을 꿰맨 부츠, 때로는 발끝을 새로 바꾼 것도 있었다. 그래서 그는 때때로 그 창 너머로 자기가 수선한 구두를 볼 수 있었다.

그에게는 일이 많았다. 마르틴이 일을 꼼꼼히 잘했을 뿐만 아니라 좋은 가죽을 사용하는 데다, 수고비도 적게 받고 약속을 어긴 적이 없었기 때문이었다. 손님이 원하는 날까지 할 수 있으면 일을 받았지만 그렇지 않은 경우에는 결코 쉽게 받아들이지 않고 미리 사정을 말해두었다. 그랬기 때문에 모든 사람들이 마르틴을 알고 있었으며, 그에게는 일이 끊길 날이 없었던 것이다. 마르틴은 워낙 천성이 착한 사람이었고, 나이를 먹어감에 따라 자기 영혼에 대한 성찰을 해나가며 한층 더 신에게 가까이 다가가게 되었다.

그의 아내는 마르틴이 다른 사람 밑에서 일하고 있을 때 세 살 된 아들을 두고 세상을 떠났다. 둘에게 다른 아이는 없었다. 먼저 낳은 아이들은 전부 오래 전에 세상을 떠났다. 아내가 죽었을 때 마르틴은 아이를 시골에 있는 여동생 집으로 보내 맡길 생각이었지만 후에 가엾은 마음이 들어 생각을 바꿨다.

'카피토슈카도 남의 집에서 자라려면 맘고생을 심하게 할 거야. 애비 어미 없이 얼마나 가여운 신세겠어. 힘들더라도 내 품에서 키우자.'

마르틴은 주인집을 떠나 아들과 함께 조그만 방을 빌려 살기 시작했다. 하지만 신은 아들과의 시간을 길게 허락하지 않았다. 아이가 자라 아버지를 도와 간단한 심부름을 할 수 있을 나이가 되었을 때 쯤, 카피토슈카는 병에 걸려 자리에 눕더니 일주일도 안 돼서 열에 시달리다 세상을 떠나고 말았다. 아들을 묻은 마르틴은 절망했다. 실의에 빠진 그는 장례식이 끝난 뒤 신을 원망했다. 시간이 지나도 사라지지 않는 슬픔과 괴로움에 차라리 자기도 데려가 달라고 신에게 기도를 한 적도 많았다. 살만큼 산 자기를 데려가지 않고 그 어리고 여린 하나 밖에 없는 아들을 데려갔냐며 원망의 말들을 쏟아냈다. 결국 마르틴은 신앙생활도 관두게 되었다. 어느 날, 마르틴의 집에 벌써 8년째 순례를 하고 있던 같은 고향 출신의 노인이 트로이차에서부터 그를 찾아왔다. 그 노인과 이야기를 나누던 마르틴은 그에게 자신의 슬픔을 이야기하기 시작했다.

"전 이제 살고 싶은 마음도 들지 않습니다. 그냥 죽어버렸으면 좋겠어요. 나의 기도는 오로지 그것뿐입니다. 저는 이제 아무런 희망도 없는 인간이 되고 말았어요."

그러자 노인이 대답했다.

"그런 생각을 하면 못 써. 마르틴. 우리는 신께서 하시는 일에 대해서 이러니저러니 할 수 있는 자격이 없네. 이 세상일은 우리의 지혜 속에 있는 게 아니라 신의 계획 속에 있는 것이니까. 자네의 가족들이 죽은 것도, 자네만 살아있는 것도 전부 신의 뜻일세. 그런데도 자네가 낙담하고 있는 것은 자네가 자신의 안위만을 위해서 살고 있기 때문이야."

"그렇다면 무엇을 위해 살아야 한단 말입니까?"

마르틴의 물음에 노인이 답했다.

"신을 위해서가 아니겠나. 마르틴. 신께서 자네에게 존귀한 생명을 주셨으니 신을 위해서 살아야 하네. 그렇게 할 수 있게 되면 그 어떤 슬픔도 고난도 자네를 어찌 할 수 없게 될 걸세."

한동안 조용하던 마르틴이 말했다.

"그럼 대체 어떻게 해야 신을 위해 살아갈 수 있게 되는 겁니까?"

노인이 대답했다.

"어떻게 해야 신을 위해서 살 수 있는지는 예수님께서 전부 가르쳐주시지 않았는가? 자네, 글 읽을 줄 아나? 성경을 읽어보면 하나님을 위해 사는 것이 어떤 것인지 알게 될 걸세. 성경에는 모든 것이 적혀 있다네."

노인의 말들이 마르틴의 마음속 깊은 곳까지 파고들었다. 그래서 그는 그날로 당장 커다란 글자로 된 신약 성서를 구해 읽기 시작했다.

당초 마르틴은 주일이나 쉬는 날에만 읽으려고 했으나 읽어보니 마음이 아주 편안해지는 느낌이 들어 매일 성경을 찾게 되었다. 어떨 때는 너무나 깊이 빠져들어 램프의 기름이 전부 떨어졌는데도 성경에서 눈을 떼지 못하는 경우도 있었다. 그리고 읽으면 읽을수록 하나님께서 자신에게 바라고 계시는 것이 무엇인지, 하나님을 위해서 살려면 어떻게 해야 하는지 등과 같은 것들을 확실하게 알게 되었다. 그럴수록 그의 마음을 편안했다. 예전에는 밤에 침대에 누워서도 한숨을 짓거나, 눈을 훔치며 카피토슈카를 생각하는 일이 종종 있었지만 지금은 그저 이렇게 말할 뿐이었다.

"하늘에 영광이 있기를. 주여, 당신의 뜻이 하늘에서부터 땅까지 이루어질 것입니다!"

그때부터 마르틴의 생활은 크게 바뀌었다. 예전에는 축제일이 되면 빈둥빈둥 놀며 가게를 찾아가 차를 마시거나 보드카를 들이켜곤 했다. 어쩌다 아는 사람을 만나면 많이 취하지도 않았는데도 쓸데없는 말을 하거나 괜한 화를 내며 소리 지르는 일이 많았다. 하지만 이제 그는 변했다. 하루하루 평온하고 만족스러운 나날을 보냈다. 아침부터 일을 시작해 정해진 시간까지만 일을 하고 나면 램프를 테이블 위에 올려놓고 책장에서 성경을 꺼내다 펼쳐 들고 앉아서 읽기 시작했다. 성경을 읽을수록 그 뜻이 머릿속에 명확하게 이해되었고 그의 마음은 점점 더 밝아지고 평안해졌다.

어느 날 마르틴은 늦게까지 성경에 빠져있었다. 누가복음 6장에서 다음과 같은 구절을 읽었다.

'너의 한 쪽 뺨을 치는 자에게 저 뺨도 돌려댈 것이며 네 겉옷을 빼앗는 자에게 속옷도 거절하지 말라. 네게 구하는 자에게 주며, 네 것을 가져가는 자에게 다시 달라 하지 말며, 남에게 대접을 받고자 하는 대로 너희도 남을 대접하라.'

그는 계속해서 다음 구절을 읽었다. 하나님의 말씀은 이러했다.

'너희는 나를 불러 주여, 주여 하면서도 어찌하여 내가 말하는 것을 행하지 아니하느냐. 내게 나와 내 말을 듣고 행하는 자마다 누구와 같은 것을 너희에게 보이리라. 집을 짓되 깊이 파고 주추를 반석 위에 놓은 사람과 같으니 큰물이 나서 탁류가 그 집에 부딪치되 잘 지었기 때문에 능히 요동하지 못하게 하였거니와 듣고 행하지 아니하는 자는 주추 없이 흙 위에 집 지은 사람과 같으니 탁류가 부딪치매 집이 곧 무너져 파괴됨이 심하니라 하시니라.'

이 구절을 읽은 마르틴의 가슴은 기쁨으로 가득 찼다. 그는 안경을 벗어 성경 위에 올려놓은 뒤 탁자에 팔꿈치를 댄 채 생각에 잠겼다.

'내 집은 반석 위에 지어졌는가, 모래 위에 지어졌는가? 반석 위라면 좋을 텐데. 이렇게 혼자 있을 때면 마음도 평안하고 모든 일을 하나님 말씀대로 행하고 있는 것 같은 기분이 들어. 하지만 잠깐 정신을 놓으면 나도 모르게 죄를 짓고 있단 말이야……. 어쨌든 열심히 살아보자. 그게 최선이야! 주여, 저를 도우소서.'

그는 자야겠다고 생각하면서도 이런 저런 생각에 잠겨 성경을 손에서 놓기가 아쉬웠다. 그는 계속해서 7장 말씀을 읽기 시작했다. 그는 백부장에 관한 이야기, 과부의 아들 이야기, 요한이 제자에게 대답하는 부분을 읽고 나서 마침내 바리새인 부자가 예수님을 자기 집으로 초대한 대목까지 읽었다. 그리고 죄 지은 여자가 주의 발에 향유를 바르고 눈물로 그것을 씻었다는 이야기와 주예수가 여자의 죄를 사했다는 이야기 등을 읽었다. 그런 다음 44절까지 읽어나가다가 다음과 같은 한 구절을 만났다.

'그 여자를 돌아보시며 시몬에게 이르시되, 이 여자를 보느냐. 내가 네 집에 들어올 때 너는 내게 발 씻을 물도 주지 아니하였으되, 이 여자는 눈물로 내 발을 적시고 그 머리털로 닦았으며 너는 내게 입 맞추지 아니하였으되, 그는 내가 들어올 때로부터 내 발에

입 맞추기를 그치지 아니하였으며 너는 내 머리에 감람유도 붓지 아니하였으되, 그는 향유를 내 발에 부었느니라.'

그는 이 성경 구절을 읽은 다음 생각에 잠겼다.

'발 씻을 물도 주지 아니하였고, 입 맞추지 아니하였고, 머리에 감람유도 붓지 않았다.'

여기서 마르틴은 다시 안경을 벗어 성경 위에 올려놓고 생각에 잠겼다.

'이 바리새인은 틀림없이 나와 같은 행동을 한 거 같아. 오직 내 생각만 한 것을 보니 맞는 것 같아. 어떻게 차를 마실까, 어떻게 따뜻하게 할까, 어떻게 시원하게 할까와 같은 것만 생각하고 손님에 대해서는 생각하지 않은 것임에 틀림없어. 자기중심적으로 생각하고 손님은 아무래도 상관없었잖아. 하지만 손님이란 대체 누구를 이야기하는 것일까? 주 여호와. 바로 하나님이시다. 만약 하나님께서 우리 집에 오셨다면 나도 똑같은 짓을 하지 않았을까?'

마르틴은 이렇게 팔꿈치를 대고 앉아서 생각을 하다 자신도 모르게 잠이 들었다.

"마르틴!"

갑자기 누군가가 귀에 대고 소리쳐 마르틴은 깜짝 놀랐다. 누군가하고 고개를 돌려보았으나 아무도 없었다. 그는 다시 깜빡 잠이 들었다. 갑자기 뚜렷한 목소리가 들려왔다.

"마르틴, 이봐. 마르틴! 내일 길을 살펴보고 있게. 내가 갈 테니."

마르틴은 의자에서 벌떡 일어나 눈을 비비고 주위를 둘러보았다. 꿈인지 생시인지 도무지 갈피를 잡을 수 없었다. 그는 램프를 돌려 끄고 다시 잠자리에 들었다.

이튿날 아침, 마르틴은 동이 트기 전에 일어나 하늘에 기도를 드리고, 난로를 피운 후, 스튜와 보리죽을 먹고 사모바르에 불을 넣고 앞치마를 두른 뒤, 창가 자리를 차지하고 앉아 일을 하기 시작했다. 마르틴은 일하는 도중에도 머릿속에서 어젯밤을 떠올렸다. 그냥 착각일 뿐이라고 생각하면서도 한편으로는 실제로 그 목소리를 들은 게 분명하다고 생각했다.

'충분히 있을 수 있는 일 아닌가?'

마르틴은 창가에 앉아서 일을 하기보다는 창밖을 더 많이 바라보았다. 그리고 낯선 구두를 신은 사람이 지나가면 구두의 주인을 보기 위해 몸을 웅크려 창밖을 내다보았다. 새 펠트 구두를 신고 손에 삽을 든 니콜라이 1세 시대의 나이 든 병사가 창가에 모습을 드러냈다. 마르틴은 펠트 구두를 보고 누구인지 알 수 있었다. 그는 스테파누이치였다. 스테파누이치는 이웃 상인의 동정을 얻어 그의 집에서 생활하고 있는 할아버지였다. 그의 일은 저택을 관리하는 사람을 돕는 것이었다. 스테파누이치는 마르틴의 창 앞에서 눈을 치우기 시작했다. 마르틴은 노인을 한참 쳐다보다 다시 일을 하기 시작했다.

'아무래도 내가 노망이 난 모양이야. 눈 치우는 스테파누이치를 보고 예수님이 오신 건 아닌가 생각하다니. 틀림없이 노망인 게야.'

마르틴은 미소를 띠우며 생각했다.

그런데 열 땀 정도 꿰맸을 때 마르틴은 다시 창문 쪽으로 시선을 빼앗기고 말았다. 스테파누이치는 삽을 벽에 기대 놓고, 몸을 덥히는 것도 아니고 쉬는 것도 아닌 어정쩡한 자세로 멍하니 서 있는 것을 보았다.

'나이를 먹어 약해졌기 때문에 이젠 눈 치울 힘도 남아있지 않은가보군. 저 사람에게 차를 한잔 대접하는 건 어떨까? 마침 사모바르(러시아의 물 끓이는 주전자)도 끓기 시작했으니까.'

마르틴은 바느질하던 바늘을 꽂아 놓고 자리에서 일어나 탁자 위에 사모바르를 올려놓고 차를 준비했다. 그리고 손가락으로 유리창을 두드렸다. 스테파누이치가 돌아보더니 마르틴의 작업실 창문으로 다가왔다. 마르틴은 손짓으로 그를 불러놓고 문을 열어주러 갔다.

"자, 들어와 몸 좀 녹이게. 꽁꽁 얼었으니 불 좀 쬐게나."

"아유, 고마우이. 그렇잖아도 뼛속까지 시리는 것 같았어."

스네파누이치가 말했다. 안으로 들어선 그는 몸에서 눈을 털어낸 뒤, 마룻바닥이 더러워지지 않도록 부츠에 묻은 눈까지 털어내려 했다. 그러는 중에도 계속 몸은 덜덜 떨렸다.

"아아, 발 같은 건 닦지 않아도 돼. 이리 주게. 내가 털어줄 테니. 그게 내 일 아닌가? 그런 건 아무래도 좋으니 어서 이리 와 앉게나."

마르틴은 두 개의 잔에 차를 따라 하나는 손님에게 밀어주고, 자신은 자신의 차를 접시에 올려놓고 후후 불기 시작했다.

스테파누이치는 찻잔을 비운 뒤 잔을 엎고 그 위에 먹던 설탕을 올려놓으며 감사 인사를 전했다. 하지만 마르틴이 보아하니 좀 더 마시고 싶어하는 눈치였다.

"자, 한 잔 더 들게."

마르틴은 그의 잔에 차를 채워주고 자신의 잔에도 차를 가득 따랐다. 마르틴은 차를 마시면서도 끊임없이 창밖만 바라보았다.

"기다리는 사람이 있나?"

그러자 마르틴이 멋쩍은 웃음을 지어보이며 말했다.

"기다리는 사람……. 거참, 말하기 쑥스럽네. 기다린다고 하기도 그렇고, 아니라고 하기도 그렇다네. 어젯밤에 어떤 소리를 들었는데 그게 마음에 걸려서 말이야. 꿈인지 생시인지 모르겠지만, 어젯밤에 성경을 읽고 있는데, 왜 있잖나, 예수님이 세상을 떠돌며 고초를 겪은 이야기 말이야. 자네도 예수님에 대해서 들어본 적이 있지?"

"물론 들어봤지. 들어보고말고. 근데 나는 눈 뜬 장님이라 들어본 적은 있어도 읽어본 적은 없다네."

"아, 그런가? 어쨌든 나는 예수님이 세상을 돌아다니시던 때의 일을 읽었어. 그런데 말이야, 예수님께서 한 바리새인의 집에 갔는데 그 사람이 어떤 대접도 하지 않았다는 얘기를 읽었어. 그래서 말이지, 나는 어젯밤 그 일에 대해서 생각해봤지. '어째서 예수님을 정중하게 모시지 않았을까.' 하고 말이야! 그런데 생각해 보니, 설사 나였다 하더라도 틀림없이 어떻게 대접해야 좋을지 몰랐거나, 아무런 대접도 하지 못했을 거라는 생각이 들었어. 그런 생각을 하다가 나도 모르게 잠들어 버리고 말았지. 잠들었나 싶었는데 귓가에서 내 이름을 부르는 듯한 목소리가 들려왔어. 나는 눈을 떴지. 마치 누군가가 속삭이고 있는 것처럼, 기다려라, 내일 갈 테니. 이런 목소리가 들려오는 거 아니겠나? 그것도 두 번이나. 그래서 그 목소리가 내 머릿속을 맴돌아서 그런 바보 같은 일이 어디 있냐면서 자책을 하면서도 나는 이렇게 예수님이 오시기를 또 기다리고 있다네."

스테파누이치는 그저 머리만 흔들 뿐 아무런 말도 하지 않았다. 그리고 찻잔을 비운 뒤 그것을 한쪽으로 밀어 놓았다. 하지만 마르틴은 다시 한 번 그 잔을 집어 차를 따라주었다.

"자자, 마시게. 몸에도 좋을 테니! 그리고 내가 또 생각한 것이 있는데. 예수님이 세상을 돌아다니실 때 그 누구도 얕잡아 보시지 않으셨고, 오히려 늘 보잘것없는 사람들 속에 계셨지. 제자들도 우리처럼 죄 많은 노동자들 속에서 선택한 적이 많았다네. 그리고 많은 곳에서 '누구든지 자기를 높이는 자는 낮아지고, 자기를 낮추는 자는 높아지리라.' 이렇게 말씀하셨어. '너희는 나를 주라 부르지만 나는 너희들의 발을 씻기겠다. 누구든지 사람의 머리가 되려 하는 자는 모두의 종이 되어야만 한다. 왜냐하면 가난한 자, 겸손한 자, 온유한 자, 정이 있는 자야말로 행복한 것이기 때문에.' 이런 말씀도 하셨네."

스테파누이치는 차 마시는 것도 잊은 채 마르틴의 말을 경청하고 있었다. 그러더니 어느새 눈물이 그의 볼을 타고 흘러내렸다.

"한 잔 더 하시게."

마르틴이 또다시 차를 권했다. 그러나 스테파누이치는 잔을 밀어놓고 일어나 성호를 그으며 인사했다.

"고맙네. 마르틴. 덕분에 몸도 녹고 마음까지 따뜻해졌다네."

"무슨 당치도 않은 말을, 또 오기 바라네. 나는 손님이 찾아오는 걸 좋아한다네."

스네파누이치가 나간 뒤 마르틴은 차를 마저 따라 마시고 잔과 접시를 치운 뒤, 다시 창가에 있는 작업대 앞에 앉아 구두 뒤쪽을 꿰매기 시작했다. 하지만 바늘을 놀리면서 쉴 새 없이 창을 올려다보며 예수님이 오시기를 진심으로 기다렸고 그의 행적과 사역만을 생각했다. 또한 그의 머릿속은 하나님의 말씀으로 가득 차 있었다.

창문 앞을 두 병사가 지나갔다. 한 병사는 부대에서 지급한 군화를 신고 있었고, 다른 한 병사는 돈을 주고 산 군화를 신고 있었다. 다음으로는 깨끗한 덧신을 신은 이웃집 주인이 지나갔으며, 바구니를 든 빵장수가 지나갔다. 모두가 지나가고 난 뒤에 이번에는 털실로 만든 긴 양말에 초라한 신을 신은 한 여자가 창가에 나타났다. 그리고 창가를 지나 창문 가까운 곳의 벽에서 발길을 멈췄다. 마르틴은 창문 밑에서 그 모습을 바라보았다. 그녀는 남루한 차림에 아기까지 안고 있었다. 그녀는 아기가 춥지 않게 하려는 듯 바람을 등지고 벽 쪽을 바라보고 서 있었다. 하지만 아기를 감쌀만한 것이 아무것도 없는 듯 했다. 심지어 여자가 입은 옷은 여름옷인 듯했다. 마르틴은 창문 너머로 애기 울음소리와 그것을 달래려는 여인의 소리를 들었다. 자리에서 일어난 마르틴은 문 밖으로 나가 말했다.

"이봐요, 부인! 이봐요."

그의 말에 여자는 뒤를 돌아보았다.

"이렇게 추운 바깥에서 왜 아기를 안고 서 있는 거요? 어서 이리 들어오시오. 따듯한 방 안에 있으면 아기를 달래기도 쉬울 거요. 난로 옆으로 가 몸을 좀 녹여요."

마르틴은 여자를 침대 있는 곳으로 데려갔다.

"자, 여기. 난롯불 가까이에 앉아 몸을 녹이면서 아기에게 젖을 먹여요."

"어제부터 아무것도 못 먹었더니 젖이 잘 안 나와요."

여자는 침울한 표정으로 말했지만 아기에게 젖을 물렸다. 마르틴은 고개를 저으며 식탁이 있는 곳으로 가서 빵과 대접을 집어 들고, 난로의 뚜껑을 열어 스튜를 대접에 담았다. 보리죽은 아직 덜 익어서 내놓을 수 없었다.

"자, 여기 앉아서 들도록 해요. 부인. 아기는 내가 볼 테니 걱정하지 마시고. 나도 아이가 있었기 때문에 아기 정도는 볼 수 있어요."

여자는 성호를 그은 뒤 식탁에 앉아 먹기 시작했다. 마르틴은 아기가 누워있는 침대로 가 앉았다. 그는 아기를 향해 쭈쭈 하고 입술로 소리를 내보았지만 이가 없었기 때문에 소리가 잘 나지 않았다. 아기는 쉬지 않고 울어댔다. 그래서 마르틴은 손가락으로 아이를 달래주어야겠다고 생각하고 입가로 손가락을 가져가 몇 번이고 빙글빙글 돌리다가 손가락을 뗐다. 하지만 입 안으로 손가락을 넣지는 않았다. 왜냐하면 그의 손가락은 구두약이 묻어 새카맣게 더러워져 있었기 때문이었다.

그의 손가락을 뚫어져라 쳐다보던 아기가 어느새 울음을 그치고 방긋방긋 웃고 있었다. 마르틴도 그 모습을 보고 흐뭇하게 웃었다. 여자는 묻지도 않았는데 음식을 먹으면서 자기 이야기를 했다.

"저의 남편은 군인이에요. 8개월 전쯤 먼 곳으로 원정을 떠난 뒤 소식이 끊겼어요. 저는 남의 집에서 하녀로 일하다 아이를 낳았고요. 아이가 있으면 아무도 써주지 않아요. 벌써 석 달째 아무 벌이도 못하고 이러고 지내고 있어요. 가지고 있던 것은 하나도 남지 않아서 이제는 빵 한 조각 살 돈도 없어요. 유모를 하려해도 고용해주는 사람이 없어요. 너무 말랐다고요. 오늘도 어떤 가게의 여주인을 만나고 오는 길이에요. 같은 마을에 사는 여자가 그 집에서 일하는데 나한테도 일자리를 주겠다고 했거든요. 그래서 당장 들어갈 수 있는줄 알고 가봤더니 다음 주에 다시 오라더군요. 그 먼 곳까지 갔다 오느라 저도 지치고 아이도 여간 힘든 게 아니었을 거예요. 지금 머물고 있는 집의 안주인이 우리를 가엾게 여겨 예수님의 이름으로 살게 해주셨으니 다행이지 아니었으면 어떻게 살아갈지 막막할 뿐이에요."

마르틴이 한숨을 쉬며 물었다.

"그런데 부인은 겨울옷이 없소?"

"네. 지금은 겨울이 필요하지만 달랑 한 장 있던 숄도 어제 20코페이카를 받고 전당포에 잡혔어요."

여자는 침대 곁으로 와서 아기를 받아 안았다. 자리에서 일어난 마르틴은 조그만 벽장을 뒤져서 소매 없는 낡은 외투를 찾아왔다.

"이거라도 입어요. 낡기는 했지만 아기를 감쌀 수는 있을 거요."

여자는 외투와 노인을 번갈아 보다가 울음을 터뜨렸다. 그녀는 울먹이는 목소리로 말했다.

"정말 고맙습니다. 하나님께서 축복을 내려주실 거예요. 분명 하나님께서 저를 당신의 집 창가로 보내신 거예요. 저는 아기를 얼려죽일 뻔했어요. 제가 나왔을 때는 아직 따뜻했었는데 지금은 이렇게 추워졌으니, 예수님께서 당신에게 창문을 보게 해서 불행한 저를 가엾게 여기도록 하신 거예요."

마르틴이 웃음 띤 목소리로 말했다.

"그래요. 분명 예수님이 하신 일이에요! 내가 창문을 보고 있었던 데도 다 그런 이유가 있었으니까요. 부인."

그리고 마르틴은 군인의 아내에게도 자신이 꾼 꿈과 오늘 하나님께서 자신의 집에 오실 것을 약속하는 목소리를 들었던 이야기를 해주었다.

"네, 맞아요. 충분히 있을 수 있는 일이에요."

이렇게 말한 여자는 일어나 소매가 없는 외투를 걸치고 그 안에 아기를 잘 감싼 다음, 마르틴에게 인사를 하고 다시 한 번 감사의 말을 했다.

"자, 예수님을 위해서 이것을 받아둬요."

마르틴이 여자에게 20코페이카짜리 은화를 건네주며 말했다.

"이걸로 숄을 찾도록 해요."

여자는 성호를 그었다. 마르틴도 성호를 긋고 문 밖까지 배웅을 나갔다.

여자가 가고 나서 마르틴도 식사를 하고 치운 다음 다시 창가에 앉아 일을 시작했다. 그는 일하면서도 연신 창밖을 내다보았다. 창문에 뭔가 비추면 고개를 들고 누가 지나가는지 확인하였다. 낯익은 사람도 있고 전혀 모르는 사람도 지나갔다. 그러나 특별한 사람은 보이지 않았다.

그러다 문득 창밖을 보니 바로 맞은편에서 물건을 파는 할머니가 서 있는 것이 마르틴의 눈에 들어왔다. 할머니는 사과를 든 바구니를 들고 있었다. 벌써 거의 다 팔렸는지 바구니 안에는 몇 개 남아있지 않았다. 그리고 어깨에는 나뭇조각이 들어간 자루를 메고 있었다. 공사장 같은 곳에서 쓰고 남은 것을 주워 가지고 온 모양이었다. 할머니는 자루를 짊어진 어깨가 아파서 다른 쪽 어깨에 메려고 길가에 서서 자루를 내려놓고 나뭇조각을 가다듬고 있었다. 그 동안 사과 바구니는 말뚝 위에 올려두었다. 할머니가 자루를 들어 올릴 때였다. 어디선가 찢어진 모자를 쓴 한 남자아이가 나타나 바구니 속 사과 하나를 집더니 재빠르게 도망치려 했다. 그러자 할머니가 재빨리 돌아서서 소년의 옷소매를 꽉 움켜잡았다. 소년은 할머니 손을 뿌리치려 애썼지만 그 사이 할머니는 소년의 모자를 벗기고 머리카락을 꽉 움켜쥐었다. 아이는 울음을 터뜨렸고 할머니는 욕을 해댔다.

마르틴은 대바늘을 찔러놓을 시간도 없이 바닥에 내던지고는 문 밖으로 뛰쳐나갔다. 서둘러 나가다 계단에서 안경을 떨어뜨렸다. 마르틴이 거리로 나섰을 때, 할머니는 아이의 머리를 움켜쥐고 욕을 퍼부으며 경찰에게 데려가려 했다. 아이는 쉴 새 없이 도망치려 하고 죄에서 벗어나려 소리를 지르고 있었다.

"난 안 훔쳤어요. 근데 왜 때려요! 이거 놓으시라고요!"

마르틴은 둘을 떼어놓으려 아이의 손을 잡고 말했다.

"아이를 놓아주세요. 할머니."

"아니! 이런 녀석은 경찰서에 끌고 가서 혼을 내줘야 해. 그래야 다신 이런 짓을 못하지."

마르틴은 할머니에게 부탁하기 시작했다.

"놓아주세요. 다신 이런 짓을 하지 않을 거예요. 예수님을 위해서라도 그만 놔주세요."

할머니는 아이를 놓아주었다. 아이는 달아내려 했지만 마르틴이 막았다.

"자, 아이야. 할머니께 잘못했다고 말씀드려라. 앞으로 두 번 다시 이런 짓을 하면 안 된다. 네가 훔치는 것을 나도 다 보고 있었다."

울음을 터뜨린 아이는 사과를 하기 시작했다.

"그래, 이거 받아라."

마르틴은 바구니에서 사과를 하나 집어 아이에게 주며 말했다.

"할머니, 돈은 제가 드릴게요."

"괜한 짓을 했구려. 되레 아이 버릇만 나빠져요. 이런 녀석은 일주일 정도 앉지도 못하게 엉덩이를 두들겨 패줘야 해."

"할머니, 그건 우리 생각이죠. 하나님의 뜻은 다르답니다. 사과 하나를 훔친 죄를 이 아이에게 묻는다면 죄 많은 우리는 대체 얼마나 큰 벌을 받아야하겠어요?"

할머니는 할 말을 잃고 말았다.

마르틴은 할머니께 비유를 들어, 한 주인이 소작인에게 막대한 부채를 탕감해 주었는데도 소작인은 나가서 자신의 돈을 꿔준 사람의 목을 조르려했다는 이야기를 들려주었다. 할머니와 아이는 가만히 마르틴이 하는 말을 경청했다.

"하나님께서는 용서하라고 하셨어요. 그러지 않으면 우리도 용서를 받을 수 없어요. 누구든 용서해야 한다고 하셨는데, 철없는 어린 아이라면 더욱 그래야겠죠."

할머니는 고개를 저으며 한숨을 쉬고 말했다.

"맞는 말이야. 하지만 이런 녀석들은 지나쳐."

"그러니까 우리가 가르쳐줘야죠."

"그래서 나도 그랬던 거야. 나도 아이가 일곱 있었지만 지금은 딸 하나 남았을 뿐이야."

할머니는 지금 어디서 어떻게 딸과 생활하고 있는지, 손자가 몇 명 있는지 까지 이야기하기 시작했다.

"보시다시피 나는 이제 기력이 떨어질 대로 떨어졌지만 그래도 일을 하고 있어. 조그만 손자들이 가엾어서 말이야. 그 착한 것들이 내가 집으로 돌아갈 때면 모두 마중을 나온다우. 글쎄, 아크슈토카는 내게 찰싹 달라붙어서 다른 사람한테는 가려고 하지도 않아. '할머니, 세상에서 할머니가 제일 좋아요.' 하면서……."

이야기를 하는 동안 할머니의 마음이 완전히 누그러진 듯 사내아이에게 말했다.

"하긴, 애가 한 일이니. 너도 뭘 모르고 그랬겠지."

할머니가 자루를 어깨에 짊어지려는 순간 그 아이가 곁으로 달려와 말했다.

"제가 들어 드릴게요. 할머니. 어차피 저도 그쪽으로 가야해요."

할머니는 고개를 끄덕이며 자루를 아이의 어깨에 메어주었다. 두 사람은 나란히 길을 따라 나섰다. 할머니는 마르틴에게 사과 값을 받아야 한다는 사실조차 잊고 있었다. 마르틴은 그 자리에 서서 두 사람의 뒷모습을 멍하니 바라보았다. 그리고 두 사람이 길을 가며 무엇인가 이야기 나누는 소리를 듣고 있었다.

두 사람이 가고 마르틴은 집 안으로 들어오다 계단에 떨어진 안경을 발견했다. 다행히 깨진 곳 없이 멀쩡했다. 그는 바늘을 다시 집어 들고 일을 하기 시작했다. 한동안 일을 하다가 실이 잘 들어가지 않아 문득 고개를 들어보니 벌써 점등부가 가스등에 불을 켜려고 거리를 돌아다니고 있었다.

'나도 등불을 켜야겠군.'

그는 등불을 켜고 다시 일을 시작했다. 부츠 한쪽을 완성한 그는 그것을 빙글빙글 돌려가며 자세히 살펴보았다. 흠잡을 데 없었다. 그는 일감을 정리하고 쓰고 남은 가죽 조각을 쓸어낸 다음 실과 바늘을 제자리에 가져다 두었다. 그리고 램프를 떼어내 그것을 식탁 위에 올려놓고, 책장에서 복음서를 꺼냈다. 그는 어제 가죽 조각을 끼워 놓은 곳을 펼치려 했지만 다른 곳이 펼쳐지고 말았다. 마르틴은 복음서를 펼치는 순간 어젯밤 꿈이 생각났다. 그 꿈이 떠오르자마자 그는 갑자기 등 뒤에서 누군가가 다가오는 기척을 느꼈다. 마르틴이 뒤를 돌아보니 불빛이 비치지 않은 방구석에 처음 보는 낯선 사람이 서 있었다. 누군지 알아 볼 수가 없었다.

"마르틴! 내가 누군지 알아보겠어?"

"누구시오?"

"나야. 봐, 이게 바로 나야."

밝은 곳으로 나온 사람은 다름 아닌 스테파누이치였다. 빙그레 웃음을 지어보이던 그는 구름처럼 피어오르더니 사라지고 말았다.

"이것도 나야."

그리고 다시 한 번 어두운 구석에서 갓난아기를 안은 여자가 나타났다. 여자가 빙그레 웃자 아기도 웃음을 지었는데 이 둘도 이내 사라지고 말았다.

"그리고 이것도 나야."

할머니와 사과를 손에 쥔 아이가 나왔다. 두 사람이 미소를 지었는가 싶더니 동시에 사라지고 말았다.

마르틴의 마음은 기쁨으로 충만했다. 그는 성호를 그은 다음 안경을 쓰고 마침 펼쳐져 있던 곳에서부터 복음서를 읽기 시작했다. 그 페이지의 첫 부분에서 그는 이런 말씀을 받았다.

'내가 주릴 때에 너희가 먹을 것을 주었고 목마를 때에 마시게 하였고 나그네 되었을 때에 영접하였고……'

그리고 페이지의 마지막 부분에서 다음과 같은 말도 읽었다.

'이 지극히 작은 자 하나에게 하지 아니한 것이 곧 내게 하지 아니한 것이니라.'(마태복음 25장)

마르틴은 자신이 꿈을 꾼 것이 아니었음을 확신했다. 바로 오늘 그의 집에 주 예수 그리스도가 오신 것과, 자신이 그를 올바르게 영접했다는 사실을 깨달았다.

내가 여호와를 기다리고 기다렸더니 귀를 기울이사 나의 부르짖음을 들으셨도다. 나를 기가 막힐 웅덩이와 수렁에서 끌어올리시고 내 발을 반석 위에 두사, 내 걸음을 견고하게 하셨도다.

-시편 40편 1~2

사랑하는 자들아, 우리가 서로 사랑하자 사랑은 하나님께 속한 것이니 사랑하는 자마다

하나님으로부터 나서 하나님을 알고, 사랑하지 아니하는 자는 하나님을 알지 못하나니

이는 하나님은 사랑이심이라.

-요한1서 4장 7~8

사람은 무엇으로 사는가

1.

한 갖바치(가죽신을 만드는 장인)가 아내와 아이들과 함께 마을 농가의 방 한 칸을 세 내어 살고 있었다. 그는 자신의 집도, 땅도 없었기 때문에 구두를 만들거나 고치는 일을 하며 가정을 꾸렸다. 하지만 빵은 비싸고 버는 돈은 얼마 안 되어 겨우 하루 벌어 하루 먹는 정도였다. 갖바치는 아내와 함께 모피 외투를 한 벌 가지고 있었지만 이미 낡아 누더기가 되어 있었다. 그래서 그와 그의 아내는 2년 전부터 새 외투를 만들 계획이었다.

가을이 되자 갖바치는 어느 정도 돈을 모을 수 있었다. 아내의 작은 상자 속에는 3루블이 있었고, 마을 농부들에게 받을 돈도 5루블 20코페이카가 있었다.

어느 가을 아침, 갖바치는 마을로 모피를 사러 갈 준비를 했다. 그는 셔츠 위에 솜이 들어간 아내의 무명 재킷을 입고 다시 그 위에 모직 외투를 걸쳤다. 아침 식사를 마친 후, 3루블을 주머니에 챙겨 넣고 나뭇가지 하나를 꺾어 지팡이 삼아 집을 나섰다.

'농부들에게 5루블을 받으면 거기에 이 3루블을 더해 외투를 만들 양가죽을 사야지.'

마을에 도착한 갖바치는 한 농부의 집을 찾아갔다. 하지만 찾아간 집에 농부는 없었다. 농부의 아내가 일주일 내로 돈을 주겠다고 약속하긴 했지만 돈을 주진 않았다. 또 다른 농부의 집을 찾아갔지만 그는 돈이 한 푼도 없다 딱 잘라 말하더니 구두 수선비 20코페이카를 줄 뿐이었다. 갖바치는 하는 수 없이 외상으로 양가죽을 달라고 가죽 장수에게 부탁했다. 그러자 가죽 장수가 말했다.

"돈을 가지고 오면 마음에 드는 걸 줄게요. 외상값 받기가 얼마나 힘든지 알면서 그런 말을 하세요?"

결국 갖바치는 구두 수선비 20코페이카와 어느 농부에게 낡은 펠트 구두에 가죽을 덧대는 일을 받은 게 전부였다.

갖바치는 속이 상해 보드카를 마시느라 그 20코페이카를 다 써버리고 집으로 돌아갔다. 아침에는 매우 추운 날씨였지만 술이 몸에 들어간 뒤부터는 외투를 걸치지 않는데도 춥지 않고 몸이 꽤 따뜻한 느낌이었다. 그는 길을 걸으며 한 손으로는 지팡이로 울퉁불퉁하게 얼어붙은 바닥을 두드리며 다른 한손으로는 펠트 구두를 휘두르며 혼잣말을 했다.

"나는 외투 같은 거 안 입어도 춥지 않아! 한잔 마시니까 온몸의 피가 끓어오르는 것 같구만. 모피 외투 따위는 필요 없어! 하나도 춥지 않아! 모피 외투 없어도 살 수 있어. 그딴 거 평생 없어도 돼. 하지만 마누라가 가만있지 않을 테니 그게 걱정이구만. 나쁜 놈들. 나는 제 놈들을 위해서 열심히 일을 해줬는데 날 바보 취급해? 어디 두고 보라지. 다음에 돈을 내놓지 않으면 네 놈들의 모자를 벗겨버릴 테다. 아무렴. 도대체 이게 뭐야? 제깟 놈들은 집도 있고, 가축도 있고, 필요한 건 다 있지만 나는 아무 것도 없다고. 몸뚱이 하나 밖에 없어. 네 놈들은 농사라도 지으니까 빵이라도 먹고 살지. 나는 빵도 사 먹어야 된다고. 아무리 열심히 살아봐야 일주일에 빵 값으로 최소 3루블은 나가지, 지금도 집에 빵이 없을 텐데, 그러면 1루블 반은 또 나가야 해. 그런데 네 놈들이 나한테 돈을 안 줘? 그러면 안 되잖아?!"

어느덧 갓바치는 길모퉁이에 있는 예배당 앞을 지나고 있었다. 그런데 문득 예배당 뒤쪽으로 뭔가 흰 것이 보였다. 갓바치는 눈을 가늘게 뜨고 살펴보았지만 이미 땅거미가 내려앉을 때라 알아볼 수가 없었다.

'저기에 돌은 없었는데. 가축인가? 근데 아무래도 가축 같아 보이진 않아. 머리 생김새로는 사람 같은데, 사람이라고 하기엔 너무 하얀 게 이상해. 더구나 이런 데 사람이 있을 리가 없잖아.'

갓바치가 가까이 다가가자 그 물체가 또렷이 보였다. 놀랍게도 그것은 틀림없는 사람이었다. 죽었는지 살았는지 예배당 벽에 기댄 채, 꼼짝도 하지 않고 벌거벗은 채 앉아있었다. 갓바치는 갑자기 소름이 끼쳤다.

'누가 이 남자를 죽여 옷을 벗기고 여기다 버리고 간 거야. 괜히 옆에 갔다가 나중에 봉변을 당할지도 몰라.'

그래서 갓바치는 그 옆을 그냥 지나쳤다. 예배당 모퉁이를 돌아서자 그 남자의 모습은 보이지 않았다. 하지만 조금 더 걸어가다 뒤를 돌아보니 남자가 예배당 벽에서 몸을 일으켜 몸을 움직이며 가만히 이쪽을 쳐다보고 있는 듯했다. 갓바치는 너무 무서워 내심 이런 생각을 했다.

'가까이 가서 살펴볼까? 아니면 그냥 갈까? 다가갔다가 무슨 봉변을 당할지 몰라. 뭐하는 녀석인지 알게 뭐야. 맞아! 좋은 일을 했는데 여기 이러고 있을 리 없자. 괜히 다가갔다가 내 목이라도 조르면 어떡하지? 그리고 목을 조르지 않는다 해도, 성가신 일에 휘말릴 수도 있어. 하지만 저 벌거벗은 사람을 어째야 하나? 내 옷을 벗어줄 수도 없고. 에잇! 그냥 가자.'

갖바치는 서둘러 발걸음을 옮겼다. 하지만 예배당에서 어느 정도 멀어지자 양심의 가책을 느끼기 시작했다. 결국 그는 멈추어 서서 자신에게 말했다.

"뭐하는 거냐, 시몬? 사람이 위험해 처해 죽어가고 있는데 너는 무서워서 못 본 척 지나치려 하다니. 네가 무슨 대단한 부자라도 되는 줄 아는 거냐? 가지고 있는 걸 빼앗기는 게 그렇게도 무서워? 그러면 안 되지, 시몬!"

시몬은 발걸음을 돌려 그 남자 곁으로 다가갔다.

2.

그는 남자 곁으로 다가가 가만히 들여다봤다. 남자는 젊고 건강했고 어디 맞은 흔적도 없었다. 단지 추위에 몸이 얼어붙어 움직일 수 없는 것 같았다. 그렇게 벽에 기대앉은 남자는 시몬 쪽으로 고개를 돌릴 힘도 없어보였다. 더구나 지칠 대로 지쳐 눈뜰 힘도 없어보였다. 시몬이 바로 옆으로 다가가자 남자는 그제야 알아차린 듯 갑자기 고개를 돌려 눈을 뜨고 시몬을 바라봤다. 눈을 마주쳤을 뿐인데 시몬은 그 남자가 마음에 들었다. 그는 펠트 구두를 바닥에 내려놓고 그 위에 허리띠를 풀어서 올려놓은 뒤 외투를 벗으며 말했다.

"자, 아무 말 말고 이걸 입으시오. 어서."

시몬은 남자를 부축해 일으켜 세웠다. 남자는 일어나 시몬을 쳐다보았다. 사내는 몸도 깨끗하고 손과 발도 거칠지 않은데다 사랑스러운 얼굴을 하고 있었다. 시몬이 그의 어깨에 긴 외투를 걸쳐주었지만 그 남자는 소매에 팔을 넣지도 못했다. 남자에게 옷을 입혀 준 시몬은 옷 깃을 앞으로 당겨 여미고 허리띠를 묶어주었다.

시몬은 다 낡아빠진 모자까지 벗어 사내에게 씌어주려고 하다가 머리가 시려 다시 모자를 쓰며 생각했다.

'내 머리는 벗겨졌지만 이 젊은이는 머리털이 덥수룩하니 괜찮을 거야.'

그리고 시몬은 그 남자를 앉히고 펠트 구두를 신겨주었다.

"됐소. 자, 조금 걸읍시다. 몸이 따듯해질 거요. 다 잘될 거니 걱정 말고. 걸을 수 있겠소?"

자리에서 일어선 남자는 부드러운 시선으로 시몬을 바라보았지만 말은 한마디도 하질 않았다.

"왜 대답이 없나? 이런 데서 겨울을 날 수 있다고 생각하는 거요? 우리 집으로 갑시다. 자, 여기 내 지팡이를 짚고 걸어 봐요."

그러자 남자는 걷기 시작했다. 가벼운 몸짓으로 뒤처지지도 않고 걸었다. 두 사람이 함께 길을 가는 도중에 시몬이 말했다.

"자네 어디서 왔나?"

"저는 이곳 사람이 아닙니다.."

"여기 사람이 아닌 건 알고 있어. 왜 이런 곳에 왔는지 묻고 있는 거야. 예배당에 볼일이라도 있었는가?"

"그건 말씀드리기 곤란합니다."

"분명 누군가가 자네를 이 꼴로 만들었겠지?"

"누가 저를 이렇게 만든 것이 아닙니다. 저는 하나님께 벌을 받은 거예요."

"그렇긴 하지, 무슨 일이든 다 하나님의 뜻이니까. 그건 그렇고, 지낼 곳은 있는가?"

"전 어디든 상관없습니다."

시몬은 놀랐다. 남자는 난폭하지 않았고 말투도 아주 예의바르긴 하지만 도무지 자기 이야기를 하지 않았다.

'틀림없이 무슨 사연이 있을 거야.'

시몬은 마음속으로 생각하면서 사내에게 말했다.

"그럼 우리 집으로 가겠나? 몸을 좀 녹일 수는 있을 테니까."

시몬은 집으로 향했다. 낯선 남자도 뒤처지지 않고 발걸음을 나란히 하며 뒤따라 왔다. 시몬의 셔츠 밑까지 바람이 파고들었기에 술이 깨다시 몸이 추웠다. 그는 코를 훌쩍이며 아내 외투의 앞섶을 여미고 걸었다.

'이거 생각지도 못 했던 일인걸. 외투를 사러 나갔다가 입고 있던 외투마저 남을 줘 버리고, 이런 벌거숭이 사내까지 데리고 가다니. 마트료나가 잔소리 좀 하겠는데.'

마트료나를 생각하자 시몬은 걱정이 되었다. 하지만 낯선 남자를 바라보며, 예배당 구석에서 그가 자신을 바라봤을 때의 눈빛이 떠올라 왠지 마음이 따뜻해졌다.

3.

시몬의 아내는 서둘러 집안일을 끝냈다. 장작을 패고 물도 길어 오고 아이들과 저녁 식사까지 하고 나서 그녀는 잠시 생각에 잠겼다.

'저녁에 빵을 구울까? 아니면 내일 구울까?'

아직 큰 빵 한 조각이 남아 있었다.

'그이가 점심을 먹었으면 저녁은 많이 안 먹겠지. 그럼 내일은 이걸로 충분할 거야.'

마트료나는 빵을 몇 번이고 뒤척여 보면서 생각했다.

'오늘은 빵을 굽지 말자. 밀가루도 별로 없고. 이걸로 금요일까지 먹어야 돼.'

마트료나는 한 쪽으로 빵을 치우고, 식탁 옆에 앉아 남편의 해진 외투를 기웠다. 바느질을 하는 내내 마트료나는 남편이 어떤 양가죽을 사올까 생각했다.

'가죽 장수에게 속지는 않았겠지. 그이는 사람이 워낙 좋아서 말이야. 남을 속일 줄은 모르지만, 어린아이라도 그이를 속이는 것쯤 식은 죽 먹기야. 어쨌든 8루블이면 큰돈이니까 좋은 모피 외투를 만들 수 있겠지. 최고급은 아니라도 어쨌든 모피는 살 수 있을 테니. 작년 겨울에는 모피 외투가 없어서 얼마나 고생했는지! 강에 나가지도 못하고 아무 데도 나갈 수가 없었어. 지금도 마찬가지지 뭐. 그이가 내 옷까지 입고 나가는 바람에 나는 아무 것도 못 걸치고 있으니까. 아무튼 이제 올 시간이 됐는데……. 올 때가 지났는데 혹시 술 마시고 있는 거 아냐?'

마트료나가 이런저런 생각하고 있을 때 현관 앞 계단이 삐거덕거리는 소리와 함께 누군가 들어오는 소리가 났다. 마트료나는 들고 있던 바늘을 찔러놓은 채 현관으로 나갔다. 남자 둘이 집으로 들어왔다. 남편과 낯선 사내였다. 더구나 낯선 사내는 모자도 쓰지 않고 맨발에 펠트 구두를 신고 있었다. 마트료나는 남편의 숨결에 술 냄새가 섞여 있는 걸 금방 알 수 있었다.

'역시 술이나 퍼마셨어.'

그리고 남편은 외투도 입지 않은 데다 손에는 아무 것도 들고 있지 않았다. 그렇게 멀거니 서 있는 남편을 보자 마트료나는 화가 났다.

'그 돈으로 전부 퍼마셨겠지? 틀림없이 저 개뼈다귀 같은 놈이랑 같이 마시고도 모자라 뻔뻔스럽게 여기까지 데리고 왔겠지.'

마트료나는 이렇게 생각하며 두 사람을 안으로 들이고 뒤따라 들어섰다. 젊고 마른 남자는 자신들의 긴 외투를 걸치고 있었다. 그 외투 안에 셔츠도 입고 있는 것 같지도 않을 뿐더러 모자도 쓰고 있지도 않았다. 남자는 집 안으로 들어와 멀뚱하게 선 채로 움직이지도 않고 눈을 들려고 하지도 않았다. 그 모습을 본 마트료나는 분명히 무슨 잘못을 저지르고 겁먹은 거라고 생각했다.

그녀는 얼굴을 찡그리며 난로 쪽에 서서 두 사람이 어떻게 하는지 지켜보았다. 시몬은 모자를 벗더니 자기는 아무 잘못도 없다는 듯이 간이의자에 앉으며 말했다.

"이봐, 마트료나. 저녁 좀 준비해주오."

마트료나는 혼자 투덜댔다. 그녀는 난로 옆에 선 채 움직이려 하지 않았다. 남편과 부랑자를 번갈아 보며 고개만 흔들고 있었다. 시몬은 아내가 화가 난 것을 알면서도 어쩔 수 없다는 듯 낯선 사내의 손을 잡아끌며 말했다.

"여기 앉게. 저녁 먹어야지."

그러자 낯선 사내가 의자에 앉았다.

"저녁 준비 안 했소?"

남편의 말에 마트료나가 화난 목소리로 말했다.

"했어요. 하지만 당신을 위해 준비한 게 아니에요. 당신, 아무래도 개념까지 퍼마신 거 같군요. 외투를 사러 간다더니 있던 것까지 없애고,

거기다가 어디서 뭐하는지도 모를 사람까지 데리고 왔어요. 우리 집에 당신들 같은 주정뱅이한테 내줄 음식은 없어요!"

"아, 알았어. 그렇다고 그렇게 말할 것까진 없잖아. 그건 그렇고 당신, 이 사람이 어떤 사람인지는 물어 봐야 하는 거 아니야?"

"그보다 먼저, 당신 돈을 대체 어디에 갖다 바친 거죠?"

시몬은 긴 외투의 주머니를 뒤져 지폐를 꺼내 보여줬다.

"돈이라면 여기 있어. 근데 트리포노프한테는 받질 못 했어. 내일 주겠다고 약속했거든."

마트료나는 더욱 화가 치밀었다. 외투는 사오지 않고 한 벌밖에 없는 긴 외투는 누군지도 모르는 벌거숭이에게 줘버리고는 그것도 모자라서 그 남자를 집까지 데리고 왔기 때문이었다.

그녀는 테이블 위에 있던 지폐를 덥석 움켜쥐고는 옷장 속에 넣으며 말했다.

"저녁은 없어요. 세상에 술 취한 벌거숭이한테 밥을 주는 사람이 어디 있어요?"

"여보, 말 좀 조심합시다. 불평할 땐 하더라도 우선은 내 이야기를 들어줘."

"술 취한 멍청이한테 무슨 말을 들으라는 거죠? 난 원래 당신 같은 술고래한테 시집오기 싫었어요. 아무렴. 어머니가 주신 예단까지 당신이 전부 마셔 버렸으니까. 그리고 이번에는 외투를 사러 가서 그마저도 마셔 버렸고요."

시몬은 아내에게 마신 것은 20코페이카뿐이라는 사실과 어디서 이 남자를 만났는지 등을 이야기하려고 했지만 그녀는 하나도 들어주질 않았다. 무슨 조화인지 한꺼번에 두 마디 말이 쏟아져 나왔을 뿐만 아니라 10년 전에 있었던 일까지 속속들이 들춰냈다.

쉴 새 없이 떠들어 대다가 결국 그녀는 시몬에게 덤벼들어 입고 있던 옷의 소맷자락을 움켜쥐었다.

"내 옷 내놔요. 달랑 한 벌 남은 것까지 벗겨서 자기가 입다니. 어서 달라니까! 이 덜 떨어진 인간 같으니라고! 확 염병이나 걸려서 죽어 버려라!"

시몬은 소매를 뒤집어서 옷을 벗기 시작했다. 그런데 아내가 옷을 잡아당겨 주욱 뜯어지고 말았다. 마트료나는 그대로 옷을 빼앗아 걸치고 문으로 다가가 밖에 나가려다 문득 멈춰 섰다. 그녀의 마음은 두 갈래로 나뉘어있었다. 좀 더 화를 마음껏 내보고도 싶기도 했지만 또 저 남자가 어떤 남자인지도 알고도 싶었다.

4.

자리에 멈춰 선 마트료나가 말했다.

"그래도 선량한 사람이 저렇게 벌거숭이로 있을 리가 없잖아요. 저 사람은 셔츠도 걸치지 않았어요. 그리고 당신도, 나쁜 짓을 하지 않았다면 어쩌다 이 사람을 데리고 오게 되었는지 말 못할 이유가 뭐에요?"

"내가 말했잖소. 집으로 돌아오는 길에 보니 이 사람이 몸이 꽁꽁 언 채로 예배당 벽에 기대 앉아있더란 말이지, 글쎄, 여름도 아닌데 알몸으로. 하나님께서 인도하셨겠지만 내가 그 앞을 안 지나갔더라면 이 사람은 얼어 죽었을 거야. 그러니 어쩌면 좋겠소? 살다 보면 언제 무슨 일을 당할지 누가 알겠느냐 말이지! 그래서 일으켜 세워 옷을 입혀 데리고 온 거요. 제발 이제 진정하구려. 누구든 한번은 죽는 거 아니겠소.”

　마트료나는 마음껏 욕설을 퍼부어 주고 싶었지만 나그네 쪽을 흘긋 쳐다보더니 입을 다물어 버렸다. 나그네는 조금도 움직이지 않고 가만히 간이의자 끝에 걸터앉아 있었다. 깍지 낀 손을 무릎 위에 올려놓고, 머리를 가슴에 푹 수그리고, 눈도 뜨지 않은 채, 무엇인가가 숨을 막고 있기라도 한 것처럼 얼굴을 찡그리고 있었다. 마트료나가 조용해지자 시몬이 이야기를 하기 시작했다.

“마트료나, 당신 마음속에는 하나님이 안 계시는 건가?”

　이 말을 들은 그녀는 다시 한 번 나그네 쪽을 돌아보았다. 순간 그녀의 마음 속 화가 눈 녹듯 사라졌다. 그녀는 문에서 떨어져 구석에 있는 화롯가로 가서 저녁상을 차리기 시작했다. 그녀는 테이블 위에 그릇을 놓고 거기에 크바스(러시아 맥주)를 따른 뒤 남은 빵을 내놓았다. 나이프와 숟가락도 꺼내놓았다.

“자, 드세요.”

　시몬은 나그네를 앞쪽으로 밀었다.

“자, 자, 좀 더 앞으로 가서 앉아. 젊은이.”

　시몬은 빵을 잘라 잘게 부쉈다. 두 사람은 저녁을 먹기 시작했다. 마트료나는 테이블 한쪽 끝에 한 손으로 턱을 괴고 앉아서 나그네를 바라보았다.

　그러자 그녀는 이 나그네가 가엾다는 생각이 들었다. 심지어 보살펴 주고 싶단 생각이 들었다. 그러자 나그네는 갑자기 기운이 났는지 마트료나 쪽을 바라보며 찡그리던 얼굴을 펴고 미소를 띠어보였다.

　두 사람의 식사가 끝나자 아내는 뒷정리를 한 뒤 나그네에게 묻기 시작했다.

"당신은 어디서 왔어요?

"저는 여기 사람이 아닙니다."

"왜 그런 길바닥에 쓰러져 있었던 거죠?

"그건 말씀드리기 곤란합니다."

"강도를 당했나요?"

"하나님께서 벌을 내리신 겁니다."

"그래서 알몸으로 쓰러져 있었다는 거예요?

"네. 알몸으로 쓰러져 꽁꽁 얼어붙어 있었죠. 그런데 아저씨가 저를 가엾게 여겨 입고 있던 외투를 저한테 벗어주고는 함께 자기 집으로 가자고 했습니다. 또 여기에 왔더니 당신께서 먹고 마시게 해주시고, 위로해주셨어요. 틀림없이 하나님께서 당신들을 보살펴주실 겁니다."

마트료나는 자리에서 일어나 조금 전에 기워두었던 시몬의 낡은 셔츠를 가져다 나그네에게 주고 속옷도 챙겨주었다.

"자, 당신 보니까 셔츠도 입고 있지 않은 거 같은데. 이걸 입고 어디든지 좋으니까 당신 마음에 드는 데로 가서 쉬도록 해요. 침상 위에도 좋고, 난로 위에라도 좋아요."

나그네는 외투를 벗고 셔츠를 입었다. 그리고 침상으로 가서 자리에 누웠다. 불을 끈 마트료나는 긴 외투를 들고 남편 곁으로 파고들었다.

마트료나는 긴 외투 자락으로 몸을 감싸고 누웠지만 나그네 생각이 머릿속에 맴돌아 좀처럼 잠에 들 수가 없었다. 그가 한 조각밖에 남지 않은 빵을 먹어버렸기 때문에 내일 먹을 빵이 없다는 사실과 셔츠와 속옷까지 내준 일들을 생각하면 가슴이 답답했다. 하지만 그가 빙그레 웃은 걸 떠올리니 괜히 마음이 따뜻해졌다.

오랫동안 잠에 들지 못한 그녀가 귀를 기울여보니 시몬도 잠이 오지 않는지 긴 외투를 자기 쪽으로 끌어당겼다.

"시몬!"

"응?"

"당신이 조금 전에 먹은 빵이 마지막이었어요. 나, 아직 빵을 더 구워 놓지 않았는데 내일은 어떻게 해야 하죠? 말라냐 아주머니 댁에서라도 좀 얻어올까요?"

"산 입에 거미줄이야 치겠소?"

아내는 누운 채 말을 이어갔다.

"저 사람, 나쁜 사람 같지는 않은데 왜 자기 이야기를 하지 않는 걸까요?"

"무슨 말 못할 사연이 있겠지."

"시몬."

"응?"

"우리는 이렇게 남에게 베푸는데, 왜 우리를 도와주는 사람은 없는 거죠?"

시몬은 어떻게 대답해야 할지 몰랐다.

"무슨 상관이람?"

그리고 몸을 돌려 잠을 자기 시작했다.

5.

아침이 되어 시몬은 눈을 떴다. 아이들은 아직 잠을 자고 있었고 아내를 옆집으로 빵을 얻으러 갔다. 단지 어제의 그 나그네만이 홀로 낡은 셔츠에 속옷을 입은 모습으로 간이의자에 앉아 위쪽을 바라보고 있었다. 그의 얼굴은 어제보다 훨씬 밝아보였다.

시몬은 그에게 이렇게 말했다.

"이보게 젊은이. 뱃속에서는 빵을 달라하고 몸은 옷을 달라고 하네. 사람은 일을 해야만 먹고 살 수 있다네. 자네 뭔가 할 수 있는 일이 있는가?"

"전 아무 것도 할 줄 모릅니다."

시몬은 깜짝 놀라 이렇게 말했다.

"하지만 사람은 마음먹기에 달렸다네. 무슨 일이든 배울 수 있을 거야."

"네. 사람들은 모두 일을 하고 있으니 저도 일을 하겠습니다."

"자네 이름은 뭔가?

"미하일입니다."

"그럼 미하일. 자네는 자신에 대해 이야기하길 꺼려하는 거 같은데, 그건 자네 마음이니 아무래도 좋아. 하지만 밥벌이는 해야겠지? 나와 함께 일을 하면 우리 집에서 지낼 수 있게 해 주겠네."

"감사합니다. 전, 뭐든 배우겠습니다. 할 일을 알려주십시오."

시몬은 실을 집어 들어 손가락에 감은 뒤, 매듭을 지었다.

"아주 간단하지? 자, 한번 해보게나."

미하일은 잠시 지켜보고 있다가 곧 시몬이 하는 것을 보고 실을 손가락에 감더니 그걸 한 번 꼬아서 간단히 매듭을 만들었다. 그런 다음에 시몬은 미하일에게 가죽을 맞추는 법을 가르쳤다. 미하일은 이것도 금방 익혔다. 다음으로 시몬은 굵은 실을 바늘에 꿰는 방법과 꿰매는 방법을 가르쳤다. 미하일은 이것도 금방 익혔다.

시몬이 어떤 것을 가르쳐도 금방 익혀서 3일째 되는 날부터는 아주 숙련된 갓바치처럼 일을 하기 시작했다. 그는 쉬지 않고 일을 했지만 밥은 많이 먹지 않았다. 쉬고 있을 때에도 말없이 그저 위쪽을 바라보고 있을 뿐이었다. 외출도 하지 않고 필요한 말만 했으며 농담도 하지 않았다. 물론 웃음을 지어주는 일도 없었다.

그들은 그가 여기 온 첫날밤, 아내가 저녁을 주었을 때의 그 환한 미소를 딱 한번 보았을 뿐이었다.

6.

하루하루 쉬지 않고 날이 흘러 일 년이라는 시간이 지났다. 미하일은 변함없이 시몬의 집에서 일을 하며 살고 있었다. 그러는 동안 시몬의 집에 있는 이 젊은 갖바치에 대한 평판은 굉장히 좋아졌다. 이 근방에서 미하일만큼 튼튼하고 괜찮은 구두를 만드는 사람은 없었다. 소문이 자자하게 퍼져 여기저기서 주문이 들어와 시몬의 수입도 점점 늘어나게 되었다.

어느 겨울 날, 시몬이 미하일과 함께 앉아서 일을 하고 있었다. 밖에서 세 마리 말이 끄는, 지붕 달린 썰매가 방울소리를 시끄럽게 울리며 집 쪽으로 다가왔다. 두 사람이 창밖을 내다보는 동안 썰매가 집 앞에 멈춰서더니 젊은 남자가 뛰어내려 재빠르게 썰매 문을 열었다. 그 안에서 내린 사람은 모피 외투로 몸을 감싼 풍채 좋은 신사였다. 썰매에서 내려선 그는 시몬 네 집 쪽으로 다가와 현관 앞 계단을 올랐다. 마트료나가 달려 나가 문을 활짝 열었다. 신사는 몸을 숙여 집 안으로 들어선 뒤 다시 몸을 곧게 폈다. 그러자 머리가 거의 천장에 닿을 듯 했다. 몸이 방에 하나 가득 찰 정도였다.

시몬은 자리에서 일어나 신사에게 인사를 하고 그를 바라보았을 때 놀라지 않을 수 없었다. 지금까지 이렇게 큰 사람을 본 적이 없었기 때문이었다. 시몬 자신은 호리호리한 편이었고 미하일도 마른 편이었다. 또한 마트료나로 말할 것 같으면 마치 말라비틀어진 나뭇가지 같았기 때문에 이 사람은 다른 세계에서 온 사람이라는 생각까지 들었다. 얼굴은 붉고 번질번질한데다, 목은 황소처럼 굵고 몸 전체가 철로 만들어진 것 같았다.

신사는 길게 숨을 내쉬더니 외투를 벗고 간이의자에 앉은 뒤에 입을 열었다.

"여기 주인은 누구인가?"

시몬에 앞으로 나섰다.

"접니다, 나리."

그러자 신사가 자신의 하인에게 큰소리로 외쳤다.

"이봐, 페디카! 물건을 이리 가져와."

하인이 포장된 물건을 들고 빠른 걸음으로 들어섰다. 물건을 받아 든 신사는 테이블 위에 그것을 올려놓았다.

"풀어보게."

신사의 말에 하인이 포장을 풀기 시작했다. 포장을 풀자 신사는 거기서 나온 가죽을 손가락으로 가리키며 시몬에게 물었다.

"이봐, 주인장. 이게 무슨 가죽인지 알아보겠는가?"

시몬이 가죽을 만져보더니 대답했다.

"아주 좋은 가죽입니다."

"당연히 아주 좋은 가죽이고말고. 멍청하기는! 자네는 이렇게 좋은 가죽을 본 적이 없겠지? 이건 20루블이나 하는 독일산 가죽이라고."

시몬은 어쩔 줄 몰라 말했다.

"저희들이 어찌 감히 이런 가죽을 구경이나 할 수 있겠습니까?"

"당연히 그렇지. 그런데 자네, 이 가죽으로 내 발에 꼭 맞는 부츠를 만들 수 있겠는가?"

"물론입니다요. 나리."

신사는 큰 목소리로 말했다.

"물론이라고? 자네는 누구의 부츠를 만드는지, 무슨 가죽으로 어떤 물건을 만드는지 똑똑히 알아둬야 할 걸세. 나는 일 년을 신어도 모양이 변하지 않고 바느질이 뜯어지지 않는 부츠가 필요하단 말이야. 그런 구두를 만들 자신이 있으면 가죽을 재단하고 일을 시작해도 좋아. 안 될 거 같으면 시작도 하지 말라는 말이야. 만약 일 년이 되기도 전에 부츠가 망가진다면 자넬 가만두지 않을 테야. 감옥에 처넣을 거란 말일세. 대신 일 년이 지나도 뜯어지지 않고, 모양도 변하지 않는다면 수고비로 10루블을 더 주지."

겁을 집어먹은 시몬은 어떻게 대답해야 할지 고민했다. 그는 미하일 쪽을 흘깃 쳐다보았다. 그리고 팔꿈치로 그를 찌르며 속삭이며 물었다.

"이봐, 어쩌면 좋겠나?"

미하일은 그 일을 받으라는 듯이 고개를 살짝 끄덕였다. 그것을 본 시몬은 일 년 동안 모양이 변하지 않고, 바느질한 곳도 뜯어지지 않는 부츠의 주문을 받아들이기로 결심했다.

신사는 하인에게 왼쪽 구두를 벗기라며 다리를 뻗었다.

"그럼, 치수를 재보게."

시몬은 5센티미터 정도 길이로 종이를 평평하게 이어 붙인 다음, 무릎을 꿇고 앉아 신사의 양말을 더럽히지 않기 위해 앞치마에 손을 닦은 뒤 치수를 재기 시작했다. 먼저 발바닥과 발등을 잰 뒤에 종아리를 재려고 했지만 준비 된 종이로는 도저히 잴 수가 없었다. 신사의 종아리가 어찌나 굵은지 꼭 통나무 같았다.

"잘 알아두게! 종아리는 꽉 끼게 해서는 안 돼!"

시몬은 종이를 이어 붙였다. 신사는 자리에 앉은 채 양말 속의 발가락을 움직이면서 집 안에 있는 사람들을 둘러보았다. 그의 시선이 미하일에게 멈췄다.

"저 친구는 누구인가?"

"여기서 일하는 실력 좋은 갖바치입니다. 나리의 부츠도 저 친구가 만들 겁니다."

"그래? 자네도 잘 알아두게나. 신경을 써서 일 년은 끄떡없이 신을 수 있는 부츠를 만들어야 하네."

시몬이 미하일을 힐끗 보니, 그는 신사를 쳐다보지도 않고 신사 뒤쪽의 구석을 가만히 쳐다보고 있었다. 마치 신사의 뒤에 누군가 있는 듯했다. 그러다 갑자기 미하일이 싱긋 웃으며 환한 미소를 지었다. 그러자 그의 몸 전체가 밝게 빛나는 것처럼 보였다.

"이 바보 같은 녀석. 왜 실없이 웃고 있는 거야? 아무튼 자네, 기한에 맞춰서 부츠를 만들도록 신경 써야 하네."

그 말에 미하일이 대답했다.

"네, 그렇게 하겠습니다."

"좋았어."

신사는 다시 부츠를 신고 외투를 걸치더니 문 앞으로 걸어갔다. 그런데 몸을 숙이는 것을 잊고 그만 이마를 문에 강하게 부딪히고 말았다. 신사는 온갖 욕설을 해대고는 이마를 문지르며 밖으로 나갔다.

신사가 가자 시몬이 말했다.

"정말 어마어마한 사람이야. 망치로 내려쳐도 못 죽일 거야. 문이 부서질 정도로 세게 부딪혔는데도 별로 아파보이지도 않는군."

마트료나도 말했다.

"풍요롭게 사는데 살이 빠질 이유가 있겠어요? 저렇게 큰 사람한테는 저승사자도 어쩔 수 없을 거예요."

7.

시몬이 미하일에게 말했다.

"이거 맡긴 했는데 잘 할 수 있을까 걱정되네. 값비싼 가죽에다 나리는 까다로운 성격 같아 보이니 걱정이군. 실수하면 큰일인데. 그래서 말인데, 자네가 나보다 눈도 밝고 솜씨도 좋으니 재단을 하게. 치수 본 떠놓은 것 여기 있네. 나는 그동안 겉가죽을 만들고 있을 테니."

미하일은 시키는 대로 신사의 가죽을 집어 테이블 위에 펼쳐 놓은 뒤 한 번 접어서 칼로 잘라내어 마름질하기 시작했다.

마트료나가 미하일 곁으로 다가와 마름질하는 것을 보았는데, 그가 이상한 방법으로 마름질을 하고 있어서 깜짝 놀랐다. 마트료나도 부츠 만드는 것을 곁에서 오래 봐왔기 때문에 단번에 미하일이 가죽을 둥글게 자르는 것이 부츠를 만드는 마름질이 아니라는 것을 알아챘다.

마트료나는 말을 하려고 했지만 조금 더 지켜보자는 마음을 먹었다.

'내가 부츠 만드는 법을 몰라서 그러는 걸 거야. 미하일이 더 잘 알테니 괜히 참견하지 말고 잠자코 있어야지.'

미하일은 한 켤레 분의 가죽을 재단해 그 중 한 장을 집어 부츠처럼 양쪽 끝을 꿰매는 것이 아니라 한쪽 끝만을 슬리퍼처럼 꿰매기 시작했다.

그것을 본 마트료나는 더욱 초조해졌지만 꾹 참고 참견하려들지 않았다. 미하일은 거침없이 꿰매었다. 그러다 시몬이 점심시간이 되어 자리에서 일어나 보니 미하일의 손에는 가죽으로 만든 슬리퍼 한 켤레가 완성되어 들려있었다.

시몬은 '악!' 하고 소리를 질렀다. 그리고 생각했다.

'어떻게 된 거지? 일 년을 같이 일하면서 단 한번 실수 한 적이 없었는데, 하필 지금 저런 실수를 저지르다니. 나리는 바느질을 한 통가죽 부츠를 주문하고 갔는데 굽이 없는 슬리퍼를 만들어버리다니. 이 일을 어쩐다? 대체 나리께 뭐라고 변명을 해야 한담. 이렇게 좋은 가죽은 도저히 구할 수도 없을 텐데.'

그는 미하일에게 말했다.

"이보게. 어찌 된 일인가? 이게 무슨 짓인가? 왜 이런 짓을 했어? 자네가 나를 죽일 생각이군. 나리는 부츠를 주문하고 갔는데 자네가 만든 건 도대체 뭔가?"

그가 미하일에게 잔소리를 하고 있을 때 현관을 두드리는 소리가 들렸다. 문을 열고 밖을 보니 조금 전에 신사를 따라왔던 젊은 하인이 들어왔다.

"안녕하세요?"

"안녕하쇼? 무슨 일이요?"

"그 부츠 때문에 마님의 명을 받고 왔습니다."

"부츠요?"

"부츠 말입니다. 나리께서는 더 이상 부츠가 필요하지 않게 되어버렸습니다. 나리께서 그만 돌아가셨거든요."

"아니 그게 무슨……"

"이 집을 떠나 저택으로 돌아가시는 길에 썰매 안에서 돌아가셨어요. 저택에 도착해 모시려 했는데, 나리께서 짚단처럼 몸이 딱딱하게 굳어 나뒹굴고 계시지 뭡니까? 겨우 끌어내렸습니다. 그러자 마님께서 '자네, 나리께서 가죽을 맡기고 부츠를 만들어 달라고 주문한 가게로 가서 전하 거라. 아까 나리께서 주문하신 부츠는 더 이상 필요 없으니 그 가죽으로 죽은 사람에게 신기는 슬리퍼를 빨리 만들어달라고. 그리고 완성될 때까지 기다린 후에 그걸 들고 오게나.'라고 말씀하셨습니다. 그래서 제가 다시 오게 되었습니다."

미하일은 테이블 위에 있던 남은 가죽을 집어 들어 하나로 둘둘 감았다. 그리고 이미 만들어 두었던 슬리퍼를 집어 바닥에 두드려 보더니 앞치마에 문질러서 하인에게 건네주었다. 하인은 슬리퍼를 받아들었다.

"안녕히 계세요, 주인장, 건강하십시오."

8.

다시 한 해가 지나고 2년이 지나 미하일이 시몬의 집에서 지낸 지도 벌써 6년째가 되었다. 그는 처음부터 그랬듯이 외출도 하지 않고 쓸데없는 말은 일절 하지 않았으며 5년 동안 단 두 번 미소를 지어 보였을 뿐이었다. 그 한 번은 마트료나가 저녁 식사를 차려주었을 때였고 다른 한 번은 구두를 맞추러 온 신사를 보았을 때였다.

시몬은 미하일을 만나게 된 것이 너무나도 기뻤다. 시몬은 그가 어디에서 왔는지 더 이상 묻지 않았다. 단지 그가 어디론가 떠나가 버릴까 걱정을 할 뿐이었다.

어느 날 식구들이 한 자리에 있을 때였다. 마트료나는 화롯불에 솥을 걸고 있었다. 아이들은 간이의자에 앉아 있거나 집 안을 뛰어다니며 놀다가 가끔 창밖을 내다보곤 했다. 시몬은 한쪽 창가에서 구두를 꿰매고 미하일은 다른 쪽 창가에서 굽을 달고 있었다.

그때 남자아이가 의자 위를 뛰어 미하일 옆으로 다가와 그의 어깨에 매달리며 말했다.

"미하일 아저씨, 저거 보세요. 어떤 아줌마가 여자아이들을 데리고 우리 집으로 오고 있어요. 어? 근데 한 아이는 한 쪽 발을 절뚝거려요."

아이의 말이 끝나자마자 미하일은 일감을 내던지며 창밖으로 시선을 돌려 거리를 내다보았다.

시몬은 그 모습이 이상해보였다. 지금까지 단 한 번도 창밖을 바라본 적이 없는 그가 창밖을 뚫어지게 쳐다보고 있었다. 시몬도 창밖이 궁금해 내다보았다. 말끔한 옷차림의 여자가 모피외투 위에 뜨개질로 만든 두꺼운 숄을 두른 두 여자아이의 손을 잡고 있었다. 여자 아이들은 누가 누군지 구분할 수 없을 정도로 얼굴이 똑같았다. 단지 한 아이가 왼쪽 다리를 다쳤는지 절뚝거리며 걷고 있었다.

여자는 현관 계단을 올라 문을 열었다. 그리고 두 여자아이를 먼저 집안으로 들여보낸 뒤 따라 들어왔다.

"안녕하세요?"

"어서 오세요. 무슨 일로 오셨죠?"

여자는 테이블 앞에 앉았다. 두 여자아이는 그녀의 무릎에 안기듯 매달렸다. 낯을 가리는 것 같았다.

"이 아이들에게 봄에 신길 가죽신을 만들어 주셨으면 합니다."

"아, 네, 그렇군요? 이렇게 작은 아이들의 신을 만들어 본 적은 없지만 걱정하지 마십쇼. 한번 해보죠. 둘레에만 가죽을 댄 것은 물론 접은 헝겊을 댄 것도 만들 수 있어요. 우리 집에는 바로 이 미하일이라는 솜씨 좋은 갖바치가 있으니까요."

시몬은 미하일 쪽으로 뒤돌아보았다. 그런데 미하일은 일감을 내던진 채 여자아이들을 뚫어져라 바라보고 있었다.

시몬은 처음 보는 그의 모습에 적잖이 놀랐다. 두 아이가 아주 귀여운 얼굴이긴 했다. 검고 커다란 눈동자, 통통하고 고운 피부, 입고 있는 모피외투와 숄도 최고이긴 했지만 그래도 시몬은 미하일이 마치 알고 있는 사람이라도 되듯이 아이들을 바라보는 것을 도저히 이해할 수가 없었다.

시몬은 이상하다고 생각하면서 여자를 상대로 이야기를 해 계약을 하기로 했다. 계약이 이루어지자 치수를 재기 시작했다. 여자는 절름발이 아이를 안아 무릎에 앉혀놓고 말했다.

"그럼, 이 아이 다리로 두 사람 분의 치수를 재 주세요. 굽어있는 쪽 다리로는 한 쪽만, 곧은 다리로는 한 켤레 반을 만들어주시면 돼요. 두 아이의 발 크기가 똑같거든요. 둘은 치수까지 닮은 쌍둥이니까요."

시몬은 발 치수를 재며 물었다.

"어쩌다 이렇게 된 거죠? 이렇게 귀여운 아이가 어쩌다가……, 태어날 때부터 그런 건가요?"

"그렇지는 않아요. 그 애 엄마 때문이죠."

그때 마트료나가 대화에 끼어들었다. 그녀는 이 여자와 아이들이 어떤 사이인지 알고 싶었다.

"그럼 부인이 낳은 아이들이 아닌가보군요?"

"네. 제가 낳은 아이들은 아니에요. 전혀 관계가 없죠. 두 아이 모두 제 수양딸이에요."

"부인이 낳은 아이들도 아닌데 소중하고 예쁘게 키우셨네요."

"제 젖을 먹여 키운 아이들인데 어떻게 소중하지 않을 수 있겠어요? 저도 아이를 하나 낳은 적이 있는데 그 아이는 신께서 데려가셨죠. 그 아이도 그렇게 가여운 마음이 들지 않았었는데 이 아이들은 너무 불쌍해서……."

"그럼, 이 아이들의 부모들은 어떤 사람이었나요?"

9.

여자는 감상에 빠져 천천히 이야기를 시작했다.

"벌써 6년이나 됐네요. 이 아이들은 일주일 사이에 고아가 되었어요. 아이들의 아버지는 화요일에 장례를 치렀고 어머니는 금요일에 죽었으니까요. 이 두 아이는 아버지가 죽은 지 삼일 후에 태어났으니 어머니는 아이들을 낳고 하루밖에 살지 못 했던 거지요. 그때 저는 남편과 함께 땅을 갈며 살고 있었어요. 우리는 옆집 사람들과 사이좋게 지내고 있었죠. 아버지라는 사람은 고아로 자란 농사꾼이었는데 숲속에서 일을 하고 있었어요. 그런데 어느 날, 무슨 일인지 벌목한 나무가 그 사람 위로 쓰러져 크게 다치고 말았죠. 집까지 업어오긴 했지만 그때는 이미 영혼을 신께 바친 뒤였죠. 그리고 그 아내가 같은 주에 쌍둥이를 낳았어요. 하지만 워낙 가난해 의지할 곳이 없었어요. 아무도 없이 혼자였기에 그 부인은 혼자서 아이들을 낳고 죽어갔어요.

다음 날 아침, 제가 옆집에 가보았어요. 집 안으로 들어가 보니 가엾게도 그 사람은 이미 죽어 있었어요. 그런데 죽을 때 한 아이 위로 굴러 떨어졌나 봐요. 그래서 이 아이의 한쪽 다리가 눌려 휘게 된 거죠. 마을 사람들이 모여 시체를 닦고 수의를 입혀 관을 짜서 장례를 치러주었어요. 모두들 선량한 사람들이었으니까. 문제는 남은 두 아이들이었어요. 아이들을 어디로 보내면 좋을까 많은 고민을 했었죠. 여자들 중에서 젖먹이를 키우고 있던 건 저 뿐이었어요. 저는 태어난 지 8주 정도 된 아들에게 젖을 먹이고 있었어요. 일단은 '잠깐 동안'이라는 조건으로 두 아이를 우리 집에 두기로 했어요. 그리고 마을 사람들이 모여 여러 논의를 한 결과 '마리아, 자네가 당분간 이 아이들을 돌봐주지 않겠나? 그 사이에 우리들이 반드시 대책을 마련해보겠네······.' 라고 말했어요.

아이들을 맡게 된 저는 처음에는 다리가 성한 아이에게만 젖을 먹였어요. 절름발이 아이는 도저히 살 가망이 없어보였거든요. 게다가 도저히 이 아이까지는 기를 수 없을 거라고 생각했었기 때문이에요. 그런데 이 천사 같은 어린 영혼을 이대로 시들게 내버려 두어도 되는 걸까 생각하고는 이 아이도 가엾게 여기게 된 거죠. 그래서 그때부터 함께 젖을 주기 시작했어요. 세 아이의 어미가 되기로 결심했죠. 젊고 건강했으니까요. 덕분에 신께서 젖은 양쪽에서 넘쳐날 정도로 주셨습니다. 저는 언제나 두 아이에게 젖을 주고 한 아이는 기다리게 했죠. 그러다가 한 아이가 배불리 먹고 나면 세 번째 아이에게 젖을 물렸죠. 신께서는 그렇게 두 아이를 지금까지 키워주셨지만 제 아이는 두 살이 되던 해에 데려가셨어요. 그리고 그 후로는 아이를 주시지 않으셨죠. 하지만 재산은 점점 불어나게 되었습니다. 지금은 이곳에서 상인이 운영하고 있는 방앗간 일을 돌봐주고 있어요. 수입도 괜찮고 생활도 편한데 아이가 생기질 않아요. 만약 이 두 아이가 없었다면 저 혼자서 어떻게 살아갈 수 있었겠어요? 그러니 이 아이들은 제게 정말 소중한 아이들이에요. 이 아이들은 나한테 촛불과도 같은 존재들이에요."

여자는 한 손으로 절름발이 아이를 자신의 가슴 쪽으로 끌어안고, 다른 한 손으로 뺨에 흐르는 눈물을 닦았다.

마트료나가 긴 숨을 내쉬며 말했다.

"부모는 없어도 아이는 자라나지만 하나님이 없으면 살아갈 수 없다는 말이 틀린 말은 아니네요."

그들은 한동안 이야기를 나눴다. 여자가 인사를 하고 자리에서 일어나자, 구둣방 부부가 그녀 일행을 배웅하러 나서다가 문득 미하일 쪽을 바라보았다. 그는 깍지 낀 손을 무릎위에 올려놓고 의자에 앉은 채 위쪽을 바라보며 혼자 미소 짓고 있었다.

10.

시몬이 그의 옆으로 다가섰다.

"미하일. 자네 무슨 일인가?"

그가 묻자 미하일은 간이의자에서 일어나 일감을 한쪽으로 치우고 앞치마를 벗은 다음 주인 부부에게 인사를 하며 말했다.

"나리, 마님. 저를 용서해주십시오. 신께서 저를 용서해주셨습니다. 그러니 두 분도 저를 용서해주십시오."

부부가 보니 미하일의 몸에서 빛이 일렁이고 있었다. 그것을 본 시몬도 자리를 박차고 일어나 미하일에게 말했다.

"미하일, 자네가 평범한 사람이 아니라는 것과 자네를 붙잡아둘 수 없다는 것, 자네에게 무엇도 물어서는 안 된다는 것을 나도 잘 알고 있네만 딱 한 가지만 말해줄 수 있겠나? 내가 자네를 발견해 우리 집에 데려왔을 때, 자네는 그렇게도 어두운 얼굴을 하고 있었는데 아내가 자네에게 저녁을 주었을 때의 지어주었던 미소, 또 어떤 신사가 부츠를 주문했을 때의 두 번째 미소, 그리고 지금, 저 여자가 아이들을 데리고 왔을 때 자네는 어째서 세 번째 미소를 보여주었고 그때마다 얼굴이 더 밝아졌는지, 그리고 지금은 몸 전체에서 빛이 나고 있는데 왜 그런지. 미하일, 부디 이 이야기를 들려주게나. 어째서 자네 몸에서 그런 빛이 나는 거지? 어째서 자네는 세 번의 미소를 우리에게 보여준 건가?"

미하일이 대답했다.

"제 몸에서 빛이 나는 이유는 제가 지금까지 받고 있던 벌을 하나님께서 용서해주셨기 때문입니다. 또 제가 세 번 웃은 것은 하나님의 세 가지 계시(신이 깨우쳐서 알게 함)를 알아야만 했기 때문입니다. 첫 번째는 마님께서 저를 가엾게 여기셨을 때였고 두 번째는 신사가 부츠를 주문했을 때였으며 마지막으로 세 번째는 두 여자아이를 보았을 때였습니다."

그러자 시몬이 말했다.

"미하일, 그런데 자네는 무슨 죄로 하나님께 벌을 받게 되었는지, 또 그 하나님의 계시란 게 뭔지 내게 얘기해줄 수 있겠나?"

미하일이 말했다.

"제가 하늘에 있는 천사임에도 하나님의 말씀을 거역했기 때문입니다. 하나님께서 제게 한 여자의 영혼을 데려오라고 하셨습니다. 그래서 아래 세상에 내려와 보니 한 여자가 병으로 누워있었습니다. 그 여자는 쌍둥이 여자아이들을 막 낳은 때였습니다. 두 갓난아이가 어머니 옆에서 꼼지락꼼지락 움직이고 있는데 어머니에게는 이미 아이들을 안아 젖을 먹일 만한 힘도 남아 있질 않았습니다. 저를 보더니 그 여자는 하나님께서 영혼을 거두어가기 위해서 저를 보내셨다는 사실을 알아채고는 울면서 말했습니다. '천사님, 제 남편은 며칠 전에 죽어 무덤에 묻힌 지 얼마 되지 않았습니다. 숲 속에서 나무에 깔려 그만……. 제게는 부모형제와 친척도 없습니다. 이 아이들을 맡아 줄 사람이 없어요. 그러니 제발 제 영혼을 데려가지 마시고 이 아이들을 기를 수 있게, 어른이 돼서 독립할 수 있을 때까지 돌봐 줄 수 있게 해주세요. 아버지도 없는데 저까지 없어진다면 아이들을 누가 기르겠습니까?'라고. 그래서 저는 그 어머니의 말을 듣고, 한 아이에게 어머니의 젖을 물리고 한 아이는 어머니의 품에 안겨준 뒤 하늘에 계신 하나님께 갔습니다. 그리고 하나님께 말씀드렸습니다. '저는 이제 막 아이를 낳은 어머니의 영혼을 데려오지 못했습니다. 아버지는 나무에 깔려 죽었고, 어머니는 쌍둥이를 낳은 직후였기 때문에 그 여자는 제발 영혼을 데려가지 말아 달라고 애원했습니다. 그래서 저는 그 어미의 영혼을 거둬올 수 없었습니다'. 그러자 하나님께서 말씀하셨습니다. '다시 내려가서 그 어미의 영혼을 거둬오너라. 그러면 사람 속에 있는 것은 무엇인지, 사람에게 주어지지 않은 것은 무엇인지, 사람은 무엇으로 사는지, 이 세 가지의 의미를 알게 될 것이다. 그리고 그것을 알게 된 다음, 하늘로 돌아 오거라.'라고. 그래서 저는 다시 지상으로 내려와 이제 막 아이들을 낳은 어머니에서 영혼을 거두었습니다. 아이들은 어머니의 품에서 미끄러져 떨어졌고, 어머니의 시체가 침상 위에서 뒹굴다가 한 아이를 짓눌러 그 아이의 한 쪽 다리가 휘어져버렸습니다. 저는 마을 위로 날아올라 빼낸 영혼을 가지고 하나님이 계신 곳으로 가려했습니다. 그런데 갑자기 바람이 불어와 제 날개를 부러뜨려 휩쓸고 가버렸습니다. 그래서 영혼만이 하나님이 계신 곳으로 올라가고 저는 중간에서 땅 위로 떨어지게 되었던 것입니다."

11.
　시몬과 마트료나는 자신들이 입히고, 먹이고, 집에서 머물게 했던 사람이 어떤 사람인지 알고 놀라움과 기쁨에 넘쳐서 눈물을 흘리기 시작했다.
　미하일이 계속해서 말을 이어갔다.
　"저는 벌거벗은 채 들판에 남겨지게 되었습니다. 그전까지 저는 인간들이 느끼는 불편함도, 추위도, 배고픔도 알지를 못 했었습니다. 그런데 갑자기 인간이 되어보니 배가 고파오고 몸이 얼어붙었지만 어떻게 해야 할지 알 수가 없었습니다. 문득 바라보니 들판 한가운데 예배당이 있었습니다. 그래서 그곳으로 가서 안으로 들어가 몸을 숨기려고 했습니다. 그런데 문이 잠겨 있어 안으로 들어갈 수가 없었습니다. 곧 해가 저물기 시작했습니다.
　저는 너무 배가 고프고 추워서 탈진 직전이었습니다. 그때 갑자기 사람의 발소리가 들려왔습니다. 바라보니 한 사내가 손에 부츠를 늘어뜨리고 혼잣말을 중얼거리며 걸어오고 있었습니다. 그때 저는 인간이 된 뒤 처음으로 송장과도 같은 인간의 얼굴을 보았기 때문에 그 얼굴이 무서워서 시선을 돌려버렸습니다. 그런데 가만히 들어보니 그 사람은 이 추위를 무슨 옷으로 견디면 좋을지, 아내와 자식을 어떻게 먹여 살려야 할지를 혼자 끊임없이 중얼거렸습니다. 그것을 듣고 저는 생각했습니다. '나는 배고프고 추워서 죽을 것 같은데⋯⋯, 저기 저 사람은 자신과 아내가 입을 모피, 가족들을 먹일 빵만 생각하고 있는 사람이야. 저 사람은 나를 도와주지 않을 거야.' 그 사람은 저를 보더니 얼굴을 찡그리며 더욱 험악한 표정으로 제 곁을 지나쳤습니다. 저는 실망을 했습니다.

　그런데 다시 발자국 소리가 들려왔습니다. 그 사람이 되돌아오고 있는 게 아니겠습니까? 되돌아보니 조금 전의 그 사람이라고는 생각할 수 없을 정도였습니다. 조금 전까지만 해도 그 사람 얼굴에는 죽음이 어른거리고 있었는데 그때는 생기가 넘쳐흘렀으니까요. 그리고 저는 그 얼굴에서 하나님의 모습을 보았습니다. 그 사람은 제 곁으로 와서 옷을 입혀주고 저를 데리고 자신의 집으로 갔습니다. 집에 도착하자 한 여자가 우리들을 맞으러 나왔다가 무슨 말을 하기 시작했습니다. 그 여자는 조금 전의 남자보다 더 흉측한 얼굴을 하고 있었습니다. 그녀의 입에서는 죽음의 숨결이 새어나왔는데 저는 썩은 냄새와도 같은 죽음의 냄새 때문에 숨이 턱턱 막힐 지경이었습니다. 그 여자는 저를 추운 밖으로 내쫓으려했습니다. 그 여자가 만약 저를 밖으로 내쫓으면 그 여자도 곧 죽게 될 것이라는 사실을 저는 알고 있었습니다.

　바로 그때 남편이 그 여자에게 하나님을 상기시켜 줬습니다. 그러자 그 여자도 갑자기 변했습니다. 그리고는 저녁을 차려주기 시작했습니다. 여자와 저의 눈이 마주쳤을 때 그 여자의 얼굴에는 이미 죽음의 모습 같은 것은 보이지 않았으며 생생하게 생기가 넘쳐흐르고 있었습니다. 저는 그 여자 속에서도 하나님의 모습을 보았습니다. 그때 저는 하나님의 첫 번째 말씀인 '사람 속에 있는 것이 무엇인지를 알게 될 것이다.'라는 것을 떠올렸습니다. 그리고 사람 속에 있는 것은 사랑이라는 사실을 깨달았습니다. 저는 하나님께서 약속하신 계시를 보여주고 계셔서 기쁨을 느꼈습니다. 그래서 처음으로 미소를 지어보였던 것입니다.

하지만 그때 저는 모든 것을 알 수는 없었습니다. 사람에게 주어지지 않은 것은 무엇인지, 사람은 무엇으로 사는지, 이 두 가지는 알 수가 없었습니다. 하지만 제가 시몬, 당신 집에서 살게 된지 일 년이 지났을 때 그것을 알게 되었습니다. 어느 날, 한 사람이 찾아와 일 년 동안 신어도 모양이 변하지 않고 바느질 한 곳도 뜯어지지 않는 부츠를 만들어 달라고 주문했습니다. 그 사람을 보고 있는데 그 사람 뒤쪽에 서있는 제 동료 중 하나인 죽음의 천사의 모습을 보았습니다. 저 밖에 그 천사를 볼 수 없었지만 저는 그를 알고 있었기 때문에 그 날 해가 저물기 전에 그 신사의 영혼을 하나님께 데려간다는 사실을 알 수 있었습니다. 그래서 저는 '이 사람은 일 년 뒤의 일을 걱정하고 있지만, 오늘 저녁이 되기 전까지 밖에 살 수 없다는 걸 모르고 있다.'는 생각을 했습니다.

그리고 하나님의 두 번째 말씀인 '사람에게 주어지지 않은 것이 무엇인지를 알게 될 것이다'라는 말씀을 떠올렸습니다. 사람 속에 있는 것이 무엇인지를 저는 이미 알았습니다. 그때 저는 사람에게 허락되지 않은 것은 무언가에 대한 하나님의 두 번째 계시를 깨달았습니다. 먼저 인간의 내면에 무엇이 있는지는 깨닫고 사람에게 주어지지 않은 것이 무엇인지도 깨달은 것입니다. 그것은 사람이 자기에게 진짜 필요한 것이 무엇인지 모른다는 것입니다. 그래서 저는 두 번째로 미소를 지어보였습니다. 저는 동료 천사를 보게 된 것과 하나님께서 두 번째 말씀을 제게 보여주신 것이 매우 기뻤습니다.

하지만 저는 전부를 알 수는 없었습니다. 그래서 저는 계속 여기서 신세를 지며 하나님께서 주신 마지막 말씀의 뜻을 계시하시길 기다리고 있었습니다. 그리고 6년째가 되는 오늘, 두 쌍둥이 여자아이들이 한 여자와 함께 이곳을 찾아왔습니다. 저는 그 아이들을 알고 있었습니다. 그리고 그 아이들이 죽지 않고 살아있었다는 사실을 알게 되었습니다. 저는 '그 어머니가 아이들을 위해서 애원을 했을 때, 저는 어머니의 말을 믿고 부모가 모두 없어지면 아이들은 살아갈 수 없을 것이라고 생각했었는데 이렇게 다른 여자가 젖을 먹여 키워내지 않았는가?'라고 깨달았습니다. 그리고 그 부인이 아이들 때문에 감동해서 눈물을 흘렸을 때, 저는 그 여자 속에서도 살아계신 하나님의 모습을 보고 사람은 무엇으로 사는지를 알게 되었습니다. 이렇게 저는 하나님께서 마지막 말씀을 제게 계시하시고 저를 용서하셨다는 사실을 알게 되었습니다. 그래서 저는 세 번째로 미소를 지어보였던 것입니다."

12.

　그리고 천사의 벌거벗은 몸으로 변하더니 똑바로 쳐다볼 수 없는 휘황한 빛이 그의 몸을 감쌌다. 그의 목소리는 점점 커져서 그의 몸에서 나는 소리가 아니라 하늘 위 천국으로부터 울리는 듯했다. 그가 말했다.

　"저는 모든 사람이 제 몸이나 챙기기 때문에 사는 것이 아니라 사랑에 의해 살아간다는 걸 배웠습니다. 아이들의 어머니는 아이들의 삶에 필요한 것이 무엇인지 알 수 없었습니다. 부유한 신사도 자기에게 필요한 것이 무엇인지 알 수는 없었습니다. 어느 누구도 한밤중에 부츠가 필요할지 송장에 신길 슬리퍼가 필요할지 알 수 없는 노릇 아니겠습니까.

제가 사람의 몸으로도 살아남은 것은 제가 제 몸을 잘 보살핀 것이 아니라 지나던 행인의 사랑이 있었기 때문입니다. 그 사람과 그의 아내는 연민과 사랑으로 절 보살폈습니다. 고아들이 살아남을 수 있었던 것은 생모의 보살핌이 아니라 알지 못하는 한 여인의 연민과 사랑의 마음 때문이었습니다. 모든 사람이 함께 살아갈 수 있는 것은 제 하나의 편안함을 위하려는 생각이 아니라 사람들에게 깃든 사랑 때문입니다.

　저는 전에, 하나님께서 사람들에게 생명을 주시고 잘 살기를 바란다고만 알고 있었습니다. 그런데 지금은 그보다 더 많은 뜻이 있음을 깨달았습니다. 하나님께서는 사람들이 따로 살기를 원치 않으시기에 이기적인 소망에는 계시를 하지 않습니다. 하나님께서는 사람들이 함께 어울려 살기를 원하시기에 모두에게 필요한 것이 무엇인지 계시를 하신다는 걸 깨달았습니다.

　그리고 지금 저는 사람들이 스스로를 잘 보살피기에 살아가는 것 같지만 사실은 사랑이 있기에 살아간다는 것도 깨달았습니다. 사랑을 품은 자, 하나님의 가호를 누리는 자이며 하나님을 품은 자입니다. 하나님은 사랑이기 때문입니다."

　그리고 천사는 하나님께 찬송을 올렸다. 그러자 오두막이 천사의 목소리에 흔들렸다. 천장은 갈라지고 지상으로부터 하늘로 불기둥이 치솟았다. 시몬과 그의 가족들은 바닥에 엎드렸다. 날개가 천사의 어깨에서 솟아나더니 천사는 하늘로 날아올랐다. 시몬이 정신을 차렸을 때, 그의 집은 예전 그대로였다. 거기에 가족을 제외하곤 아무도 없었다.

아버지께서 나를 사랑하신 것 같이 나도 너희를 사랑하였으니 나의 사랑 안에 거하라.

내가 아버지의 계명을 지켜 그의 사랑 안에 거하는 것 같이 너희도 내 계명을 지키면 내

사랑 안에 거하리라.

내가 이것을 너희에게 이름은 내 기쁨이 너희 안에 있어 너희 기쁨을 충만하게 하려 함

이라. 내 계명은 곧 내가 너희를 사랑한 것 같이 너희도 서로 사랑하라 하는 이것이니

라.

-요한복음 15장 12~19

너희는 나를 불러 주여, 주여 하면서도 어찌하여 내가 말하는 것을 행하지 아니하느냐.

내게 나아와 내 말을 듣고 행하는 자마다 누구와 같은 것을 너희에게 보이리라.

집을 짓되 깊이 파고 주추를 반석 위에 놓은 사람과 같으니 큰물이 나서 탁류가 그 집에 부딪치

되 잘 지었기 때문에 능히 요동하지 못하게 하였거니와, 듣고 행하지 아니하는 자는 주추 없이

흙 위에 집 지은 사람과 같으니 탁류가 부딪치매 집이 곧 무너져 파괴됨이 심하니라 하시니라.

-누가복음 6장 46~49

두 노인

1.

두 노인이 예루살렘으로 성지순례를 떠나기로 했다. 한 사람은 예핌 타라스이치 셰베료프라는 부자였다. 다른 한 사람은 예리세이 보도료 프라는 부자가 아닌 사람이었다.

예핌은 성실한 농부로 술 담배도 하지 않고 평생 욕 한 번 한 적이 없는 사람이었다. 예핌 타라스이치는 두 번 연속해서 촌장을 지냈고 그동안 한 푼의 어긋남 없이 일을 해냈다. 그의 집안은 상당한 대가족으로 두 아들이 벌써 아내를 맞이한 손자가 있었는데 모두 한 집에서 살았다. 그는 70세가 넘어서도 기다란 턱수염은 살짝 희끗한 정도였고 등도 전혀 굽지 않아 얼핏 보기에도 건강한 사람이었다.

예리세이는 부자도 아니고 가난한 사람도 아닌 노인으로, 젊었을 때는 목수 일을 했는데 나이를 먹은 후부터는 양봉으로 생계를 꾸려나갔다. 큰아들은 돈을 벌기위해 외지로 나가고 둘째는 집에 남아있었다. 예리세이는 마음이 선하고 유쾌한 남자였다. 보드카도 마시고 담배도 피웠으며 노래 부르기를 좋아했다. 점잖은 성품의 사람이어서 가족들이나 이웃사람들과도 사이좋게 지냈다. 중간 정도 키에 피부가 거무스름했고 턱수염이 곱슬곱슬한 사람이었다. 그리고 자신과 같은 이름의 옛 예언자 예리세이처럼 머리가 매끈하게 벗겨져 있었다.

두 노인은 오래전부터 함께 성지순례를 떠나기로 약속했었지만 예핌에게는 늘 시간이 부족했다. 쉴 틈이 없었다. 그는 하나의 일이 끝나면 곧바로 다른 일이 생기곤 했다. 손자가 손자며느리를 맞는가 싶더니 다음에는 막내아들이 군대에서 돌아오고 이번에는 새로운 집을 지어야한다는 식이었다.

　어느 날 축제에서 만난 두 노인은 통나무에 나란히 걸터앉아 이야기를 나눴다. 먼저 예리세이가 말했다.

　"우리는 대체 언제쯤이나 성지순례를 떠날 수 있는 겐가?"

　예핌이 인상을 찌푸리며 말했다.

　"조금만 더 기다려 주게. 올해는 이래저래 일이 많아서 말이야. 공사를 시작하기 전에는 100루블 정도 들어갈 거라 예상했는데 벌써 300루블을 썼는데도 끝날 기미가 보이지 않아. 아무래도 여름까지는 걸릴 것 같아. 여름이 되어 하나님께서 기회를 주신다면 그때는 반드시 가기로 하세."

　"내 생각에는 더 이상 미뤄서는 안 될 것 같은데. 지금 봄이라 성지순례 떠나기 딱 좋은데 말이야. 지금 당장 나서는 게 좋을 거 같아."

　"때는 좋지만, 일을 시작해서……. 벌여놓은 일은 어쩌고 지금 가겠나?"

　"맡기고 갈 사람 없나? 아들이 해도 될 것 같은데."

　"뭐가 된단 말인가? 큰 아들 녀석은 믿을 수가 없어. 술을 너무 마시거든."

　"우리는 얼마 안 있으면 죽을 거야. 우리 없이도 자식들은 살아갈 수 있다고. 녀석들도 스스로 배워야 하지 않겠나?"

　"그렇기야 하지만 내 눈으로 봐야 안심이 될 것 같아."

"이제 난 모르겠어. 모든 일을 다 끝내고 가려하면 한도 끝도 없겠네. 없고말고. 며칠 전에 우리 집 마누라가 축제일이 다가오니 빨래를 해야 한다느니 청소를 해야 한다느니 하면서 난리를 치더군. 하지만 이거 저거 다 하려고 해봐야 한꺼번에 모든 일을 다 할 수 없는 법이지 않나? 그랬더니 우리 똑똑한 맏며느리가 하는 말이 걸작이야. '고맙게도 축제는 점점 다가오고 있어요. 저를 기다려주지 않고. 아무리 해본들 끝낼 수 있는 게 아니니까.'라고 하더군."

예핌은 생각했다.

"나는 집을 짓는 데 돈을 이미 많이 투자했지 않나? 여행 가는데 빈손으로 갈수도 없고. 적어도 100루블은 가지고 가야할 텐데."

그러자 예리세이가 껄껄 웃더니 말했다.

"이봐. 죄를 짓지는 말라고. 자네가 나보다 10배는 많이 가지고 있지 않나. 그런데도 자네는 언제나 돈 이야기뿐이구먼. 어찌됐든 빨리 정하는 게 좋을 걸세. 언제 떠날 건지. 내가 가진 돈은 없지만 그래도 어떻게든 될 걸세."

예핌도 방긋 웃었다.

"자네 정말 통도 크구먼. 그만한 돈을 어디서 구한단 말인가?"

"집 안을 샅샅이 뒤져보는 거지. 그러면 얼마 정도는 모을 수 있을 거야. 그래도 모자란다면 옆집에다 통나무 벌통 몇 개 팔아서 충당하면 되지, 뭐 전부 사겠다고 했으니까."

"판 벌통이 잘 되면 배가 아프지 않겠어?"

"배가 아프지 않겠냐고? 그럴 리가 있겠나? 이 세상에서 죄를 진 것 외에 무엇도 억울할 일이 없네. 영혼보다 소중한 건 없으니까."

"그건 그렇지만 집안일이 잘 안 풀리면 역시 답답하지 않나?"

2.

예핌은 밤새 고민한 끝에 성지순례를 떠나기로 결심했다. 그는 이튿
날 아침 예리세이를 찾아가 말했다.

"우리 떠나세. 자네 말대로 사람이 죽고 사는 것. 모두 하나님의 뜻일
진데 아직 건강할 때 출발하는 게 좋겠어."

두 노인은 일주일 안으로 준비를 마쳤다. 부유한 예핌은 여비로 100
루블을 어렵지 않게 마련하고 늙은 아내에게 따로 200루블을 맡겼다.
예리세이는 그의 옆집 사내에게 벌통 10개를 팔았다. 10개의 벌통에
서 나올 예정인 새끼 벌들도 이웃사람에게 팔기로 했다. 그렇게 해서
그는 간신히 70루블을 마련했다. 부족한 30루블은 집 안에 있는 것을
긁어모으다시피 해서 모으고 다른 식구들에게 조금씩 받아서 채웠다.
늙은 아내는 죽을 때 쓰려고 모아뒀던 돈을 전부 그에게 주고 며느리
도 가진 돈을 내주었다.

예핌 타라스이치는 모든 일을 아들에게 넘겼다. 어디서 얼마나 풀을
베어야 하는지, 비료를 어디로 옮겨야 하는지, 새로 짓는 집 지붕은 어
떤 모양으로 올릴지, 모든 것을 가르쳐주었다. 하지만 예리세이는 그
저 판 벌통에서 나오는 애벌레를 따로 모아서 꼭 옆집에 넘겨주라고
아내에게 말했을 뿐, 집안일에 대해서는 한 마디도 하지 않았다. 일이
라는 건 경험이 쌓이면 자연스레 익히게 되어있으니 일하는 사람이
알아서 하는 것이 가장 좋은 것이었기 때문이다.

두 노인은 준비를 했다. 가족들은 과자를 만들고 자루를 꿰매었고 새
로운 각반과 부츠도 장만해주었다. 갈아 신을 짚신까지 꼼꼼히 준비
했다.

드디어 두 노인은 길을 떠났다. 집안사람들은 동네 어귀까지 배웅을

나왔고, 두 노인은 여행길에 올랐다.

예리세이는 들뜬 마음으로 출발했고 마을을 벗어나자 집안일 같은 건 깨끗이 잊어버리게 되었다. 그는 머릿속에는 함께 가는 친구의 기분을 기쁘게 해주자, 될 수 있으면 거친 말을 삼가자, 무탈하게 순례를 마치고 집으로 돌아와야겠다는 생각뿐이었다. 예리세이는 길을 가면서 혼자 기도를 드리기도 하고 자신의 마음속에 있는 성자의 이야기를 떠올리기도 하며 걸어갔다. 길에서 만난 사람들에게 친절을 베풀고 하나님의 말씀대로 행하려 노력했다. 그는 그런 과정이 너무나 행복했다. 다만 한 가지 견디기 어려운 것은 바로 담배였다. 담배를 끊어보려 일부러 집에다가 담배 상자를 두고 왔는데도 담배 생각이 머리에서 떠나질 않았다. 여행 도중에 어떤 사람이 그에게 담배를 줬다. 그래서 그는 자신의 친구를 죄로 끌어들이지 않기 위해서 때때로 뒤쳐져서 담배 냄새를 맡았다.

예핌 타라스이치도 몸을 곧게 펴고 씩씩하게 걸어갔다. 부적절한 행동을 하지도 않고 쓸데없는 말은 입에 담지도 않았다. 원래부터 그는 가벼운 성격이 아니었다. 단지 그는 내내 마음이 편치 않았다. 깜빡 잊고 아들에게 일러주지 않은 것은 없는지, 아들이 자신에게 들은 대로 잘 하고 있는지 걱정되었다. 그랬기 때문에 지금이라도 다시 돌아가서 모든 일을 다시 알려주고 자신이 일을 해야 하는 게 아닐까하는 생각까지 들곤 했다.

3.

두 노인은 5주째 걷고 있었다. 집에서 챙겨온 짚신은 모두 닳아 새로운 신을 사야만 했다. 그들을 소러시아인의 나라로 갔다. 집을 나선 후로 잠을 자거나 식사를 할 때마다 모든 것을 돈을 치르고 해결했으나 이곳 사람들은 너도 나도 두 노인을 자기 집으로 데리고 가, 식사를 대접하고 잠자리까지 마련해주면서도 돈 한 푼 받지 않았다. 그리고 다시 길을 떠나갈 때는 가면서 먹으라며 빵과 과자까지 챙겨주었다.

두 노인은 한결 가벼운 걸음으로 7백 베르스타(약 753킬로미터)의 여정을 지나 어느 마을에 이르게 되었다. 작년에 흉작으로 아주 힘든 기간을 보내고 있는 곳이었다. 그곳 사람들은 집으로 맞아주고 잠자리도 내어주면서 돈은 받지 않았다. 다만 먹을 것만큼은 내어주지 않았다. 빵 한 조각도 못 얻어먹을 때도 있었으며, 돈으로 사려고 해도 음식을 구하지 못할 때도 있었다. 마을 사람이 말하기를 작년 흉작으로 곡식을 하나도 수확하지 못해서 부자도 가지고 있던 물건을 처분해가며 먹을 것을 구했고 중류층은 빈털터리가 되었으며 서민들은 가난뱅이가 되어 다른 지방으로 떠나거나 걸식을 하며 돌아다니며 겨우내 볏겨나 명아주로 끼니를 때웠다고 했다.

어느 날 작은 마을에 들어간 두 노인은 빵을 15근 정도 사고 그곳에서 하룻밤 묵은 뒤 해가 뜨기 전에 길을 나섰다. 한낮의 뜨거운 햇볕을 피하기 위해서였다. 10베르스타쯤 걸어가자 개울이 나타났다. 두 노인은 개울가에 자리를 잡고 빵과 물을 천천히 먹었다. 그리고 짚신도 갈아 신었다. 한동안 그곳에 앉아 휴식을 취했다. 예리세이가 담배를 슬쩍 꺼내자 예핌이 그것을 보고 머리를 저으며 말했다.

"아직도 그 혐오스러운 것을 못 끊었나?"

예리세이가 손을 내저으며 낙심한 투로 대답했다.

"도저히 끊을 수가 없어. 죄악에 물든 거 아니겠나?"

두 사람은 충분히 쉬고 일어나 길을 재촉했다. 다시 10베르스타쯤 걸어갔더니 큰 마을이 나타났지만 거기는 그냥 지나갔다. 그 마을을 지나자 햇볕이 강하게 내리쬐기 시작했다. 예리세이는 지칠 대로 지쳐 잠시 쉬어가고 싶었지만 예핌은 걸음을 멈추려 하지 않았다. 그의 뒤를 쫓아가는 것은 예리세이에게 쉬운 일이 아니었다.

"물 한잔 마시고 가는 게 어떤가?"

"난 괜찮으니 자네 혼자 마시게나."

예리세이는 걸음을 멈췄다.

"그럼 먼저 가 있게. 나는 저기, 저 농가에 가서 물을 좀 얻어 마시고 올 테니. 바로 뒤따라가겠네."

"그렇게 하시게."

예핌은 혼자서 길을 떠났다. 예리세이는 오두막이 있는 곳으로 발길을 옮겼다. 그 오두막은 점토를 발라 만든 조그만 집이었다. 아래쪽은 시커멓고 위쪽의 하얀 벽은 점토가 벗겨진 것을 보아 오랫동안 손보지 않은 모양이었다. 지붕 한쪽에는 구멍까지 뚫려있었다. 오두막의 입구는 정원을 지나서 들어가게 되어있었다. 예리세이가 정원을 들어가 보니 한기를 막기 위해 토대 주위에 흙을 쌓아놓은 것이 보였다. 그 옆에 한 남자가 드러누워 있었다. 턱수염이 없고 소러시아풍의 옷차림을 하고 바지 속에 윗도리를 넣어 입고 있었다. 처음에는 시원한 그늘을 찾아 쉬고 있는 거라 생각했는데 남자 위로 햇볕이 내리쬐고 있었고, 더군다나 그는 잠이 든 것도 아니었다. 예리세이는 사내에게 다가가 물을 한잔 얻으려 했지만 사내는 대답을 하지 않았다.

'병에 걸렸거나 무뚝뚝한 성격인가 보군.'

그 남자를 지나쳐 예리세이는 문이 있는 곳으로 다가갔다. 다가가자 오두막 안에서 두 아이의 울음소리가 들려왔다. 예리세이는 문에 달린 손잡이로 문을 두드렸다.

"계십니까?"

아무도 대답하지 않았다. 이번엔 지팡이로 문을 두드렸다.

"믿는 자여!"

역시 아무 소리도 들리지 않았다.

몇 번을 소리쳤지만 인기척이 없었다. 예리세이가 다른 곳으로 가려고 할 때 한숨소리인지 신음소리인지, 사람 소리가 들렸다.

'무슨 사고라도 났나? 한편 살펴봐야겠다.'

4.

예리세이가 손잡이를 돌려보니 문이 잠겨 있지 않아 그대로 열렸다. 복도로 들어가 보니 안 쪽문도 열려있었다. 왼쪽에 난로가 있었고 오른쪽이 방이었다. 그 방구석에 성모상과 테이블이 자리 잡고 있었다. 테이블 너머에 접이식 의자가 있고 그 의자에는 속옷 차림의 노파가 테이블에 머리를 기댄 채 앉아있었다. 그 옆에는 밀랍 인형처럼 비쩍 마른 사내아이가 할머니 옷자락에 매달려 울며 보채고 있었다.

예리세이가 방으로 들어갔다. 방 안에서는 숨 막힐 것 같은 냄새가 풍겼다. 살펴보니, 침대 너머의 침상에 여자 한 명이 쓰러져있었다. 그녀는 엎드린 채 고개를 돌려보지도 않고 그저 갈라지는 목소리를 내며 한쪽 다리를 접었다 폈다할 뿐이었다. 여자가 다리를 이쪽저쪽으로 움직일 때마다 거기서 역한 냄새가 풍겨 왔다. 아무래도 여자는 대소변을 가리지 못하는데 그것을 치워줄 사람도 없는 듯했다. 낯선 사람이 들어오자 할머니가 문득 고개를 들고 말했다.

"누구요? 뭘 얻으려고 왔는지는 모르지만 여기에는 아무것도 없어요.”

예리세이가 할머니 곁으로 다가가 말했다.

“물 한 모금 얻어먹을 수 있을까하여 들렸습니다.”

“물 길어올 사람이 아무도 없어요. 정 목이 마르거든 직접 가서 물을 떠 마셔요.”

“그럼 이 집에는 멀쩡한 사람은 없다는 말인가요? 저 여자를 돌봐줄 이도 없고?”

“아무도 없어요. 남자는 정원에서 다 죽어가고 있고, 나머지는 우리뿐이오.”

낯선 노인을 보고 잠시 울음을 그쳤던 사내아이는 할머니가 말하자 다시 옷자락을 잡아당기며 칭얼거렸다.

“빵요, 할머니 빵 주세요!”

예리세이가 노파에게 다시 무언가를 물으려 한 순간, 한 농부가 비틀비틀 방 안으로 들어와 벽을 짚고 의자가 있는 곳으로 가려다가 그대로 쓰러져 바닥 위로 넘어졌다. 그러더니 일어서려 하지도 않고 그대로 말을 하기 시작했다. 한마디한마디 끝날 때마다 숨을 몰아쉬며 더듬더듬 이야기했다.

“전염병이……, 돌았소……. 게다가 먹을 게 아무것도……없소. 저 놈마저 굶어죽게 생겼소…….”

남자는 턱으로 사내아이를 가리키더니 울기 시작했다. 예리세이는 어깨에 메고 있던 자루를 내려놓았다. 그리고 다시 의자에 자루를 올리고 묶어놓은 끈을 풀어 그 속에서 빵과 나이프를 꺼냈다. 예리세이가 빵 한 조각을 잘라 건네주자 남자는 그것을 받지 않고 사내아이와 여자 쪽을 가리켰다. 사내아이는 빵을 보자마자 두 손을 뻗어 받더니 코를 빵에 박은 채 먹었다. 침대 너머에서 다른 여자아이 하나가 기어 나와 가만히 빵을 바라보았다. 그 아이에게도 빵을 주었다. 그리고 다시 한 조각 잘라내어 노파에게도 주었다. 빵을 받은 노파는 갑자기 꾸역꾸역 먹기 시작했다.

"물을 떠다 줬으면 좋으련만. 모두 입이 버쩍 말라 있어요. 어제였는지 오늘이었는지, 내가 물을 뜨러 가기는 했지만 가져올 힘이 없어서 통을 뒤엎고 나도 나자빠졌지요. 거기서부터 간신히 기어왔어요. 거기에 아직 물통도 있을 텐데. 누가 가져가지 않았다면 아직 거기에 있을 거요."

예리세이는 할머니가 알려준 우물가에 물을 뜨러갔다. 그곳엔 물통이 아직 있었다. 그대로 물을 떠와 그 집 식구들에게 먹였다. 아이들과 할머니는 물과 함께 빵 한 조각을 더 먹었지만 농부는 먹으려고 하지 않았다.

"도무지 위에서 받아들이질 않아요."

남자는 속이 안 좋아서 빵을 입에 대지도 못했고 여자는 아예 일어나지도 못했다. 그녀는 정신이 혼미한 채로 나무 침대에 누워 몸부림칠 뿐이었다.

예리세이는 마을에 나가 기장, 소금, 보릿가루와 버터를 사오고, 도끼를 찾아 장작을 패서 벽난로에 불을 지폈다. 여자아이가 그를 도왔다. 예리세이는 스프와 보리죽을 만들어 모두에게 먹였다.

5.

그 집 식구들은 보리죽으로 끼리를 채웠다. 아이들은 한 그릇을 날름 먹어치우더니 한쪽으로 가서 서로 끌어안고 잠들었다.

농부와 노파는 어떤 연유로 이렇게 되었는지 그 사정을 이야기하기 시작했다.

"넉넉한 살림은 아니었지만 그럭저럭 살아가고 있었지요. 그런데 이번 기근으로 가을부터 일 없이 겨우 입에 풀칠만 하게 되었습니다. 어쩌다 하루 일거리를 찾아 하더라도 그 다음 날은 또 다른 일을 찾아 헤매기만 했지요. 심지어 어머니와 딸아이가 이웃 마을에 가서 구걸까지 할 정도였어요. 거기서도 변변한 먹을거리 하나 못 얻었었지만……. 그래도 어떻게든 다음 수확 때까지만 견디면 되겠다고 생각했지요. 죽을 둥 살 둥 버텨봤지만 봄이 되면서부터는 먹을거리는 물론 도움 받을 사람까지 끊긴데다 전염병까지 돌아버렸지 뭡니까. 누가 와도 해결할 수 없는 상황이 되어버렸어요. 간신히 먹을 것을 구해 하루 먹으면 이틀은 굶어야 될 상황이었지요. 결국 풀까지 뜯어먹을 지경까지 왔는데, 그 풀 때문인지 아내가 그만 몸져누웠고 저는 돈도 없고 기력도 없어서 아무것도 못 하고 있었습니다."

힘겹게 말을 끝낸 농부의 이야기를 노파가 받아 이어갔다.

"저 혼자 어떻게든 일을 하고 있었지만 그나마 먹을 것이 없어서 점점 몸이 허약해지기 시작했다우. 손녀딸도 몸이 약해진 데다 겁을 먹기 시작했어요. 이웃사람들에게 보내려고 해도 말을 듣지 않았어요. 구석에 웅크리고 앉아 죽어도 가질 않았지요. 요전에는 이웃집 여자들이 왔다가 죄 쓰러져 있는 것을 보고는 깜짝 놀라서 그냥 달아나 버리더군요. 그 집도 남편이 도망가고 없고 아이들도 굶어 죽을 판이었거든요. 그래서 온 가족이 이렇게 쓰러져 죽기만을 기다리고 있었습니다."

두 사람의 이야기를 듣고 나서 예리세이는 친구를 따라가기를 단념

하고 그곳에 머물기로 결심했다.

　다음 날 아침 일찍 일어나자마자 예리세이는 마치 자기 집이라도 되는 것처럼 일을 시작했다. 노파와 함께 빵 반죽을 하고 난로에 불을 피웠다. 그리고 여자아이와 함께 필요한 것을 얻으러 이웃집을 돌아다녔다. 하지만 무엇인가 필요한 것이 있어 찾아보아도 무엇 하나 찾을 수가 없었다. 모두 먹어치웠기 때문이었다. 농기구는 물론 옷도 없었다. 예리세이는 우선 사거나 직접 만들거나 해서 꼭 필요한 물건들을 장만하기 시작했다.

　이틀이 지나고 사흘을 보냈다. 사내아이도 점점 좋아져서 가게에 심부름꾼으로 가게 되고 예리세이를 아주 잘 따랐다. 여자아이는 완전히 건강을 되찾아서 무슨 일이든 거들어주려고 하였다. "할아버지! 할아버지!"하며 예리세이의 뒤를 졸졸 쫓아다녔다. 노파도 이웃집을 드나들 수 있을 만큼 기력을 차렸다. 농부도 일어나 벽을 짚어가며 걷기 시작했고 줄곧 누워 있던 그의 아내도 이제 조금 정신이 드는지 먹을 것을 찾게 되었다.

　식구들이 기력을 찾아가자 예리세이는 생각했다.

　'잠깐 머물다 갈 생각이었는데 너무 오래 있었어. 이제 떠나야겠군.

6.

　나흘째, 축일이 끝나고 고기를 먹는 날이 찾아왔다. 예리세이는 생각했다.

　'이 가족들과 축일을 마치고 모두에게 축제 선물을 사준 뒤 내일 저녁에나 출발해야지.'

　그래서 예리세이는 다시 마을로 나가 우유와 하얀 보릿가루와 돼지

기름 등을 사가지고 돌아왔다. 그는 노파와 함께 요리를 한 뒤, 오전이 가기 전에 기도식에 다녀와서는 모두와 함께 축일을 마쳤다. 그날은 아내도 일어나 비틀비틀 걸어 다녔다. 농부는 농부대로 면도 후에 노파가 빨아 준 깔끔한 셔츠를 입고 마을의 부자 농부에게 부탁을 하러 갔다. 그 부자 농부에게 목초지와 경작지 모두 저당 잡혀있었는데 다음 수확 전까지만 넘겨줄 수 없겠느냐고 부탁하러 간 것이었다. 하지만 저녁이 되자 슬픈 얼굴로 돌아와서 눈물을 흘리기 시작했다. 부자 농부가 쌀쌀맞게 돈을 가져오라고 했다는 것이었다.

예리세이는 다시 생각했다.

'이 사람들이 앞으로 어떻게 먹고 산단 말인가? 다른 사람들은 풀을 베러 가는데, 이 사람들은 그마저도 저당 잡혀 할 수가 없으니……. 남들은 쌀보리를 수확을 시작하려 하고 있는데 이들은 넋 놓고 있어야 한다. 이 사람들에게는 희망이 될 만한 것이 없구나. 1데샤티나 가지고 있었던 땅도 부자 농부에게 팔았다고 하니. 내가 떠나버리면 이 사람들은 다시 곤궁에 처하게 되겠구나.'

예리세이는 생각에 빠져서 그날 밤에는 떠나지 못해 이틀 날 아침으로 출발을 미뤘다. 다음 날 떠나기로 결심하고 마당에 나가 기도를 올린 다음, 잠자리에 누웠으나 도무지 잠이 오지 않았다. 이 곳에 있는 동안 이미 시간과 돈을 많이 써버렸다. 하지만 이 집 사람들도 불쌍한 마음에 발길이 차마 떨어지질 않았던 것이다.

'이 집 식구들을 끝까지 도와줄 순 없어. 나도 처음에는 물을 한통 떠주고, 빵을 한 조각씩 베풀 생각이었어. 하지만 그것이 무슨 도움이 됐단 말인가? 이번에는 목초지와 밭을 되찾아오지 않으면 안 돼. 밭을 찾아오면 그 다음에는 아이들에게 암소를, 주인에게는 곡식 단을 나를 마차를 사주어야만 한다. 이봐, 예리세이 크지미치. 자네 아무래도 머리가 어떻게 된 거 아닌가? 발을 뺄 수가 없잖아. 닻을 던져놓고는 이러지도 저러지도 못하게 생겼다고.'

예리세이는 결국 잠을 이루지 못하고 일어나 앉았다. 그는 돌돌 말아서 베개로 삼고 있던 긴 외투를 풀어 주머니에서 담배쌈지를 꺼냈다. 복잡한 머리가 개운해질까 하고 코담배를 맡으며 생각을 해봤지만 아무리 생각해도 좋은 생각이 떠오르지 않았다. 떠나야 했지만 이 집 사람들이 가여워서 어떻게 해야 좋을지 감을 잡을 수가 없었다. 그는 외투를 말아 머리에 베고 다시 누웠다. 밤새 뒤척이던 그는 닭이 울기 시작했을 때 자신도 모르는 사이 깊은 잠에 빠져 들었다.

갑자기 누군가 그를 깨우는 듯한 느낌이 들었다. 눈을 떠 보니 자신은 이미 떠날 준비를 마치고 자루를 어깨에 멘 뒤 지팡이를 손에 쥐고 막 일어서려 하고 있었다. 그리고 그는 문을 통해 나가야 했는데 문은 한 사람이 간신히 빠져나갈 수 있을 만큼 밖에 열려있지 않았다. 그는 문을 지나려 했지만 한쪽 틈에 자루가 걸리고 말았다. 그는 자루를 빼내 나가려 했지만 다른 쪽에 각반이 걸려 벗겨지려 했다. 그래서 우선 자루를 빼내려고 했는데 자루는 문틈에 걸린 것이 아니라 여자아이가 그것을 쥐고, "할아버지, 빵 주세요"라고 외치고 있었다. 사내아이는 어느새 그의 발을 부둥켜안고 있었고 노파와 농부는 창문으로 그 모습을 바라보고 있었다.

순간 잠에서 깨어난 예리세이가 소리 내어 혼잣말로 말했다.

"아, 오늘 목초지랑 밭을 되찾아주자, 말도 사고 아이들에게 암소도 사주자. 그렇지 않고는 바다를 건너 예수님을 찾으러 간다 해도 내 마음속에서 예수님을 잃어버리겠어. 무엇보다도 먼저 이 사람들을 도와야해."

결심한 예리세이는 아침까지 깊은 잠에 빠졌다. 그는 아침 일찍 일어났다. 그리고 부자 농부에게로 가서 쌀보리를 찾고 목초지의 돈도 전부 치렀다. 그 다음 커다란 낫을 사가지고 집으로 돌아왔다. 농부에게 풀을 베어오라고 내보낸 다음, 자신은 여기저기 마을을 돌아다니다 식당 주인이 말이 딸린 수레를 판다는 이야기를 듣고 적당한 값에 그것을 사기로 약속했다. 다음에는 암소를 사러갔다. 그는 우연히 앞서 가는 소러시아 여인 둘의 뒤를 따라가게 되었는데 그녀들이 주고받는 이야기를 들으니 다름 아닌 자신의 이야기를 하고 있는 것이었다.

"전혀 모르는 사람이래요. 지나가는 순례자인 줄만 알았는데 물을 얻어 마시러 들어왔다가 그냥 눌러앉아 버렸다고 하더라고요. 오늘도 식당에서 말이 딸린 수레를 샀대요. 세상에 그런 사람이 어디 있겠어요. 우리 그 사람 구경이나 하러 가보아요."

예리세이는 자기를 칭찬하는 말을 듣고 암소를 사러 가던 발길을 돌렸다. 그는 곧장 식당으로 돌아가 말과 수레 값을 치르고 집으로 돌아왔다. 그가 마차를 타고 돌아오자 집안사람들은 깜짝 놀랐다. 그들도 그가 자신들을 위해 마차를 샀다는 사실을 깨달았지만 차마 말을 꺼내지는 못했다. 농부가 문을 열고 밖으로 뛰쳐나왔다.

"아니, 말이랑 수레를 사셨네요? 어르신."

"마친 싼 녀석이 나왔기에 샀네. 말한테 먹일 풀 좀 내어주게. 그리고 수레에서 밀가루 포대도 좀 내려주고."

주인은 말을 풀고 풀을 한 아름 베어다주었다.

모두가 잠자리에 들었다. 예리세이는 문 밖에서 잤다. 그는 거기에 저녁때부터 자루를 내놓았었다. 그리고 모두 잠들자 예리세이는 자루를 어깨에 묶고, 짚신을 신고, 긴 외투를 입고 예핌의 뒤를 따라 여행 길에 올랐다.

7.

예리세이가 5베르스타쯤 걸어갔을 때 서서히 날이 밝기 시작했다. 그는 나무 밑에 앉아 자루를 열고 돈 계산을 하기 시작했다. 남은 돈은 17루블과 20코페이카였다.

'잠깐만, 이 돈으로는 바다를 건너갈 수가 없겠는걸. 하지만 예수님의 이름을 팔아서 돈을 모으는 죄를 짓을 순 없어. 예핌 영감이 혼자서라도 가서 나 대신 촛불이라도 바치고 와주겠지. 나는 죽을 때까지 예배하지 못하지만 하나님께서는 고맙게도 주는 정이 많으신 분이니 용서해주실 거야.'

자리에서 일어난 예리세이는 자루를 한번 털어 어깨에 짊어지고 왔던 길을 되돌아갔다. 단 그 가족들이 있던 마을만은 사람들이 마주치는 사람이 없도록 되도록 멀리 돌아서 지나갔다. 되돌아가기 시작한 지 얼마 지나지 않아 예리세이는 집에 도착할 수 있었다. 예배를 하러 떠날 때에는 걷기에 지쳐서 예핌을 따라가기도 벅찼지만 집으로 돌아오는 길은 마치 하나님께서 도와주시기라도 한 듯 다리가 가벼워 피곤이라는 것을 전혀 느끼지 못했다. 걷는 도중 장난삼아 지팡이를 휘두르면서 하루에 70베르스타를 걸어가는데도 지칠 줄 몰랐다.

예리세이가 집에 도착했을 때는 마침 가족들이 밭일을 끝내고 돌아오던 참이었다. 모두가 예리세이가 돌아온 것을 기쁘게 생각했다. 가족들은 입을 모아 왜 친구보다 뒤처졌는지를 물었다. 왜 가다가 돌아왔는지 이것저것 물어보았다. 그러나 예리세이는 자세한 이야기는 접어두고 대충 얼버무리고 말았다.

"아아, 하나님의 뜻이 아니었나봐. 도중에 돈을 써버리고, 친구에게는 뒤처지고 말이야. 그래서 가지 못한 것뿐이야. 예수님을 위해서 용서해줘!"

그는 이렇게 말하며 나머지 돈은 아내에게 건네주었다. 그런 다음 그는 집안일에 대해서 묻기 시작했다. 걱정과는 달리 모든 일이 잘 되어가고 있었다. 일은 전부 막힘없이 진척되고 있었으며 농사에도 소홀함이 없었고 모두가 사이좋고 평화롭게 생활하고 있었다고 했다.

예핌의 가족들도 그날로 예리세이가 돌아왔다는 소식을 듣고 찾아와 예핌의 소식을 물었다. 예리세이는 그들에게도 같은 이야기를 했다.

"자네 아버지는 무탈하게 갔다네. 나와는 베드로제 나흘 전에 헤어졌어. 나도 뒤따라갈 생각이었는데 이래저래 일이 생겨 돈을 써버렸더니 여비가 모자라서 돌아올 수밖에 없었다네."

그의 말을 듣고 사람들은 몹시 의아해했다. 그렇게도 현명한 사람이 어째서 그렇게 어리석을 짓을 한 것일까라는 의문이 들면서 길을 떠났으면서도 목적지까지 가지 않고 그저 돈만 쓰고 돌아온 그를 이해할 수 없었다. 처음엔 그랬지만 시간이 지나면서 사람들도 차츰 그 일을 잊어버렸다.

예리세이도 어느새 그 일은 잊어버리고 다시 일상으로 돌아왔다. 그는 아들과 함께 겨울에 쓸 장작을 준비하기도 하고, 여자들과 함께 곡식을 털기도 했다. 창고의 지붕을 얽기도 하고 벌들을 돌보기도 했다. 새끼 벌들과 함께 열 상자를 이웃사람에게 넘기기도 했다. 그의 아내는 팔아넘긴 벌통에서 깐 애벌레를 줄여서 열 무더기만 주려고 했는데 그가 어느 통에서 알을 까고 안 깠는지 일일이 꿰고 있는 통에 열일곱 무더기를 고스란히 건네주었다. 예리세이는 수확을 마치고 아들을 일을 하러 떠나보낸 다음, 자신은 겨울 내내 짚을 삼고 벌통을 만들기도 하면서 보냈다.

8.

한편 예리세이가 사람들이 쓰러져 누워 있던 집에서 묵은 날, 예핌은 친구가 따라오기를 기다리고 있었다. 그는 길을 조금 가다 자리를 잡고 앉았다. 그리고 한참을 기다렸다. 기다리다가 선잠이 들었고 잠이 깬 뒤에도 한동안 더 앉아있었지만 친구는 결국 오지 않았다. 해가 이미 기울어 가는데도 친구의 모습은 어디에도 보이지 않았다.

시간이 지나도 예리세이가 오지 않자 그는 생각했다.

'어쩌면 벌써 지나쳐버렸을지도 몰라. 다리가 아파서 걷지도 못하고 짐수레를 얻어 타고 가다가 잠들었던 나를 미처 못 봤는지도 모르지. 아냐, 여긴 들판이니 모든 게 훤히 보였을 텐데. 하아, 내가 되돌아가면 더 어긋날지도 모르니 그냥 가던 길을 계속 가야겠어. 앞서 가서 오늘 밤 묵을 곳에서 기다리는 게 낫겠어.'

마을에 도착한 그는 마을을 돌아다니며 사람들에게 예리세이의 행색을 설명해주고 그런 사람이 마을에 나타나거든 자기가 묵고 있는 집으로 보내달라고 부탁했다. 그런데 예리세이는 그 집으로 찾아오지 않았다. 예핌은 하는 수 없이 여행을 계속하면서 사람을 만날 때마다 머리가 벗겨진 조그만 노인을 보지 못했느냐고 물었다. 누구 하나 봤다고 하는 사람들이 없었다. 예핌은 놀랐지만 그대로 혼자서 목적지를 향해 갔다.

'오데사에 가면 어딘가에서 만나게 될 테고, 그게 아니라도 배에서 만날 수 있을 거야.'

예핌은 더 이상 기다리지 않고 걸음을 재촉했다.

도중에 그는 떠돌이 성직자와 길동무가 되었다. 떠돌이 성직자는 평범한 성직자 차림에 둥근 모자 밑으로 긴 머리카락을 늘어뜨린 모습을 하고 있었다. 그는 지금까지 아젠에 있었기 때문에 지금 두 번째로 예루살렘에 예배를 드리러 가는 중이라고 했다. 그들은 숙소에서 만나 몇 마디 이야기를 주고받은 뒤 동행하기로 한 것이었다.

무사히 오데사에 도착한 그들은 꼬박 나흘 동안 배편을 기다렸다. 거기서는 많은 순례자들이 배를 기다리고 있었다. 거기서 예핌은 다시 예리세이에 대해 사람들에게 묻고 다녔지만 그를 보았다는 사람은 아무도 없었다.

떠돌이 선교사가 예핌에게 무임으로 승선하는 법을 알려 주었지만 예핌 타라스이치는 그 말대로 하지 않았다.

"저는 돈을 내는 편이 좋습니다. 그러기 위해서 준비해 온 것이니까요."

왕복 뱃삯으로 40루블을 낸 다음, 가는 길에 먹을 음식으로 빵과 청어 등을 샀다. 드디어 배는 모든 짐과 순례자들을 태웠다. 예핌도 떠돌이 성직자와 함께 배에 올랐다. 닻이 오르고 배를 묶고 있던 밧줄도 풀리자, 배는 바다로 떠나갔다. 낮 동안의 항해는 평온했지만 저녁부터 바람이 불고 비가 내려 배는 흔들리고 파도가 높아지기 시작했다. 승객들은 이리저리 나뒹굴었다. 여자들은 울음을 터뜨렸고, 남자들 중에서도 약한 사람들은 배 안을 뛰어다니며 안전한 곳을 찾아다니기 시작했다. 예핌도 무서운 마음이 들었지만 겉으로는 드러내지 않았다.

배에 올랐을 때 탐포프에서 온 노인들과 나란히 바닥에 앉아 있던 모습 그대로 그날 밤과 이튿날을 보냈다. 그저 자신의 자루를 쥔 채 단 한마디도 하지 않았다.

사흘째가 되자 바람이 잦아들었고 닷새째 되는 날 배는 콘스탄티노플에 정박했다. 많은 순례자들이 상륙해서 지금은 터키인들의 소유가 된 소피아 성당을 둘러보았다. 하지만 예핌은 상륙하지 않고 배 위에 남아 있었다. 그 후로 스미르나와 알렉산드리아에 기항했다가 무사히 야파의 마을에 도착했다. 순례자들은 모두 야파에서 내렸다. 여기서부터 예루살렘까지 70베르스타 거리였다. 배에서 내릴 때도 한번 아찔한 순간이 있었다. 배가 높아 사람들은 그 배에서 밑에 있는 거룻배로 옮겨 타야만 했다. 거룻배가 심하게 흔들리고 있었기 때문에 잠깐 정신을 놓으면 거룻배로 들어가지 못하고 밖으로 떨어질 것 같았다. 실제로도 두 사람이 물에 빠진 생쥐 꼴이 됐지만, 어쨌든 예핌 일행은 모두 무사히 상륙했다.

배에서 내린 뒤로 사흘째 되는 날 점심 무렵 예핌은 예루살렘에 도착했다. 예루살렘 변두리에 있는 러시아인 숙소에 도착한 그들은 여권 뒷면에 도장을 받고 식사를 마친 뒤, 곳곳의 성지를 돌아다녔다. 그들은 우선 주교의 아침 예배에 참가해 기도를 올리고 촛불을 바쳤다. 주의 무덤이 있는 부활의 교회는 밖에서 보았다. 하지만 밖에서는 그 사원 전체의 모습을 볼 수가 없었다. 첫날 그들은 그저 이집트의 마리아가 도망쳐와 자신의 몸을 숨긴 암실에 들어가 보았을 뿐이었다. 그들은 촛불을 바치고 기도를 올렸다. 그들은 주의 무덤에서 열리는 예배에 참석하고 싶었지만 그렇게 할 수가 없었다. 그들은 아브라함 교회로 갔다. 그들은 아브라함이 자신의 아들을 하나님께 바치려 했던 사베크 동산을 보았다. 그런 다음, 그들은 예수가 막달라 마리아 앞에 나타났던 곳과 주의 형제 야곱의 회당을 향해 떠났다. 떠돌이 성직자는 모든 곳을 안내하며 가는 곳마다 어디서는 돈을 얼마나 바쳐야만 한다거나, 어디서는 촛불을 바쳐야만 한다는 것 등을 가르쳐주었다. 그렇게 돌아다니다 다시 숙수로 돌아와서 막 잠자리에 들려는 순간 그 떠돌이 성직자가 갑자기 소란을 피우며 자신의 옷을 뒤집기도 하고 휘젓기도 하며 소리쳤다.

"누가 내 돈을 훔쳐갔나 봐. 23루블 들어 있었다고, 10루블짜리 지폐 두 장하고 잔돈 3루블!"

떠돌이 성직자는 계속 투덜대며 신물이 날 정도로 한탄했지만 달리 뾰족한 수가 없었기 때문에 사람들은 곧 잠자리에 들고 말았다.

9.

예핌은 문득 의아하다는 생각이 들었다.

'저 사람이 돈을 도둑맞았을 리 없어. 그는 돈이 없었을 거야. 저 사람은 어디서도 돈을 낸 적이 없으니까. 늘 내게 돈을 내게 했지, 자신은 한 푼도 낸 적이 없었어. 거기다가 내게 1루블을 빌려갔을 정도니까.'

예핌은 이렇게 생각하다 곧 스스로를 책망했다.

'내가 어찌 다른 사람의 일에 대해서 이러쿵저러쿵 말할 수 있단 말인가? 이건 죄악이야. 더 이상 생각지 말자.'

이렇게 해서 간신히 그 생각을 지워갈 때쯤, 다시 떠돌이 성직자가 돈에 얼마나 관심이 있는지, 그 남자가 지갑을 잃어버렸다는 것이 얼마나 어울리지 않는 일인지 등의 생각을 떠올렸다.

'애초에 저 사람은 돈이 없었어. 무슨 꿍꿍이가 있는 게 분명해.'

이튿날 아침에 일어난 그들은 부활의 대교회에서 열리는 아침 예배에 참석하고 주의 무덤을 찾아가기 위해 길을 나섰다. 떠돌이 성직자는 예핌 곁을 떠나지 않고 어느 곳이든 그의 옆에 있었다.

그들은 교회에 도착했다. 길을 떠난 수많은 순례자들이 모여 있었다. 그들은 러시아인뿐만 아니라 그리스, 아르메니아, 터키, 시리아 등 여러 나라에서 온 엄청난 숫자의 사람들이었다. 예핌은 사람들과 함께 성문을 통과한 다음 터키인 문지기 곁을 지나 그 옛날 구세주가 십자가에서 내려 기름을 바른 곳으로, 지금은 아홉 개의 커다란 촛대에 불이 밝혀져 있는 곳으로 갔다. 예핌은 거기서 촛불을 올렸다. 그리고 떠돌이 성직자의 안내를 받아 옛날에 십자가가 세워졌던 곳인 골로다로 가기 위해 오른쪽 계단으로 올라갔다. 예핌은 거기서도 기도를 올렸다. 그런 다음 땅이 지옥까지 갈라졌다는 곳과 예수의 손발을 십자가에 못 박았다는 곳 등을 둘러본 뒤 이어서 예수의 피가 아담의 뼈 위로 떨어졌다는 아담의 관 등을 보았다. 마지막으로 예핌은 예수의 발자국이라고 하는 두 개의 구멍이 뚫린 돌을 보았다. 아직도 볼 것이 많았지만 사람들은 발길을 서둘렀다. 주의 관이 있는 동굴을 향해 가기 위해서였다. 거기서는 마침 다른 파의 성찬식이 끝나고 정교의 성찬식이 시작되려던 참이었다. 예핌은 사람들과 함께 동굴 안으로 들어갔다.

그는 성직자와 함께 하고 싶지 않았다. 쉴 새 없이 마음속으로 성직자에 대한 죄를 짓고 있었기 때문이었다. 그러나 그 성직자는 좀처럼 떨어지려 하지 않았기 때문에 관에서의 성찬식에서도 그와 나란히 자리할 수밖에 없었다. 그는 가능한 한 앞으로 나가고 싶었지만 불가능했다. 움직일 수 없을 만큼 많은 사람들이 모여 있었기 때문이었다. 예핌은 선 채로 앞쪽을 보며 기도를 올렸지만, 손으로는 품 안에 지갑이 있는지 끊임없이 더듬어 보았다. 그의 마음에는 두 가지 생각이 자리 잡고 있었다. 하나는 성직자가 자기를 속이고 있다는 것이었고, 다른 하나는 순례자가 돈을 도둑맞은 게 사실이라면 자기는 그런 일을 당하지 않으면 좋겠다는 것이었다.

10.

예핌은 그렇게 서서 기도를 올리면서 관이 놓인 제단 앞에서 타오르고 있는 36개의 등불을 바라보았다. 그때 등불 바로 밑, 맨 앞자리에서 싸구려 외투를 걸친 대머리 노인을 보았다. 그 노인의 행색이 영락없이 예리세이의 모습이었다.

'이야, 예리세이랑 똑같이 생겼는데? 하지만 그 사람은 아닐 거야. 그 사람이 나보다 먼저 왔을 리가 없지. 우리가 타고 온 배보다 앞선 배는 일주일도 더 전에 출발했다니까. 그 사람이 그 배를 탔을 리가 없어. 그리고 우리 배에는 타지 않았었어. 내가 배에 탄 순례자들을 하나도 남김없이 살펴봤으니까.'

그가 이런 생각을 하고 있을 때, 그 조그만 노인이 기도를 올리며 세 번 절을 했다. 첫 번째는 정면에 있는 하나님을 향해, 다음은 양편에 있는 정교의 신자들을 향해서 절을 했다. 그 노인이 오른쪽으로 몸을 돌렸을 때, 예핌은 그가 틀림없이 예리세이라는 사실을 알 수 있었다. 그것은 분명히 예리세이였다. 검고 곱슬곱슬한 턱수염, 백발이 섞인 구레나룻, 눈썹, 눈, 코 모든 것이 그의 친구 예리세이의 모습이었다.

친구를 다시 만난 예핌은 매우 기쁜 마음이었지만 예리세이가 어떻게 해서 자기보다 먼저 여기에 왔는지 그것이 이상해서 견딜 수가 없었다.

'그건 그렇고, 예리세이는 왜 저렇게 앞으로 갈 수 있었을까? 틀림없이 좋은 길동무를 만나서 그가 앞으로 데리고 간 걸 거야. 여기서 나갈 때 어떻게 해서든 저 영감을 붙들어서 이 성직자를 따돌리고 저 영감과 함께 해야겠어. 그렇게 하면 나도 앞으로 나갈 수 있을까.'

예핌은 예리세이를 놓칠세라 기도식을 올리는 내내 연식 그쪽을 바라보았다. 잠시 후, 낮의 근행이 끝나자 사람들이 십자가에 입을 맞추기 위해 움직이기 시작했다. 그 때문에 예핌은 한쪽 구석으로 밀리기 시작했다. 그러자 그는 다시 한 번 지갑을 도둑맞은 것은 아닌가 하는 불안함에 휩싸였다. 예핌은 한 쪽 손으로 지갑을 지키면서 조금이라도 넓은 곳으로 나가기 위해 사람들 사이를 헤집고 나갔다. 간신히 조금 넓은 곳으로 나간 그는 예리세이를 찾아보았지만, 교회 안에서도 교회 밖에서도 그를 찾을 수 없었다. 모든 일정이 끝난 후에 예핌은 예리세이를 찾기 위해 곳곳의 숙소를 뒤지고 다녔다. 한 곳도 남기지 않고 돌아보았지만 어디서도 그의 모습은 찾을 수가 없었다. 그날 밤에는 떠돌이 성직자도 돌아오지 않았다. 그는 한 푼도 내지 않고 어디론가 사라져버린 것이다. 예핌은 혼자 남게 되었다.

다음 날, 예핌은 배에서 알게 된 탐포프의 노인과 함께 다시 한 번 주의 관 앞에서 기도를 드리러 갔다. 앞 쪽에 서려고 했지만 이번에도 구석으로 밀려났기 때문에 기둥 옆에 서서 기도를 했다. 앞쪽을 보자 이번에도 등불 밑, 주의 관 바로 옆 가장 좋은 자리에 예리세이가 서서 제단 옆의 사제처럼 두 손을 펼치고 있었다. 그리고 그 대머리가 사방으로 빛을 발하고 있었다.

'그래. 이번에야말로 놓치지 않겠어.'

그는 최선을 다해 앞쪽으로 나아갔다. 간신히 앞쪽 자리로 온 예핌은 예리세이의 모습을 찾을 수가 없었다. 밖으로 나간 것이 틀림없었다.

나흘째 되는 날에도 예핌은 낮의 기도식에 참석했다. 역시나 가장 눈에 잘 띄는 관 옆에 서있는 예리세이가 보였다. 그는 두 팔을 벌린 채, 머리 위에 있는 뭔가를 우러러보고 있었는데 이번에도 그의 머리 위로 빛이 비치고 있었다.

'오늘은 꼭 만나고야 말겠어. 미리 출구 앞에 나가 있으면 엇갈릴 일도 없겠지.'

예핌은 출구 앞에 우두커니 서서 예리세이가 나타나기를 기다렸다. 하지만 반나절이 지나도록 예리세이의 모습은 보이지 않았다.

예핌은 6주 동안 예루살렘에 머물면서 베들레헴, 베타니아와 요단강 등을 둘러보았다. 그리스도 관에서는 수의로 쓸 옷에 도장을 받고 요단강물을 작은 병에 담았다. 예루살렘의 흙을 주머니에 담고, 성화에 쓰인 초를 얻었다. 그리고 집으로 돌아갈 때 쓸 여비만을 남기고 나머지 돈 전부를 썼다. 예핌은 귀향길에 올라 야파에서 배를 타고 오데사로 건너와 거기서부터 걸어서 집으로 향했다.

11.

예핌은 같은 길을 혼자서 걸어갔다. 집이 가까워져갈수록 그는 가족들이 자기 없이 잘 지내고 있을까 하는 걱정이 들기 시작했다.

'벌써 1년 가까이 지났으니 많이 변했을 거야. 집안을 일으키는 데는 평생이 걸리지만 무너지는 것은 한순간이다. 내가 없는 동안 아들놈은 집안을 잘 다스렸을까? 새로운 집은 잘 지은 걸까?'

어느새 예픔은 예리세이와 헤어졌던 곳까지 다다랐다. 그곳 사람들은 몰라볼 정도로 바뀌어 있었다. 작년에는 먹을 것이 없어 힘든 생활을 하고 있었지만 올해는 모두가 보기에도 편안한 생활을 하고 있었다. 밭의 작물들도 충실한 열매를 맺은 듯했다. 사람들은 완전히 예전으로 돌아가서 작년의 고난을 잊고 지냈다. 예픔은 땅거미가 어둑어둑할 때, 작년 예리세이가 머물렀던 마을로 접어들었다. 그가 마을로 들어서자마자 한 농가에서 새하얀 셔츠를 입은 여자아이가 달려 나왔다.

"할아버지! 우리 집으로 오세요!"

예픔은 그냥 지나치려 했지만 여자아이는 조금도 놓아주려는 기색을 보이지 않고 소매를 잡아 그를 오두막 쪽으로 끌고 가며 웃고 있었다.

"자, 할아버지, 안으로 들어오세요. 오셔서 저녁 식사도 하시고 하루 묵었다 가세요."

예픔은 들렀다 가기로 마음먹었다.

'마침 잘 됐네. 묵는 김에 예리세이에 대해서 물어보기로 하자. 그때 예리세이가 물을 마시기 위해 들른 집이 마침 이 집이었던 것 같으니.'

예픔이 안으로 들어가자 여자는 어깨에 메고 있던 자루를 받아주고 씻을 물까지 준비해주었다. 그리고 테이블 앞으로 안내해 우유와 보리떡, 보리죽을 내어주었다. 예픔은 감사의 말을 한 뒤 순례자들을 친절하게 맞아준 그들을 칭찬했다. 그러자 여자가 고개를 저으며 말했다.

"저희는 나그네들을 대접하지 않을 수 없답니다. 한 나그네께서 우리한테 살아가는 법을 가르쳐 주었으니까요. 하나님을 잊고 제멋대로 살다가 벌을 받아 모두 죽을 날만을 기다리고 있을 때가 있었어요. 지난 여름 물 한 모금 먹지 못하고 병들어 쓰러져 있을 때, 하나님께서 어르신과 비슷하게 생긴 분을 저희 집으로 보내주셨어요. 한낮에 물을 얻어 마시려고 들어왔다가 우리를 발견하고 가여운 나머지 우리를 구하려 여기 머무르셨죠. 그분은 굶주리고 병들어 일어나지도 못하는 우리에게 빵을 주고 물을 떠다 주셨습니다. 마침내 우리가 자리를 털고 일어나자 저당 잡힌 밭을 되찾아주고 수레와 말을 사주시곤 말도 없이 떠나셨어요."

이때 문을 열고 들어서던 노파가 여자의 말을 가로챘다.

"사실은 저희들도 그분이 사람인지, 천사였는지 모르겠어요. 저희 모두를 어여삐 여기시고 모두를 가엾이 여기다 가버리셨습니다. 아무런 말도 없이 가버리셨기 때문에 저희는 어떤 분을 위해서 하나님께 기도를 드려야 좋을지도 모르겠습니다. 그때 일은 아직도 생생하게 기억하고 있어요. 나는 탁자에 엎드려 하나님이 부르시기만을 기다리고 있었는데 갑자기 대머리 노인 한분이 들어오더니 물을 좀 마실 수 없냐는 거예요. 그런데 죄 많은 저는 그 순간에도 '다 죽어가는 마당에 왜 어슬렁거리는 거야'라고만 생각했었죠. 그런데 그분이 글쎄 어떻게 하셨는지 아십니까? 저희를 보자마자 그분은 어깨에 메고 있던 자루를 저기, 저기에 내려놓고 끈을 풀어……."

그때 여자 아이가 참견을 했다.

"아냐, 할머니. 그 할아버지는 맨 처음에는 여기에, 우리 집 한 가운데에 자루를 내려놓았었어. 그런 다음에 접는 의자 위에 올려놨어."

그 집 사람들은 서로 말을 가로채가며 그 노인의 행동 하나하나와 말 한마디 한마디를 빠짐없이 들려주었다. 그가 어디에 앉아있었으며, 어디서 잤는지, 무엇을 하고 어떤 말을 했는지, 그들의 이야기는 끝없이 이어졌다. 밤이 되자 그 집의 가장이 말을 타고 돌아왔는데 그 역시도 곧바로 예리세이가 자기들 집에 있었을 때 있었던 일을 이야기하기 시작했다.

"그분이 아니었다면 우리 가족은 죄지은 몸으로 죽음을 맞이했을 겁니다. 절망에 잠긴 채 하나님과 사람들을 원망하면서 죽어가고 있을 때, 그분이 오셔서 우리의 영혼을 구해주셨어요. 그분을 통해 우리는 비로소 하나님을 알게 되었고, 사람들을 믿게 되었던 겁니다. 하늘에 계신 예수 그리스도께서 그분을 지켜주시기를 기도합니다. 저희는 원래 짐승 같은 생활을 하고 있었지만 그분이 저희를 사람으로 만들어 주셨습니다."

그들은 예핌을 배불리 먹고 마시게 한 다음 잠자리로 안내해주었다. 예핌은 자리에 눕기는 했지만 쉽게 잠을 잘 수 없었다. 그의 머릿속에서 예리세이에 대한 생각이 떠나지 않았다. 예루살렘에서 세 번이나 사람들 앞에 서 있었던 그 때의 모습이 떠나지 않았다.

'그래, 그 친구는 이곳에서 나보다 앞서 갔던 거야. 내 정성을 하나님께서 받아들이셨는지는 모르겠지만, 하나님께서는 그 친구를 기꺼이 받아들이신 게 분명해.'

이튿날 아침, 사람들은 예핌에게 작별 인사를 했다. 그들은 도중에 먹으라고 피로그(러시아식 파이)를 그에게 주고 자신들은 일을 하러 나갔다.

예핌은 다시 집을 향해 출발했다.

12.

　예핌은 정확하게 일 년이라는 시간을 여행으로 보냈다. 봄이 되어 자기 집으로 돌아왔다.

　그는 저녁에 자신의 집에 도착했다. 아들은 집에 없었다. 술집에 가 있었다. 아들은 한잔 걸치고 집에 돌아왔다. 예핌은 아들에게 이것저 거서 물어보기 시작했다. 어딜 보나 그가 집을 비운 동안 아들이 방탕한 생활을 했다는 것을 알 수 있었다. 나쁜 짓을 하는 데 돈을 다 허비한 것은 물론, 집안일도 엉망진창으로 해놓았다. 화가 난 예핌은 아들을 야단치기 시작했다. 아들도 난폭한 태도를 취하기 시작했다.

　"이럴 줄 알았으면 제가 가는 게 나을 뻔했네요. 아버지가 선수를 쳐 놓고, 그것도 있는 돈 없는 돈 전부 끌어다가 성지순례인가 뭔가 한답 시고 다 쓰시고 저한테 왜 잔소리를 하십니까?"

　예핌은 벌컥 화가 나서 아들에게 손찌검을 했다.

　이튿날 아침, 예핌은 여권을 반납하기 위해 촌로의 집을 향해 갔다. 도중에 예리세이네 집을 지나쳤다. 예리세이의 늙은 아내가 입구 앞 계단에 서 있다가 그에게 인사를 했다.

　"아유, 영감님, 몸 성히 다녀오셨네요."

　예핌은 발걸음을 멈췄다.

　"덕분에 별 탈 없이 돌아왔습니다. 도중에 이 댁 영감이랑 헤어졌는 데, 듣자 하니 무사히 집에 돌아온 모양인가 보오?"

　그러자 부인이 이야기하기 시작했다. 그녀는 지나치게 말이 많았다.

　"그럼요. 벌써 오래 전에 돌아오셨는걸요. 성모승천제가 지나자마자 돌아오셨어요. 신께서 일찍 돌려 보내셨기에 저희 모두 기뻤답니다. 그 사람이 없으면 집안이 쓸쓸하니까요. 이제 나이가 나이니만큼 특별히 하는 일이 있는 건 아니지만, 그래도 역시 집안의 가장으로 그 사람이 집에 있어야 모두 힘이 나요. 어린 것들도 얼마나 기뻐하던지! 그 사람이 없으면 아직도 눈앞이 캄캄해지네요. 저희는 정말로 그 사람을 사랑하고 있어요. 당신은 어떻게 생각하실지 몰라도."

"그건 그렇고, 지금 집에 있나요?"

"있지요. 벌통이 있는 곳에 갔어요. 새끼 벌들을 받고 있죠. 아주 번창하고 있다면서요. 하나님께서 지금까지 본 적도 없는 힘을 벌들에게 주셨다고요. 죄가 있든 없든 하나님께서는 주신다고 하더군요. 한 번 들러보세요. 우리 영감도 분명히 반가워할 거예요."

예핌은 입구로 들어서 정원을 지나 양봉장에 있는 예리세이에게 다가갔다. 양봉장에 들어서니 예리세이는 망도 쓰지 않고 장갑도 끼지 않고 회색 외투를 입은 채 하얀 자작나무 밑에서 두 손을 펼쳐 들고 하늘을 바라보고 있었다. 그러자 그의 대머리는 예핌이 예루살렘에서 보았던 것처럼 빛나고 있었다. 그리스도의 관 옆에 서있던 모습처럼 자작나무 잎사귀 사이로 쏟아진 빛이 불타는 듯 그의 머리를 비추고, 그의 머리 주위로 금빛 꿀벌들이 관 모양으로 둥글게 원을 그리며 떼지어 날아다니고 있었다. 그를 쏘는 벌은 한 마리도 없었다.

예리세이의 아내가 그를 불렀다.

"예핌 영감님이 오셨어요!"

뒤돌아선 예리세이는 기뻐하며 자신의 턱수염에서 가볍게 꿀벌들을 떼어낸 뒤 친구가 있는 곳으로 걸어왔다.

"어서 오게. 무사히 잘 다녀온 겐가?"

"내 육신만 갔다 왔네. 자네에게 주려고 요단강의 물을 가져왔어. 언제든지 와서 가져가도록 하게. 그건 그렇고, 나의 고행을 하나님께서 받아들이셨는지는 모르겠네……."

"이야, 정말 고맙군. 주여, 보살펴주소서."

예핌은 한동안 망설이고 있었다.

"몸은 성히 다녀왔지만 영혼까지 다녀온 건지는 조금 의심스러워. 아니면 다른 사람이……."

"모든 건 신의 뜻이 아니겠는가?"

"돌아오는 길에 나도 한 농가에 들렀었는데, 그게 자네가 갔다가 뒤처졌던……."

예리세이는 깜짝 놀라며 당황하기 시작했다.

"신의 뜻일세. 이보게, 신의 뜻이야. 그보다 집 안으로 들어가세. 꿀을 한 잔 줄 테니."

예핌은 탄식했다. 그리고 자신이 농부의 집에서 만났던 사람들의 이야기와 예루살렘에서 그를 본 일에 대해서는 한마디도 하지 않았다. 이 세상에서는 하나님께서 모든 사람들에게 죽는 순간까지도 사랑과 선행으로 자신의 사명을 다하라고 명령했다는 사실을 깨달았던 것이다.

또 눈은 눈으로, 이는 이로 갚으라 하였다는 것을 너희가 들었으나. 나는 너희에게 이르노니 악한 자를 대적하지 말라. 누구든지 네 오른편 뺨을 치거든 왼편도 돌려 대며 또는 악을 또 너를 고발하여 속옷을 가지고자 하는 자에게 겉옷까지도 가지게 하며 또 누구든지 너로 억지로 오 리를 가게 하거든 그 사람과 십 리를 동행하고 네게 구하는 자에게 주며 네게 꾸고자 하는 자에게 거절하지 말라.

-마태복음 5장 38~42

촛불

농노 해방 전의 일이다. 아직 지주들이 다스리고 있던 때다. 별별 지주가 다 있었다. 죽음과 신을 느끼며 사람들을 불쌍히 여긴 사람이 있는가 하면, 이건 그다지 듣기 좋은 말은 아니지만, 개 같은 사람들도 있었다. 그 중 농노에서 벗어나 단번에 귀족이 된 지주들처럼 농노들을 혹독하게 부리는 자들도 있었다. 그런 자들 때문에 농민들의 생활은 비참하기 짝이 없게 되어 버렸다.

농민들은 모두 부역에 나갔다. 토지는 넓고 풍요로워 지주든 농민이든 아무 문제없었다. 그런데 지주가 다른 영지에서 데리고 있던 농노를 발탁해서 그 지역의 관리인으로 삼았다.

관리인은 권력을 손에 쥐자 농민들을 혹사하기 시작했다. 한 집안의 가장이기도 했던 관리인은 아내와 두 딸이 있었다. 돈도 남부럽지 않게 모아 죄를 짓지 않고도 얼마든지 편하게 살 수 있는데도 욕심 때문에 죄악의 길에서 빠져나오지 못했다.

처음 그는 농민들을 정해진 날 이상으로 부역을 시켰다. 벽돌 공장을 세워 남녀 할 것 없이 불러 모아 일을 시켰고 만든 벽돌을 팔아 돈을 챙겼다. 그리하여 농민들은 모스크바에 있는 지주에게 탄원을 하러 갔지만 지주는 그냥 돌려보냈을 뿐 아무런 변화도 없었다.

지주는 농민들을 돌려보낸 뒤에도 관리인을 말리지 않았다. 농민들이 지주를 찾아갔다는 소식을 들은 관리인은 앙심을 품고 농민들에게 복수를 시작했다. 농민들의 생활은 비참해질 수밖에 없었다. 농민들 사이에서도 믿지 못할 사람들이 생겨나서 관리인에게 자신의 동료를 밀고하거나 서로 고자질을 하는 일도 생겼다. 그랬기 때문에 농민들은 아무 것도 할 수 없었고 관리인은 더 고삐 풀린 망아지처럼 나대기 시작했다.

농민들은 시간이 지나면서 관리인을 사나운 들짐승처럼 무서운 존재로 생각했다. 관리인이 마차를 타고 마을을 지날 때면 농민들은 모두 늑대라도 만난 듯이 모두 눈에 띄지 않게 숨었다. 그 사실을 알게 된 관리인은 더욱 더 잔인하게 그들을 대했다. 몽둥이와 부역으로 농민들을 다스리려 했기 때문에 농민들은 날이 갈수록 더 많은 고통에 시달려야 했다.

그 무렵 몹쓸 악당들을 쥐도 새도 모르게 죽이는 경우가 빈번하게 일어났다. 그리고 농민들 사이에서도 종종 이런 이야기가 오가게 되었다. 그 중에 혈기왕성한 사람이 이렇게 말했다.

"언제까지 저 악독한 놈을 두고 봐야 하지? 이래 죽나 저래 죽나 마찬가지 아닌가? 저 놈부터 죽이고 봐야겠어."

부활절 전에 농민들이 숲에 모인 적이 있었다. 관리인이 잡초를 베라고 명령했기 때문이었다. 점심을 먹으러 모였을 때 그들의 의논이 시작되었다.

"이대로는 도저히 살 수가 없어. 저놈은 우릴 말려죽이고 말거야. 억지로 일만 시켜대는 바람에 밤낮 없이 우리뿐만 아니라 여자들까지 조금도 쉴 틈이 없지 않은가? 조금이라도 맘에 안 들면 두드려 패고 말이야. 시몬은 녀석에게 맞아 죽었고 아니심은 족쇄를 차고 곤욕을 치렀잖아. 여기까지 온 이상 뭘 더 기다릴 필요 있겠나? 오늘 또 여기 와서 몹쓸 짓을 한다면 말에서 끌어내려 도끼로 내려치면 그만이야. 그리고 개처럼 끌고 가서 파묻어버리면 발각될 일도 없어. 중요한 건 우리 중에 배신자가 나오지 않도록 해야 한다는 거야."

와실리 마니예프는 관리인에 대한 원한이 누구보다 컸다. 매주 그를 때렸을 뿐만 아니라 그의 아내를 강제로 데려다 자기 집 하녀로 삼아 버렸다.

드디어 저녁이 되자 관리인이 말을 타고 그곳에 나타났다. 그는 오자마자 풀을 깎은 것이 마음에 들지 않는다며 소리를 질렀다. 깎아 놓은 더미 속에서 보리수를 발견했기 때문이었다.

"누가 보리수를 베라고 했지? 누가 벤 거야? 어서 말해! 안 나오면 모두 매 맞을 각오들 해!"

그러자 누군가 맡은 구역에 그 보리수가 있었는지 조사하기 시작했고 그 끝에 시도르의 이름이 불렸다. 관리인은 얼굴에 핏대가 설 정도로 시도르를 때렸다. 그리고 난 다음 풀을 적게 베었다는 이유로 와실리도 실컷 채찍질을 당했다. 관리인이 돌아간 후 농민들은 다시 모였다. 거기서 와실리가 말했다.

"자네들이 그러고도 사람이야? 짐승만도 못하잖아. 해치워버리자고 할 땐 언제고 막상 일이 닥치면 침대 밑으로 숨어버리잖아. 꼭 참새가 매를 잡으려고 모여든 꼴이라니까. '배신해서 는 안 돼, 안 돼.'라고 말한 주제에 매가 슥 내려오니까 모두 풀 속으로 흩어져 버려? 그러면 매는 마음에 드는 녀석을 낚아채서 날아가 버리고 만다고. 그리고 나면 참새들은 다시 모여들어서 짹짹 거리기나 하겠지. '누구지? 와실리다. 뭐야? 그것도 다 팔자야. 그 사람이 박복해서 그래'라고들 하겠지.

말하자면 너희들도 이것과 다를 바가 없어. 배신을 해서는 안 된다고 했으면 그 말을 지켰어야지. 녀석이 시도르에게 몽둥이를 휘두르는 순간, 너희들은 일제히 덤벼들어서 녀석을 해치워야만 했어. 그런데 어떻게 됐지? 배신하면 안 된다 하던 놈들이 매가 날아들자 모두 수풀 속으로 숨어버렸잖아.”

농민들은 또다시 의논한 끝에 모두 힘을 모아 관리인을 죽이기로 계획했다. 관리인은 부활절 주의 마지막 무렵에 귀리를 뿌릴 수 있도록 밭을 갈아 놓으라고 명령했다. 농민들에게 있어서 그것은 받아들일 수 없는 일이었기에 와실리의 집 뒤 뜰에 모여 다시 의논을 하기 시작했다.

“녀석이 하나님까지 잊고 이런 짓을 하려고 하는 이상, 살려둘 수는 없어. 이래 죽나 저래 죽나 마찬가지 아닌가?”

바로 그때 표도르 미헤이예프가 찾아왔다. 표도르는 조용한 농민으로 지금까지는 농민들의 회의에 참석하지 않았지만 오늘은 처음 와서는 이야기를 듣고 있었다.

“여러분, 어찌 그리 큰 죄를 저지르려 하고 있소? 사람을 죽이다니, 정말 어처구니없는 짓이오. 타인의 생명을 빼앗는 것은 간단한 일이지만 그리 되면 자네들의 영혼은 어떻게 될 것 같소? 그 사람이 나쁜 짓을 하고 있는 거라면 그만한 죗값을 치르게 될 거요. 무슨 일에나 인내가 중요하오. 형제들이여.”

그의 말을 들은 와실리는 벌컥 화를 냈다.

“너는 늘 잘난 척이구나. 사람을 죽이지 마라, 그건 죄다. 죄라는 건 나도 알고 있어. 하지만 그놈은 사람도 아니야. 선량한 사람을 죽이는 건 죄가 되지만, 그런 개만도 못한 놈을 처단하는 건 신의 뜻과도 같다고. 많은 사람들을 생각한다면 미친개는 마땅히 죽여야 해. 그런 녀석은 죽이지 않는 게 더 큰 죄가 될 거야. 녀석이 사람들을 얼마나 괴롭혔는지 다 알고 있잖아. 녀석을 죽인 것 때문에 우리가 고난을 받게 된다 해도, 그것 역시 사람들을 위한 일이야. 사람들은 우리에게 고마워할 거야. 녀석은 앞으로도 우리를 괴롭힐 게 뻔하니까. 네가 한 말은 전부 넋두리일 뿐이야. 표도르. 그럼 너는 예수님을 위한 주간에 모두가 일을 하러 가는 편이 죄가 더 가볍다고 생각하고 있는 건가? 누구보다도 자네가 가장 안 가려고 할 것 같은데."

여기서 표도르는 말을 하기 시작했다.

"왜 내가 가지 않을 거라고 말하는 거지? 가라고 하면 밭을 갈든 어디든 갈 거야. 내 의지대로 가는 게 아니니까. 누구의 죄인지 하나님께서는 전부 알고 계셔. 오직 신만 알고 계시다면 그만 아닌가? 우리는 하나님을 잊어선 안 돼. 나는 지금 내 생각을 이야기하고 있는 게 아니야. 악을 악으로 처단하는 게 맞다 한다면 하나님께서 먼저 그런 규율을 주셨을 테지만 그것이 아니기 때문에 다른 방법을 제시하셨어. 자네가 악을 악으로 물리치려 한다면 그게 자네에게 되돌아 올 걸세. 사람을 죽이지 말게. 영혼을 피로 물들이는 일이라고. 사람을 죽이면 자신의 영혼이 피투성이가 돼. 너는 악인을 죽이고, 악을 멸하는 거라고 여기겠지만 사실 너는 그보다도 훨씬 더 나쁜 악을 네 안에 불러들이게 될 거야. 고난에는 져주는 게 좋아. 그러면 결국 그 고난도 너에게 굽히고 들어오게 될 테니까."

이렇게 해서 농민들의 의논은 결국 하나로 모이지 못했다. 의견이 두 개로 나뉘었기 때문이었다. 와실리의 말에 찬성하는 사람과 표도르의 말에 동의하고 죄를 짓지 말고 그냥 참기로 한 사람들이 있었다.

농민들은 고난 주간의 첫 번째 일요일을 보냈다. 저녁이 되자 촌장이 관청의 서기와 함께 지주의 저택에서 나와 관리인인 미하일 세묘누이치가 내일 귀리를 뿌릴 밭을 갈기 위한 준비를 농민들에게 시키라고 명령했다는 사실을 전달했다. 촌장은 서기와 함께 마을을 돌아다니면서 모든 사람들에게 내일은 밭을 갈러 나오라고 통보했다. 이틀 날 아침, 농민들은 농기구를 들고 밭으로 나갔다. 아침 기도를 알리는 교회 종소리가 울려 퍼지고 마을 사람들 모두 주일을 즐기는데 이곳 농민들만 밭에 나가 땅을 갈았다.

관리인 미하일은 느지막하게 일어나서 일하는 모습을 둘러보러 나갔다. 아내와 과부가 된 딸은 몸단장을 하고 옷을 차려입은 뒤, 하인이 준비한 마차에 올라 예배에 참석했다가 돌아왔다. 하녀가 사모바르를 준비했을 무렵에는 미하일도 돌아와서 차를 마시고 있었다. 미하일은 차를 배불리 마시고 파이프에 불을 붙인 다음 촌장을 불렀다.

"농민들은 모두 밭으로 나갔는가?"

"네."

"한 사람도 빠짐없이?"

"모두 나왔습니다. 제가 직접 할당된 장소에 보냈습니다."

"그건 그거고. 모두 열심히들 일하고 있나? 나가서 한 번 둘러보고 오게. 그리고 모두 내가 낮에 올 거라고 일러두게나. 두 자루의 쟁기마다 1데샤티나(러시아의 지적단위, 약 4,046.8제곱미터)씩 갈아 두도록, 그것도 가능한 보기 좋게 갈아두라고 전해. 만약 내가 가서 보고 조금이라도 미흡한 게 보인다면 아무리 축제라고 해도 봐주지 않을 테니 말이야."

"말씀하신 대로 이르겠습니다."

촌장이 막 나서려는데 관리인이 그를 불러 세웠다. 관리인이 그를 불러 세운 것은 뭔가 할 말이 있을 것 같다는 생각이 들어서였다. 하지만 막상 세워 놓고 보니 무슨 말을 해야 좋을지 떠오르지 않았다. 한참을 고민하다 우물쭈물 말하기 시작했다.

"다름이 아니라, 자네 말이지. 농민들이 나에 대해서 무슨 말을 하는지 한번 들어보게. 누가 어떤 험담을 하는지 그걸 내게 말해 주게. 나는 그 도둑놈 같은 녀석들을 누구보다 잘 알고 있지. 일하기 싫어 놀먹고 마시고 노는 궁리만 하는 놈들이라고. 그놈들은 그걸 좋아해. 그래서 경작하는 때를 놓치거나 늦어지는 건 아무렇지도 않게 생각한단 말이야. 그러니까 말이지, 네가 신경 써서 누가 무슨 말을 하는지 듣고 나한테 보고해. 나는 그걸 알아둬야겠어. 숨기는 거 없이 보고하도록."

촌장을 몸을 돌려 밖으로 나갔다. 그런 다음 말을 타고 들판에서 일하고 있는 농부들에게 달려갔다.

남편과 촌장의 이야기를 듣고 있던 관리인의 아내는 남편에게 다가가 제발 그만하라며 애원했다. 마음씨가 착하고 부드러운 관리인의 아내는 어떻게든 남편의 혹독한 성질을 누그러뜨리고 농민들을 감싸려 했다.

"여보, 미션카. 주님을 위한 중요한 날이니, 제발 죄를 짓지 말고 농부들을 쉬게 해주세요."

미하일은 아내의 말에 귀 기울이지 않고 그저 비웃었다.

"주제넘게 구는 것 보니 채찍 맛을 못 본지 좀 된 거 같아. 건방진 소리 집어치우고 참견 마."

"꿈자리가 좋지 않았어요. 제발 제 말대로 농부들을 쉬게 해주세요."

"헛소리 집어치워. 기름진 음식이나 배 터지게 먹으면서 사니까 채찍 맛을 다 잊어버렸나봐? 조심해."

미하일은 화를 내며 벌떡 일어나더니 불붙은 담뱃대로 아내의 입을 쿡쿡 찌르며 방에서 내보냈다. 그러고는 얼른 점심이나 준비하라며 으름장을 놓았다. 미하일은 고기만두, 돼지고기 수프, 통돼지 구이에 우유와 볶음 국수를 먹었고, 버찌로 담근 술을 마시며 달콤한 케이크까지 먹어치웠다. 식사를 다 하고 나서 거나하게 취해 요리하는 여자를 불러 노래를 시켰다. 그리고 자신은 기타를 퉁기며 반주하기 시작했다.

미하일은 기분이 좋아져서 트림을 하고 줄을 뜯으면서 요리하는 여자와 얼굴을 마주보고 웃었다. 그때 촌장이 들어와서 인사를 하고는 들판에서 본 것을 보고했다.

"그래, 모두 잘 하고 있나? 오늘 할 일을 다 끝낼 수 있을 것 같나?"

"네, 벌써 절반 넘게 밭갈이를 끝냈습니다."

"대충 한 곳은 없나?"

"보지 못 했습니다. 잘들 갈고 있습니다. 모두들 겁을 집어 먹고 있으니까요."

"흙은 잘 갈아 놓았나?"

"네, 아주 부드럽게 잘 고르고 있습니다."

관리인은 한동안 말이 없다가 대뜸 물었다.

"그건 그렇고. 나에 대해서는 뭐라고들 하지? 욕을 하지는 않았겠지?"

촌장은 대답하기를 꺼려했지만 미하일은 있는 그대로 말하라고 명령했다.

"들은 대로 숨김없이 말하게. 있는 그대로 말을 하면 상을 내리고, 그렇지 않고 놈들을 감싸려고 하다간 매질을 당할 줄 알아! 카추샤, 이 사람에게 보드카 한잔 갖다 줘. 힘 좀 내게."

촌장이 하녀가 가져다 준 술을 한 잔 죽 들이켜고 나서 입을 닦았다. 그리고 그는 생각했다.

'이러니저러니 해도 마찬가지야. 모두가 이 사람을 욕하지만 내 알 바 아니잖아. 그냥 들은 대로 말해주자.'

그리고 촌장은 용기 내어 입을 열었다.

"투덜대고 있습니다. 미하일 씨. 모두가 투덜대고 있습니다."

"뭐라고들 하지? 그걸 말해봐."

"똑같이 말들을 하고 있습니다. 관리인은 신을 믿지 않는다고. 네. 그 말만 하고 있습니다.

관리인이 웃기 시작했다.

"누가 그런 말을 하지?"

"모두들 그런 말들을 합니다. 그 사람에게 악마가 씌웠다고들 말하고 있습니다."

관리인은 웃었다.

"그거 괜찮은걸. 그래 누가 무슨 말을 했는지 한 사람 한 사람 이야기해주게. 와실리 녀석은 뭐라고 말하지?"

촌장도 자기 동료에 대해서 별로 말하고 싶지 않았지만, 와실리와는 오래전부터 사이가 좋지 않았다.

"와실리 녀석은 누구보다도 가장 많은 험담을 하고 있었습니다."

"그러니까 무슨 말을 하는지 그걸 말해보라는 거야."

"그게, 입에 올리기도 끔찍한 말을 하더군요. '그놈은 틀림없이 개처럼 죽을 거다.'라고 말했습니다."

"그런 놈이 왜 진 작에 나를 못 죽였나? 나한테 감히 손이라도 댈 수 있겠어? 그래, 그래. 와실리, 너하고는 조만간 정리를 해 주지. 그럼 티시카는 어떤가? 그놈은 또 뭐라고 말했지?"

"네. 모두 좋은 말은 하지 않았습니다."

"그러니까, 뭐라고 말했냐고 묻고 있지 않나?"

"입에 담기도 무섭습니다."

"뭐가 무섭다는 거야? 겁먹을 필요 없네. 어서 말해 봐."

"그러니까 모두들 관리인의 배가 터져서 내장이 튀어나오면 좋겠다고 말하고 있었습니다."

미하일은 그 소리를 듣고도 소리 내어 웃으며 말했다.

"하하하, 그래. 누구 내장이 먼저 튀어나오는지 지켜보도록 하자구. 그런데 그건 누가 한 말이지? 티시카인가?"

"네. 누구도 좋은 말을 한 녀석은 없었습니다. 모두 욕만, 끔찍한 말들만 하고 있었습니다."

"그래? 표도르 미헤이예프는 어떤가? 녀석은 뭐라고 말하지? 녀석도 틀림없이 뭐라고 욕을 했겠지?"

"아닙니다. 미하일 씨. 표도르만은 욕을 하지 않았습니다."

"그럼 뭐라고 말하던가?"

"모든 농부들 중에서 표도르 만은 아무 말도 하지 않았습니다. 그 사람은 이상한 농부입니다. 그 사람에게는 저도 놀랐습니다. 미하일 씨."

"뭐에 놀랐다는 거지?"

"표도르가 하는 일에 다른 농부들도 모두 놀라곤 한답니다."

"대체 녀석이 무슨 짓을 했다는 거지?"

"그게 말입니다. 정말 이상한 일이어서. 제가 그 사람 곁으로 다가갔을 때 그 사람은 투르킨 위쪽 경사지를 갈고 있었습니다. 제가 곁으로 다가서자 누군가 가느란 목소리로 노래를 부르고 있었습니다. 그리고 그 사람이 쓰고 있던 가래 손잡이 사이에서 뭔가 번쩍이더군요."

"그게 뭔가?"

"작은 불빛이었습니다. 더 가까이 다가가 보니 교회에서 파는 5코페이카짜리 양초였습니다. 그걸 자루에 세워뒀었습니다. 그런데 아무리 바람이 불어도 그 촛불이 꺼지지 않았습니다. 그는 새 셔츠를 입고 걸음걸음 쟁기질을 하면서 부활절 찬양을 부르고 있었습니다. 가래를 아무리 세게 꺾고 밀고 잡아당겨도 촛불이 꺼지지 않고 계속 타고 있었습니다. 제 눈으로 똑똑히 봤습니다."

"그건 그렇고, 그 사람은 뭐라고 하던가?"

"저를 보더니 그저 부활절의 인사를 했을 뿐 다시 찬양을 하며 일을 했습니다.

"자네는 그놈한테 뭐라고 했나?"

"저도 아무 말 안 했습니다. 그런데 농민들이 표도르를 보고는 부활절에 밭일을 했으니 아무리 기도를 드려도 용서 받지 못할 거라고 놀리더군요."

"그러니까 그 놈이 뭐라고 하던가?"

"표도르는 그저 '땅에는 평화, 사람에게는 선한 마음이 있을 지어다!'라고 말했을 뿐입니다. 그리고 다시 쟁기를 쥔 뒤 말을 부리며 가느란 목소리로 찬양하기 시작했습니다. 그동안에도 촛불은 계속 불타오르며 꺼질 줄 몰랐습니다."

관리인은 더 이상 웃지 않았다. 그리고 기타를 내려놓은 뒤 고개를 숙인 채 생각에 잠겼다.

그는 하녀와 촌장에게 나가라고 이르고 침대에 쓰러지듯 누워 한숨을 짓기도 하고, 신음소리를 내기도 했는데 마치 무거운 곡식 더미를 실은 마차를 끌고 가는 듯한 소리였다. 그때 아내가 들어와 그에게 말을 걸었지만 돌아오는 대답은 없었다. 마지막에 겨우 이 한마디를 했을 뿐이었다.

"그 남자가 나를 이겼어. 결국 내게까지 오고 말았어."

아내가 그를 달래기 시작했다.

"제발 부탁이니 가서 그 사람들을 풀어주세요. 그러면 별일 없을 거예요. 지금까지 아무렇지도 않게 악독한 일을 해왔던 당신인데 이제 와서 뭘 두려워하는 거죠?"

"이제 나는 틀렸어. 그 남자가 나를 이겼어. 당신은 당신에게 아무런 해가 없을 때 얼른 도망가는 게 좋을 거야. 이건 당신 머리로는 이해할 수 없는 일이야."

이렇게 말한 그는 자리에서 일어나지 않았다.

이튿날 눈을 떠보니 그는 평소와 같이 일을 시작한 상태였다. 하지만 그는 이미 예전의 미하일 세묘누이치가 아니었다. 그의 마음이 무엇인가를 깨달은 듯한 모습이었다. 그는 종종 우울함에 휩싸였지만 그것으로 무엇인가를 얻지는 못했다. 그는 언제나 집에만 있었다.

그로부터 얼마 뒤, 그는 관리권을 잃었다. 성 베드로 절에 지주가 찾아왔다. 처음 불렀을 때 관리인은 병에 걸렸다고 했다. 다음 날에도 불렀지만 아직도 병이라고 했다. 사실은 그가 술에 취해 있다는 것을 알게 된 지주는 그를 관리인의 자리에서 좇아냈다. 그때부터 미하일은 하인들의 방에서 특별히 하는 일 없이 지내게 되었다. 그리고 온 몸이 피투성이가 되어 가진 것을 모두 털어 술을 마시고, 결국에는 아내의 솔까지 훔쳐다 술집에 잡힐 정도로 타락하고 말았다. 농부들도 그를 불쌍히 여겨 술을 줄 정도가 되었다. 그는 그때부터 일 년도 살지 못했다. 술 때문에 목숨을 잃게 되었다.

그 때에 베드로가 나아와 이르되 주여 형제가 내게 죄를 범하면 몇 번이나 용서하여 주리이까, 일곱 번까지 하오리이까.

예수께서 이르시되 네게 이르노니 일곱 번뿐 아니라 일곱 번을 일흔 번까지라도 할지 니라.

–마태복음 18장 21~22

사소한 불씨가 집을 태운다

어느 마을에 이반 쉐체르바코프라는 농부가 살고 있었다. 그는 체격이 좋았으며 마을 최고의 일꾼이었고 장성한 세 아들이 있었다. 세 아들 중 큰아들은 아내를 맞이했으며 둘째는 적령기에 있었고 셋째는 마차를 몰며 밭일도 하는 왕성한 젊은이였다. 현명하고 똑 부러지게 집안 살림을 꾸려나가는 아내에다가 고분고분 일 잘하는 며느리까지 얻어 이반의 가족은 늘 부족함 없이 살아가고 있었다. 이반의 집에서 일하지 못하는 사람은 오직 병에 걸린 아버지 한 사람뿐이었다. 천식을 앓고 있는 아버지는 칠 년째 벽난로 옆 침대에 누워 지냈다.

이반의 집에는 모든 것이 풍족했다. 망아지가 딸린 말이 세 필, 올해 태어난 송아지를 데리고 있는 암소가 한 마리, 그리고 양이 열다섯 마리나 있었다. 여자들은 남자들의 신과 옷을 만들거나 들에 나가 일을 하기도 했다. 남자들은 열심히 농사를 지었다. 곡식은 다음 추수 때까지 충분했다. 세금이나 생활비 등 모든 지출은 메귀리만으로 충당할 수 있을 정도였다. 따라서 이반과 그 자식들의 생활은 편안했다.

그러던 어느 날, 이반은 이웃 남자와 다툼을 하게 되었다. 이웃남자는 담 하나를 사이에 둔 이웃이 고르네이 이바노프의 아들인 가브릴로 프로모이라는 남자였다.

고르네이 노인이 살아있었고 이반의 아버지가 집 안을 다스릴 때는 이웃 간의 사이가 너무 좋았다. 여자들에게 체나 통이 필요할 때나, 남자들에게 거친 천으로 만든 자루가 필요할 때, 급히 마차 바퀴를 바꿔야 할 때면 이웃끼리 물건을 빌려주기도 하고 사람을 보내기도 하며 서로를 돕곤 했었다. 잘못해서 송아지가 곡물창고에 뛰어 들어가도 그저 이렇게 말했을 뿐이었다.

"송아지가 못 넘어오게 좀 해줘. 우린 곡신 단을 아직 정리하지 못했으니까."

그러면 곡물창고나 헛간에 송아지를 숨기거나 문을 닫아걸어서 이웃 간에 서로를 욕을 하는 일은 하지 않았다.

노인들 세대에는 이렇게 생활했지만 아들 세대가 집안을 꾸려가게 되면서 상황이 바뀌어버렸다. 모든 일은 사소한 것에서부터 시작되었다.

이반의 며느리가 기르던 암탉이 이제 막 알을 낳기 시작할 때였다. 젊은 며느리는 부활절 달걀로 써야겠다고 생각하고 모으기 시작했다. 그녀는 매일 헛간 안에 있는 상자가 달린 마차 안으로 달걀을 가지러 갔다.

그러던 어느 날, 아이들이 암탉에게 겁을 주었는지 닭들이 담을 넘어 이웃집 뜰에 가서 달걀을 낳아버렸다. 며느리는 암탉이 꼬꼬댁거리는 소리를 듣고도 닭장에 가보지 않고 속으로 생각했다.

'지금은 알을 가지러 갈 여유가 없구나. 축제 준비를 위해 집 안을 정리해야 해. 이따가 가서 가져오자.'

그리고 저녁이 되어서야 닭장에 가보았다. 그러나 달걀은 없었다. 며느리는 시어머니와 집안 형제들에게 달걀을 가져갔는지 물었다. '아니, 가져가지 않았는데.'라고 그들은 대답했다. 그러자 시동생인 타라스카가 말했다.

"형수님, 아까 보니 옆집 뜰에다가 달걀을 낳던데요."

며느리가 닭장에 가보니 암탉은 수탉과 함께 횃대 위에 앉아서 벌써 눈을 감고 자려 하고 있었다. 닭들에게 물어봐야 소용없으니 며느리는 이웃집으로 갔다. 이웃집에선 노파가 그녀를 맞아들었다.

"무슨 일로 온 거야, 새댁?"

"네, 잠깐요. 할머니. 제 암탉이 오늘 여기로 날아왔는데 혹시 할머니 댁에서 달걀을 낳지 않았나요?"

"그런 건 못 봤어. 우리 집에도 암탉이 있거든. 우리 집에서 낳은 건 모두 모아두었지만 남의 닭이 난 건 우린 필요 없어. 알겠어, 새댁? 우린 남의 집 뜰에서 달걀을 주워가지는 않으니까."

며느리는 벌컥 화가 나 쓸데없는 말을 한마디 했다. 그러자 이웃집 할머니가 그것을 두 마디로 되받아쳤기에 곧 말다툼이 되고 말았다. 바로 그때 이반의 아내가 물을 지고 와서는 싸움에 끼어들었다. 그러자 이번에는 가브릴로의 아내가 달려와 갑자기 있는 말 없는 말을 해대며 싸움에 기름을 퍼부었다. 작은 일이 큰 소동이 되고 말았다. 양쪽 집 여인들은 그동안 서로 못마땅하게 여기고 있던 일들을 쏟아내며 험담을 늘어놓기 시작했다. '네가 이랬잖느냐, 너야말로 그랬잖느냐, 도둑놈이 따로 없다, 몹쓸 년이다, 늙은 시아버지를 구박하는 며느리다, 방정맞은 여편네다……'라고 말했다.

"뭐라고, 이 년이? 이 거지 같은 년! 넌 우리 집 체에 구멍을 내놓았잖아! 그리고 네 년 집에 가있는 우리 멜대, 멜대 내놔!"

그러면서 멜대를 확 잡아당기는 바람에 물통에 담긴 물이 엎질러지고 말았다. 그렇게 몸싸움까지 시작되었다. 이 모습을 본 가브릴로가 들에서 돌아와 자기 아내 편을 들기 시작했다. 이반도 아들들과 함께 달려와 싸움에 끼어들었다. 이반은 건장한 농부였기 때문에 모두를 두들겨 팼다. 가브릴로의 턱수염을 한 움큼 쥐어뜯었다. 결국 마을 사람들이 몰려와서 그들의 싸움을 말리기 시작했다.

이것이 모든 일의 시작이었다.

가브릴로는 뜯긴 턱수염 뭉치를 못 쓰는 종이에 싸서 군의 재판소에 제출하여 고소했다.

"저는 저런 놈에게 뜯기기 위해 턱수염을 기른 게 아닙니다!"

그리고 가브릴로의 아내는 마을 사람들에게 이반을 당장 중형을 받게 해서 시베리아로 보내버릴 것이라고 떠들고 다녔다. 이렇게 해서 싸움은 점점 더 커져만 갔다.

싸움이 시작된 날부터 이반의 아버지는 아들을 좋게 타일러보았으나 젊은 혈기에 들은 척도 하지 않았다. 아버지가 그에게 다시 한 번 말했다.

"아이들이나 네가 하고 있는 것은 정말 어리석은 일이야. 하찮은 일로 커다란 문제를 일으키고 있는 거야. 한번 생각해 봐라. 이번 일은 전부 달걀 하나 때문에 시작된 일이 아니냐? 그 달걀은 옆집 아이가 줍기라도 했겠지. 그게 어떻다는 말이냐? 그 달걀 하나에 얼마나 커다란 가치가 있단 말이냐? 신께서는 무엇이든 다 알고 계신다. 만약 상대방이 좋지 않은 말을 했다면 너는 그것을 바로 잡아주기만 하면 되는 거다. 좀 더 좋은 말을 하도록 가르치면 되는 게야. 그런데 치고 박고 싸우다니, 이 죄를 어찌할꼬. 하지만 그것도 역시 있을 수는 있는 일이다. 그러니 가서 화해를 하고 조용히 일을 마무리해라. 언제까지 그렇게 서로 화를 내고만 있으면 사이가 더욱 나빠질 뿐이다.”

이반과 그의 아들들은 아버지의 말을 한 귀로 흘려들었다. 노인의 말은 아무런 도움도 되지 않은 것 같았다. 늙은이들이 그저 늘 하는 잔소리라고만 여기는 듯했다.

이반은 이웃 사람에게 지고 싶지 않았다.

“나는 녀석의 수염 따위 뜯지 않았어. 녀석이 자기 손으로 쥐어뜯은 거야. 뿐만 아니라 녀석의 자식은 내 머리카락을 쥐어뜯고 내 셔츠까지 다 찢어놓았단 말이야. 이것 보라고.”

그리고 이반도 맞고소를 했다. 그들은 재판소에서 싸웠다. 재판이 진행되던 중에 가브릴로 네 짐마차의 굴대가 없어졌다. 가브릴로 네 여자들은 그 굴대가 없어진 것을 이반의 아들 짓이라고 말하며 덮어씌웠다.

“우리가 다 보고 있었어요. 그 남자가 시키면 밤에 창문 곁으로 해서 마차 쪽으로 숨어들어갔어요. 그리고 옆집 아줌마 말에 의하면 그 남자가 술집에서 주인에게 억지로 굴대를 팔았다고 하던데요.”

그래서 다시 재판이 시작되었다. 두 집은 매일 크고 작은 말싸움이 일어나기도 하고 심하면 싸움이 나기도 했다. 집안 아이들까지도 어른들을 보고 흉내를 내어 말다툼을 했으며, 여자들은 빨래터에서 서로를 만나면 서로를 못 잡아먹어서 안달 난 듯이 혀를 놀려 서로의 악감정을 늘려갔다.

처음 농부들은 서로 험담을 했을 뿐이었지만 날이 갈수록 점점 심해져 급기야 서로의 집에 있는 물건을 훔쳐가기에 이르렀다. 여자들과 아이들도 그것에 익숙해져갔다. 그러는 사이 두 집의 살림이 점점 축나기 시작했다. 이반 쉐췌르코바프와 가브릴로 프로모이는 마을 회관에서도 군의 재판소에서도 중재 재판소에서도 끊임없이 싸움을 계속했기 때문에 모든 사람들이 질리는 마음에 혀를 찼다. 가브릴로가 이반에게 벌금을 매기거나 감옥에 보내면 다음에는 이반이 가브릴로에게 똑같은 행동을 했다. 이처럼 서로에게 상처를 입히면 입힐수록 서로에 대한 악감정은 더욱 깊어갈 뿐이었다.

개들이 싸울 때는 성질이 점점 사나워져 한 쪽 개가 살짝 건드리기만 해도 상대 개는 물었다 여기고 더욱 사납게 달려든다. 두 사람도 그런 판국이었다. 한 쪽이 벌이나 구류 처분을 받으면 그 때문에 서로에게 더 큰 원함을 품게 되고 화가 나 피가 끓는 것 같았기 때문이다.

'그래, 두고 보자고. 전부 다 되갚아주마.'

이렇게 속으로 절규했다. 이렇게 소송은 6년간 이어졌다. 벽난로 옆에 누워 있는 노인은 세월이 흘렀음에도 계속 같은 말을 되풀이했다.

"도대체 이게 무슨 짓이냐? 쓸데없는 싸움은 그만두래도. 일을 내팽개쳐서까지 싸워서는 안 되느니라. 남에게 화내는 짓을 그만 두어라. 그렇게 하면 모든 것이 잘 될 거야. 화는 내면 낼수록 일은 더욱 더 꼬이기만 할 것이다."

하지만 그들은 노인의 말에 귀를 기울이지 않았다.

7년째 되는 해 어느 날, 마을의 결혼 잔치에서 이반의 아내가 마을 사람들이 다 보는 앞에서 가브릴로가 자기네 말을 훔쳐 달아났다고 말하며 모욕을 주었다. 이 후로부터 문제는 한층 더 심각해졌다. 가브릴로는 술에 취해 있었기 때문에 화를 참지 못하고 여자를 때렸다. 그 탓에 이반의 아내는 일주일 동안이나 자리에 누워있어야만 했다. 당시 아내는 임신을 한 상태였다. 이반은 당장 서류를 만들어 예심판사에게 갔다. '이번에야 말로'라며 그는 생각했다.

'가브릴로 녀석. 이번엔 감옥행이나 시베리아 행을 면할 수는 없을 거야.'

그런데 이번에도 이반의 소송은 승소하지 못했다. 예심판사는 서류를 받아들이지 않았다. 이반의 아내를 조사해 봤더니 그녀는 벌써 자리에서 일어났고 아무런 증거도 남아있지 않았기 때문이었다. 그래서 이반은 중재재판소로 찾아갔다. 그러자 거기서는 사건을 군 재판소로 넘겼다. 거기서 이반은 분주히 돌아다니며 서기와 마을 관원들에게 달콤한 술을 반통씩이나 풀어 가브릴로에게 태형을 내리게 해달라고 물밑 작업을 해댔다. 드디어 가브릴로에 대한 판결문이 내려졌다.

서기가 읽었다.

법정은 농부 가브릴로 고르제예프를 그 군의 경찰서에서 태형 스무 대에 처할 것을 결정한다."

이반은 그 판결을 듣고 흡족한 표정으로 가브릴로를 힐끗 바라봤다. 판결문을 들은 가브릴로는 헝겊조각처럼 얼굴이 새파랗게 질려 아무 말 없이 홱 돌아서서 재판장을 나가버렸다. 이반도 그 뒤를 따라 말이 있는 곳으로 가고 있을 때 갑자기 가브릴로의 목소리가 들려왔다.

"제기랄. 녀석이 내 등에 채찍을 친다면 내 등은 불타오르듯 아프겠지만, 네 녀석은 진짜로 불타오르게 만들어주지."

이 말을 들은 이반은 곧바로 판사들이 있는 곳으로 돌아갔다.

"존경하는 재판관님! 저 자가 저를 불태우겠다고 협박했습니다. 거기에는 증인이 분명히 있으니 들어보시기 바랍니다."

재판관들은 가브릴로를 불러들였다.

"가브릴로. 정말로 그렇게 말했습니까?"

"저는 아무 말도 하지 않았습니다. 당신들의 권리로 어서 저를 때리십시오. 왠지 저 혼자만이 옳은데 지독한 일을 당하고 있고 저 사람은 무슨 짓을 해도 괜찮은 느낌이 듭니다."

가브릴로는 더 말하려다 입을 다물고 입술과 뺨을 부들부들 떨며 돌아서버렸다. 그런 가브릴로의 모습을 보고 재판관들조차도 깜짝 놀랐다. 그가 이반과 자기에게 몹쓸 짓을 저지를지 모른다는 생각이 들었던 것이다. 여기서 나이든 재판관이 말했다.

"어떤가, 자네들. 조금 진정하고 서로 화해를 하는 편이 좋지 않겠나? 가브릴로, 자네는 자신의 행동이 옳았던 것이라고 확신하는 겐가? 자네도 임신한 여인을 때린 것은 잘못이네. 신께서 도와주시지 않았다면 자칫 큰 죄를 지을 뻔하지 않았나? 생각해보게. 과연 옳은 일이었나? 자네는 죄를 뉘우치고 이 사람에게 용서를 빌어야 하네. 그러면 이 사람도 용서할 거야. 우리도 이번 판결을 변경하도록 하지."

이 말을 들은 서기가 한마디 거들었다.

"그건 불가능합니다. 제 117조의 조문에 의거, 서로 간에 시담이 성립되지 않은 상태에서 재판소의 판결이 확정된 이상, 그것은 실행되어야만 합니다."

하지만 재판관은 서기의 말을 받아들이지 않았다.

"서기는 관여하지 마세요. 가장 중요한 조문은 오직 하나뿐입니다. 신을 잊어서는 안 된다는 것입니다. 그리고 신께서는 우리에게 이웃과 화목하게 지내라고 하셨습니다."

재판관은 두 사람을 설득하려 거듭 말했다. 하지만 헛수고였다. 가브릴로는 그의 말을 귓등으로도 듣지 않았다.

"저도 내년이면 쉰 살이 되고, 이미 결혼한 아들도 있습니다. 저는 태어나서 지금까지 단 한 번도 남에게 맞은 적이 없었습니다. 그런데 지금 이 옆에 있는 망할 자식이 저를 채찍 아래로 밀어 넣으려고 하지 않습니까? 그런 일이 가당키나 하단 말입니까? 천만의 말씀입니다. 두고 보자고, 이반!"

가브릴로의 목소리가 떨리기 시작했다. 그 이상은 말을 더 할 수도 없었다. 그래서 몸을 돌려 밖으로 나가버렸다.

재판소에서 집까지는 10km 정도 되었다. 그래서 이반은 꽤 늦은 시간이 되어서야 집에 돌아왔다. 여인들은 말과 소를 몰러 나갔는지 집에는 아무도 없었다. 그는 마구를 풀고 뒷정리를 한 뒤 오두막 안으로 들어갔다. 그 곳에도 아무도 없었다. 아이들도 들판에서 돌아오지 않은 모양이었다.

오두막에 들어선 이반은 의자에 털썩 기대 앉아 생각했다. 그는 오늘 판결을 언도할 때 가브릴로가 새파랗게 질려서 벽 쪽으로 돌아서 버린 것을 떠올렸다. 그는 심장이 미어지는 듯한 느낌이었다. 그는 만약 자신이 태형을 받게 된다면 어떤 기분일까 생각해보았다. 그러자 문득 그는 가브릴로가 가엾다는 생각이 들었다. 그때 병석에 누워있던 늙은 아버지가 기침을 하면서 일어나 침대에서 내려왔다. 노인은 힘들게 의자에 앉으면서도 기침을 멈추지 못했다. 그는 기침이 잦아들자 탁자에 기대어 손을 괸 후 아들에게 말했다.

"어떻게 됐느냐? 판결이 내려졌니?"

"태형 스무 대라는 판결이 있었어요."

노인은 머리를 흔들며 말했다.

"이반, 네가 하고 있는 일은 좋은 일이 아니다. 그렇고말고. 가브릴로 보다 너 스스로에게 더 좋지 않은 일을 하고 있는 게야. 그 남자의 등이 채찍으로 맞는다고 해서 네 몸이 가벼워지기라도 한다는 말이냐, 응?"

"앞으로는 우리에게 해코지하지 않게 될 거에요."

"무엇을 말이냐? 가브릴로가 너보다 무슨 나쁜 짓을 하기라도 했단 말이냐?"

"무슨 말씀을 하시는 거예요? 그 놈이 제게 무슨 짓을 했느냐고요? 녀석이 아내를 때려서 우리 아기가 죽을 뻔했다고요. 그래놓고 불태 우겠다고 협박까지 했어요. 그런데도 제가 사과를 해야 된다는 말씀 이신 건가요?"

노인이 한숨을 내쉬며 말했다.

"이반아. 너는 넓은 세상을 걸어 다니기도 하고 마차로 돌아다니기 도 하지만, 나는 나이가 들어서 일 년 내내 페치카 위에 누워있기만 한 다. 너는 네 자신은 무엇이든 보고 있지만 나는 아무 것도 보지 못한다 고 생각하고 있을 게다. 하지만 그렇지 않아. 네가 아무것도 보지 않는 거야. 너의 그 화가 네 눈을 가로막고 있으니 말이다. 남의 죄는 눈앞 에 있기 때문에 보이지만 자신의 죄는 등 뒤에 있기 때문에 보이지 않 는 법이다. 만약 가브릴로 혼자서만 나쁜 짓을 했다면 싸움이 일어났 을 리 없다. 사람 사이의 싸움이 과연 한 쪽에 의해서만 일어날 수 있 겠느냐? 싸움은 둘 사이에서 일어나는 법이다. 상대의 잘못은 보이지 만 자기 잘못은 눈에 들어오지 않는 거다. 그 사람만 나쁜 짓을 하고, 너는 착하다면 절대 싸움 같은 건 일어나지 않는다. 가브릴로의 턱수 염을 뽑은 건 누구냐? 절반씩 나눠야할 풀 더미를 독차지한 건 누구 냐? 그 남자를 재판소에 고소한 건 누구지? 그런데도 너는 모든 걸 가 브릴로 탓으로만 돌리고 있구나. 너의 잘못된 것까지 그에게 덮어씌우고 있는 게야. 일을 이렇게 만든 건 네 잘못이다.

이반. 나는 그렇게 살지 않았다. 그리고 너희들에게도 그런 것은 가르치지 않았다. 나와 할아버지, 그리고 그 할아버지의 아버지가 대체 어떻게 살아왔다고 생각하는 게냐? 어떻게 살아왔는지 알기나 하는 게냐? 이웃답게 살아왔다. 그 남자의 집에 보릿가루가 떨어지면 부인이 찾아와서 '프로르 아저씨, 보릿가루가 조금 필요해요!'하면 이렇게 말했다. '자자, 창고에 가서 얼마든지 필요한 만큼 가져가요.', 또 이웃에 말을 부릴 만한 사람이 없을 때면 '얘, 와냐토카야. 가서 말을 좀 부리고 오너라.'라고 네게 말하곤 했다. 그 대신 내게 부족한 것이 있으면 바로 이웃집을 찾아갔다. '고르제이, 내게 이러이러한 게 필요한데요.'하면, '자 들고 가게나 프로르!' 이렇게 말했다. 우리는 그렇게 살았다. 그래서 서로 생활하기도 편했다. 헌데 지금은 어떠냐? 얼마 전에도 한 군인이 프레브나의 전쟁에 대한 이야기를 들려주더구나. 어떠냐? 지금 너희들이 벌이는 그 전쟁은 그 프레브나의 전쟁보다도 더 치열하다.

이게 사는 거라 말할 수 있겠느냐? 어째서, 어째서! 이건 죄다! 너는 농부고 일가를 다스리는 사람이다. 네게 막중한 책임이 있는 것이야. 너는 여인들이나 아이들에게 대체 무엇을 가르치고 있는 게냐? 개처럼 싸움이나 하는 모습이나 보여주고. 얼마 전에도 타라스카가! 그 철부지가 아리나 큰 어머니를 자기 어미 흉내를 내서 욕을 하자 애미는 그걸 보고 웃더라. 대체 집안 꼴이 이게 뭐란 말이냐? 전부 네 책임 아니더냐? 어린 영혼을 생각해보아라. 이대로 괜찮겠느냐? 네가 내게 한 마디 하면 내가 두 마디로 되돌려주고, 네가 내 뺨을 치면 내가 두 번을 치는 꼴 아니냐? 안 돼, 그래서는 안 된다.

아들아, 예수님께서 방방곡곡을 돌아다니시며 우리 같은 어리석은 양들에게 가르친 것은 그런 것이 아니다. 남들이 뭐라고 해도 너는 맞받아쳐서는 안 된다. '그러면 그 사람의 양심이 스스로 자신을 책할 것'이라고 예수님은 그렇게 말씀하셨다. 만약 누군가가 한쪽 뺨을 때렸다면 너는 다른 쪽 뺨도 내밀어야 한다. 그리고 '내게 죄가 있다면 얼마든지 때려라.'라고 말해야 한다. 그렇게 하면 그 사람의 양심이 책망을 하게 된다. 그리고 자연스럽게 마음이 가라앉아 네 말을 경청하게 될 게다. 예수님께서는 우리에게 이렇게 말씀하셨다. '하찮은 일로 잘난 척 하지 말라.' 왜 너는 아무 말도 못 하는 게냐? 내 말이 잘못되기라도 했단 말이냐?"

노인은 한동안 기침을 하고 나서 다시 말을 이었다.

"너는 예수님께서 하신 말씀이 우리에게 나쁜 것이라고 생각하느냐? 아니다. 모든 것은 우리를 위한 가르침이었다. 네 생활을 한번 생각해보거라. 너희들 사이에서 그 전쟁이 시작된 이래 지금까지 네게 좋은 일이 늘었느냐, 나쁜 일이 늘었느냐? 먼저 생각해 보거라. 재판을 위해서 쓴 돈은 얼마나 되는지, 그 동안에 마차 삯과 여러 가지 일에 얼마나 쓸데없는 지출을 했는지. 너도 이제는 독수리 같은 아이들이 장성했으니 생활은 점점 편안해질 거고 재산도 늘어야할 터인데 지금은 오히려 줄어들고 있지 않느냐? 무엇 때문이냐? 전부 그 싸움 때문이다. 네 생각이 너무나도 잘났기 때문이란 말이다. 원래대로라면 너는 아이들과 함께 들에 나가 밭을 갈고 씨앗을 뿌려야 한다. 그런데 너는 악마의 장단에 매료되어 춤을 추며 재판소인지 뭔지 영문을 알 수 없는 일로 돌아다니고 있다. 제때에 쟁기질을 하고 씨를 뿌려주지 않으면 땅은 우리에게 그 무엇도 주지 않는다. 올해는 왜 귀리 수확

량이 더 적지? 너는 귀리를 언제 갈았느냐? 재판소에 다녀오고 나서였다. 재판에 이겨서 네가 얻은 게 무엇이냐? 쓸데없는 짐만 짊어지지 않았느냐 말이다. 생업을 소홀히 여겨서는 안 된다. 마음을 다잡아 식구들과 함께 경작하고 집안일을 생각하길 바란다. 누군가 화나게 만드는 사람이 있다 할지라도 신의 가르침대로 용서할 수 있는 사람이 되어라. 그러면 무슨 일에나 번거로움이 사라져 네 영혼은 언제 어디서나 편안해질게다."

이반은 아무 말도 하지 않았다.

"알겠느냐? 이반. 이 늙은 애비의 말을 마음 깊이 새겨들어라. 지금 당장 나가 소송을 취하해라. 그리고 내일 아침 가브릴로를 만나 화해를 청하고 집으로 데려오너라. 내일은 마침 축일이니 사모라르라도 끓이고 작은 술병이라도 따서 그간의 앙금을 말끔히 털어내자꾸나. 네 처와 자식들에게도 앞으로 그런 일 없도록 잘 타이르고."

이반은 긴 한숨을 내쉰 뒤, 생각에 잠겼다.

'아버지의 말씀이 전부 옳다.'

그러자 화가 완전히 사라지고 말았다. 하지만 그걸 어떻게 하면 되는 것인지, 어떻게 화해를 하면 좋은 것인지를 도무지 알 수가 없었다. 노인이 그의 마음을 알아챈 듯, 이반에게 말했다.

"어서 가라, 이반. 늦어져서는 안 된다. 불은 처음에 끄지 않으면 안 된다. 불타오르기 시작하면 더 이상은 손을 쓸 수가 없다."

노인은 아직도 뭔가 하고 싶은 말이 속에 있었지만 더 이상 말을 전할 수 없었다. 여인들이 오두막 안으로 들어와 새들처럼 정신없이 떠들기 시작했기 때문이다. 가브릴로가 태형을 언도 받았다는 사실부터 그가 불 지르겠다는 말로 협박했다는 사실까지, 모든 소식을 여인들도 모두 알고 있었다. 여인들은 소문에 자신들의 생각을 더해 이미 목장에서 가브릴로네 여자들과 말다툼을 하고 온 뒤였다. 여인들은 가브릴로의 며느리가 예심판사의 일로 자신들을 협박했다는 사실까지 이야기하기 시작했다. 예심판사가 얼마 후면 사건을 뿌리째 뒤흔들 것이며, 이반의 일을 모두 적어 황제폐하께 직접 탄원서를 보냈는데, 마차의 굴대가 사라진 일부터 야채밭의 일까지 전부 적어놓았기 때문에 이반의 토지 절반 정도가 그들의 것이 될 거라는 말이었다. 이야기를 전해 듣자 이반의 마음은 다시 돌처럼 차갑게 굳어졌다. 그리고 가브릴로와 화해하려던 마음이 싹 사라져버렸다.

가장에게는 언제나 밖에서 처리해야 할 일들이 많았다. 이반은 여인들과 이야기를 하지 않고 자리에서 일어나 곡식창고와 헛간이 있는 곳으로 향했다. 뒷정리를 한 다음 집으로 돌아왔을 때는 해도 이미 졌고 아이들도 들에서 돌아온 뒤였다. 그들은 이제 곧 찾아올 겨울을 대비해서 봄에 씨앗을 뿌릴 준비를 하고 있었다. 이반은 밭일이 어떻게 되었는지 물어보고 나서 말과 소에게 짚을 넣어주었다. 그리고 마구간에 가서 타라스카가 밤에 일하러 나갈 때 쓸 말을 밖에 끌어다놓고 마구간 문을 닫은 다음, 그 밑에 판자를 끼워 넣었다.

'이제 저녁을 먹고 잠자리에 들기만 하면 되겠군.'

이반은 망가진 고삐를 들고 집으로 향했다. 그때까지 그는 가브릴로와의 일도 아버지의 말도 까맣게 잊고 있었다. 그런데 문을 열고 집 안으로 들어서는데 울타리 너머에서 가브릴로의 목소리가 들려왔다.

"빌어먹을 녀석! 그놈을 죽여 버리고 말겠어."

이 말을 들은 이반은 또 다시 가브릴로에 대한 화가 가슴속에서 끓어올랐다. 그는 한동안 거기에 서서 가브릴로가 욕하며 소리치는 것을 듣고 있었다. 가브릴로의 소리가 잦아들자 이반도 집 안으로 들어갔다. 그가 집 안으로 들어서자 집 안은 등불이 밝혀져 있었다. 며느리는 한쪽 구석에서 물레질을 하고 있었고, 할머니는 저녁을 준비하셨으며, 큰 아들은 나무껍질로 만든 신을 다듬고 있었고, 둘째 아들은 책을 손에 든 채 책상 앞에 앉아 있었고, 타라스카는 밤에 말을 돌봐주러 나갈 준비를 하고 있었다. 가브릴로의 일만 아니라면 더할 나위 없이 평온한 가정의 모습이었다.

이반은 투덜대며 의자 위에 있던 고양이를 밀친 뒤, 대야에 담아 놓은 더운 물이 마음에 들지 않는다며 여인들을 야단쳤다. 잠시 후 이반은 기분이 가라앉은 듯 거기에 앉아서 말없이 표정을 찌푸린 채 말의 고삐를 고치기 시작했다. 하지만 가브릴로의 말이 머릿속을 맴돌며 괴롭혔다. 그가 법정에서 협박한 것과 조금 전의 욕설들이 떠올라 견딜 수가 없었다.

할머니가 타라스카에게 저녁을 차려주자 그는 식사를 한 뒤 조그만 모피 외투 위에 긴 웃옷을 겹쳐 입고 허리띠를 둘렀다. 그리고 빵을 들고 말들이 있는 길가 쪽으로 나갔다. 큰아들이 그를 배웅하려 했지만 이반은 자신이 일어나 입구에 있는 계단까지 나갔다. 문 밖은 이미 해가 저물어서 어둠에 잠겨있었다. 게다가 찌뿌드드한 날씨에 바람까지 불었다. 큰길로 나간 타라스카는 마을까지 함께 갈 젊은이들을 만난 듯했으나 곧 아무 소리도 들리지 않았다. 이반은 문 앞에 계속 서 있었다. '너희 집이 더 심하게 불타지 않도록 조심해.'라고 가브릴로가 한 말이 머릿속에서 떠나지 않았다.

이반은 생각했다.

'그는 틀림없이 물불 가리지 않을 거야. 오랜 가뭄 끝에 이렇게 바람이 불고 있잖아. 뒷문 쪽으로 슬금슬금 다가와 불을 지르고 달아나기라도 한다면 잡을 수도 없겠지? 안 돼! 그러기 전에 그놈을 붙잡아야 돼. 절대 놓치면 안 돼.'

이반은 집 안으로 들어가지 않고 그대로 똑바로 길가로 나가 문 앞을 뛰어넘어 골목으로 돌아 들어갔다.

'그래, 뒤쪽을 한 바퀴 둘러봐야겠다. 녀석이 무슨 짓을 할지 모르니.'

이반은 발소리를 죽여 문을 지나서 걸어갔다. 그렇게 모퉁이 하나를 돌아 울타리를 따라 앞을 내다보니 맞은편 모퉁이에서 무엇인가가 움직이고 있는 듯한 느낌이 들었다. 이반은 멈춰 서서 숨소리를 죽였다. 하지만 주위는 쥐 죽은 듯 고요하고 단지 버드나무 잎과 짚단이 펄럭이는 소리만 날 뿐이었다. 눈을 찔린다 해도 모를 만큼 어두웠지만, 눈이 어둠에 익숙해지자 이반은 그 주위에 있는 모퉁이와 기둥과 차양을 알아볼 수 있었다. 그는 한참을 서있었지만 사람 그림자 같은 건 눈에 띄지 않았다.

'틀림없이 뭔가 꿈틀한 것 같은데. 어쨌든 한 바퀴 둘러보기로 하자.'

이반은 다시 발소리를 죽인 뒤 창고를 따라 걸어갔다. 이반은 나무껍질로 만든 신을 신고 발을 가만히 옮겼기 때문에 자신의 발소리조차 듣지 못했다. 모퉁이까지 와서 문득 바라보니 건너편 끝에 있는 기둥 뒤에서 무엇인가가 번쩍하고 빛났다가 바로 꺼지는 것이 보였다. 이반은 가슴이 덜컥 내려앉아 그 자리에서 멈춰 섰다. 그러자 같은 장소에서 다시 한 번 아까보다 한층 더 밝은 빛이 나더니 거기에 모자를 쓴 남자 하나가 이반 쪽으로 등을 돌린 채 앉아 손에 든 짚단에 불을 붙이고 있는 모습이 뚜렷하게 보였다. 이반의 심장이 미친 듯이 뛰기 시작했다. 그는 몸을 긴장시킨 뒤 큰 걸음으로 성큼성큼 걸어갔다. 하지만 여전히 그의 발걸음 소리는 나지 않았다.

'현장에서 바로 잡고 말겠어!'

이반이 집 모퉁이의 차양 밑까지 도착하기도 전에 그 주위가 환해질 정도로 불이 확 타오르더니 불길이 짚단으로 번져 지붕까지 옮겨 붙기 시작했다. 불빛 때문인지 거기 서있는 사람이 가브릴로라는 게 뚜렷하게 보였다.

'이번에는 절대 놓치지 않을 테다!'

이반이 마음속으로 되뇌면서 다가가고 있을 때 가브릴로도 발소리를 들었는지 홱 돌아보곤 도망을 치기 시작했다. 갑자기 자리에서 벌떡 일어나 절름발이 토끼처럼 창고를 따라서 달리기 시작했다.

"거기 서!"

이반이 외치며 그의 뒤를 쫓았다.

그가 상대의 옷깃을 움켜쥐려는 순간, 가브릴로가 피하면서 그의 외투 자락을 붙잡았으나 옷이 찢어지면서 이반은 넘어지고 말았다. 넘어진 이반은 다시 일어서며 소리치며 그를 뒤쫓았다.

"저 놈 잡아라!"

그가 넘어졌다가 일어나는 동안 가브릴로는 이미 자신의 집 마당으로 들어섰지만 이반은 거기까지 그의 뒤를 쫓았다. 다시 한 번, 이반은 가브릴로를 거의 잡을 붙잡을 뻔했지만 뭔가에 머리를 세게 얻어맞고 쓰러졌다. 가브릴로가 마당에 뒹구는 떡갈나무 몽둥이를 주워 이반의 머리를 있는 힘껏 내려친 것이었다.

이반은 눈앞이 깜깜해지면서 정신이 몽롱해졌다. 그가 다시 정신을 차렸을 때는 이미 가블릴로의 모습은 보이지 않았다. 그리고 주위가 대낮처럼 밝고 자신의 집 쪽에서 무슨 기계가 돌아가듯이 붕붕 하는 소리와 탁탁 튀는 소리가 들려왔다. 이반이 뒤를 돌아 집 쪽을 바라보니 이미 자기 집의 바깥쪽 창고는 완전히 불이 붙었고, 안쪽 창고에도 불이 옮겨 붙어 불꽃과 연기가 안채 쪽으로 끊임없이 날아들고 있었다.

"이게 대체 무슨 일이야? 이봐!"

이반은 비명을 질렀다. 그러고는 두 손으로 자신의 가슴과 허벅지를 치며 울부짖었다.

"아, 불붙은 것부터 밟아 껐으면 좋았을 것을! 그랬으면 이렇게까지 번지지 않았을 텐데! 아, 이걸 대체 어쩌면 좋단 말인가?"

그는 이 말만 계속 되풀이할 뿐이었다. 큰 소리를 치고 싶었지만 목소리는 나오지 않았고 달리려고 했지만 두 다리가 서로 엉켜 앞으로 나아갈 수 없었다. 중심을 잡기 힘들어 걷기조차 버거웠다. 숨도 차올랐다. 숨을 헐떡이며 비틀비틀 걸어 겨우 창고를 돌아 불붙은 곳에 도착할 수 있었다.

하지만 걸어오는 동안, 안쪽 창고에서도 완전히 불이 붙어 타오르고 있었으며, 불길은 안채의 한쪽 모퉁이와 문에도 옮겨 붙었고 집 안쪽으로부터 불길이 뿜어져 나와 정원으로는 걸어 들어갈 수도 없을 정도였다. 사람들이 모여 손을 써보려 했지만 불가능했다. 이웃사람들은 각자 자신들의 가재도구를 나르고 가축을 정원에서 몰아내고 있었다. 이반의 집을 태운 불은 가브릴로의 집으로 옮겨 붙었고 바람이 불었기 때문에 길 건너편까지 불똥이 튀었다. 그리고 마을의 절반이 폐허가 되어 버리고 말았다.

이반네 집에서는 그저 이반의 아버지만을 구할 수 있었고, 자신들은 옷가지만 간신히 건진 채 집 밖으로 도망 나올 수밖에 없었기 때문에 가재도구는 하나도 건질 수 없었다. 불침번을 서기 위해 끌려 나갔던 말만은 살아남을 수 있었지만 가축들은 전부 타죽었으며, 마차도, 쟁기도 써레도, 여자들의 옷상자도, 곡식 창고 속의 곡식들도 하나도 남김없이 불타버리고 말았다.

가브릴로네는 가축을 살렸으며, 가재도구도 조금은 꺼내 올 수 있었다.

불은 하룻밤 내내 타올랐다. 이반은 자기 집 옆에 서서 타오르는 불을 바라보며 같은 말만 되풀이했다.

"아, 불붙은 것부터 밟아 껐으면 좋았을 것을! 그랬으면 이렇게까지 번지지 않았을 텐데! 아, 이걸 대체 어쩌면 좋단 말인가?"

하지만 안채의 지붕이 주저앉았을 때, 그는 불 한가운데로 뛰어들어 불타고 있는 들보를 끄집어내려 했다. 여인들이 그 모습을 보고 불러들이려 했지만, 그는 들보 하나를 끌어내더니 다시 다른 들보로 달려들다 넘어져 불 위로 넘어지고 말았다. 그것을 본 아들이 뛰어들어 그를 구해 냈다.

이반은 수염과 머리카락 그리고 옷이 탔으며, 손에 화상을 입었지만 고통은 느껴지지 않았다. 사람들은 그를 보고 "정신이 완전히 나간 모양이야?"라며 혀를 끌끌 찼다. 그러는 동안 불길은 잠잠해졌지만 이반은 멍하니 서서 그저 이렇게 말할 뿐이었다.

"여러분, 이게 대체 어떻게 된 일입니까? 타고 있는 걸 재빨리 꺼냈으면 좋았을 걸."

아침이 되자 촌장의 아들이 이반을 부르러 왔다.

"이반 아저씨, 아저씨네 할아버지가 돌아가실 것 같아요. 마지막 인사를 하겠다고 하시면서 아저씨만 찾고 계셔요.”

　이반은 아버지에 관한 것도 전부 잊고 있었기 때문에 대체 무슨 말을 하는 것인지 알아들을 수가 없었다.

　“어느 할아버지를 말하는 거냐? 누구를 찾고 있다고?”

　“아저씨를 찾고 계시다고요. 할아버지는 지금 우리 집에 계셔요. 빨리 가요. 아저씨.”

　이반은 촌장의 아들 뒤를 따랐다. 집 안에서 끌어낼 때 불이 붙은 지푸라기가 덮쳤기 때문에 아버지는 화상을 입고 말았다. 사람들은 이반의 아버지를 멀리 떨어진 촌장의 집으로 모실 수밖에 없었다. 그 마을만은 화재를 면할 수가 있었다.

　이반이 아버지 옆으로 다가갔을 때, 집 안에는 촌장의 아내와 난로 위에 누워있는 아이들 외에는 아무도 없었다. 모두가 화재 현장에 가 있었던 것이다. 이반의 아버지는 한 손에 촛불을 들고 의자 위에 누워서 곁눈질로 문 쪽을 바라보고 있었다. 이반이 들어서자 그는 몸을 조금 움직였다. 촌장의 부인이 그의 곁으로 가서 아들이 찾아왔다는 사실을 알려주었다. 그는 아들을 좀 더 가까이 오도록 해달라고 부탁했다. 이반이 곁으로 가자 아버지는 말을 하기 시작했다.

　“얘, 이반아. 내가 뭐라고 했었니? 마을을 불태운 이가 누구더냐?”

　이반이 말했다.

　“그놈이에요. 아버지. 저는 그놈을 봤어요. 제 눈앞에서 그놈이 불을 처마 밑으로 밀어 넣었어요. 그때 제가 그 불붙은 짚단을 끌어내 껐으면 됐는데……. 그러지 못 했어요.”

　“이반아, 나는 이제 곧 죽게 될 거다. 너도 언젠가는 죽을 몸이야. 그런데 그건 대체 누구의 죄란 말이냐?”

이반은 아버지의 눈을 바라보며 아무런 말도 하지 않았다. 아니, 할 수 없었다.

"신의 앞에서 말해 보거라. 누구의 죄냐? 내게 네게 뭐라고 했었지?"

그 말을 듣고 이반은 문득 깨달은 바가 생겼다. 모든 것을 이해할 수 있었다. 그는 눈물을 훔치며 말했다.

"저의 죄입니다. 아버지!"

그리고 아버지 앞에 무릎을 꿇고 앉아 울면서 말했다.

"아버지. 용서해 주세요. 저는 아버지에게도 신에게도 죄를 지었어요."

이반의 아버지는 두 손을 움직여 촛불을 왼손에 들고 오른손을 이마 쪽으로 가져가 성호를 그으려 했다. 하지만 손이 움직이지 않아 그만 둬야만 했다.

"주께 영광이 있으리라! 주께 영광이 있으리라!"

그는 이렇게 말한 뒤 다시 한 번 아들을 지긋이 바라보았다.

"이반."

"네, 아버지."

"앞으론 어떻게 살아갈 것이냐?"

이반은 눈물을 흘릴 뿐이었다.

"모르겠어요, 아버지, 이제부터 어떻게 살아가야 할까요, 아버지?"

노인은 눈을 감고 힘을 모으기라도 하려는 듯 입술을 다물었다가 다시 눈을 뜨며 이렇게 말했다.

"살아갈 수 있다. 신과 함께 산다면 살아갈 수 있고말고."

노인은 다시 한동안 입을 다물었다가 미소를 지으며 다시 말했다.

"잘 들어라. 이반! 사람들에게 불을 지른 자가 누구인지 말해서는 안 된다. 남의 죄 하나를 덮어주면 하나님께서는 너의 죄 두 가지를 용서해주신다."

말을 끝마친 뒤 노인은 촛불 하나를 두 손으로 잡아 가슴 위로 가져간 뒤 '훅' 하고 한숨을 내쉰 다음 그대로 세상을 떠났다.

이반이 가브릴로에 대해서 아무런 말도 하지 않았기 때문에 어떻게 해서 불이 난 것인지 아무도 알 수가 없었다.

이반에게서도 가브릴로를 원망하는 마음은 사라지고 없었다. 가브릴로는 이반이 자신에 대해서 아무런 말도 하지 않았다는 사실에 깜짝 놀랐다. 처음 그는 가브릴로를 두려워하고 있었지만 얼마 지나지 않아 익숙해지기 시작했다. 가장들이 싸움을 그만두었기 때문에 가족들도 더 이상 싸움을 하지 않게 되었다. 새로운 집을 짓는 동안 두 집 사람들은 한 지붕 밑에서 지냈으며 마을이 회복 되어 공터에 집들이 널따랗게 자리 잡은 뒤에도 이반과 가브릴로는 다시 이웃이 되어 한 둥지 안에서 생활을 했다.

이반과 가브릴로는 아버지들이 그랬던 것처럼 이웃답게 사이좋게 살아갔다. 그리고 이반 쉐체르바코프는 불은 가능한 한 빨리 꺼야 한다는 아버지의 교훈과 신의 가르침을 마음속에 간직한 채 살아갔다.

그랬기 때문에 누군가 그에게 나쁜 짓을 하는 사람이 있다 할지라도 그는 상대에게 복수를 하려 들지 않았으며, 일을 좋은 방향으로 이끌려고 노력했다. 그리고 누군가 자신의 험담을 하는 사람이 있어도 그는 결코 상대방의 험담을 하려 들지 않았다. 그리고 상대에게 험담을 하지 말라고 설득하려 노력했다. 그는 집안의 여인들이나 아이들에게도 그렇게 하라고 가르쳤다.

이렇게 해서 이반 쉐체르바코프는 완전히 좋은 사람이 되었으며, 전보다도 훨씬 더 좋은 삶을 살 수 있게 되었다.

너희가 각각 마음으로부터 형제를 용서하지 아니하면 나의 하늘 아버지께서도 너희에게 이와 같이 하시리라.

-마태복음 18장 35

2장

악에서 떠나 선을 행하라,
그리하면 영원히 살리니

그들의 발은 악으로 달려가고 그들은 무죄한 피를 흘리기에 급하니, 그들의 생각은 죄

악의 생각이요 그들의 길에는 황폐함과 멸망이 있도다.

-이사야 59장 7

사람에게는 얼마나 땅이 필요한가

1

　도시에 사는 여인이 시골에 사는 여동생의 집을 찾아왔다. 언니는 도시의 상인에게 시집가서 살고 있었다. 동생은 시골에서 농부와 결혼을 했다. 오랜만에 만난 자매는 차를 마시며 이야기꽃을 피웠다.

　그러는 동안 언니가 거드름을 피우며 도시에서의 생활을 늘어놓기 시작했다. 도시에서는 얼마나 넓고 깨끗한 집에서 살고 있는지, 아들에게는 어떤 옷을 입혀주며 얼마나 맛있는 음식만 먹고 마시는지, 얼마나 자주 마차를 타고 돌아다니고 놀러 다니고 연극을 보러 다니는지 자랑했다.

　언니의 자랑에 동생은 분한 생각에 상인의 생활을 헐뜯으며 농가에서의 자신의 생활을 자랑하기 시작했다.

　"난 언니의 생활과 내 생활을 바꾸고 싶은 마음이 없어요. 물론 언니처럼 화려한 생활은 아니지만 걱정거리라는 게 없어요. 맞아요. 언니의 생활은 화려하기는 하지만 자칫 잘못해 돈을 못 벌면 졸지에 가난뱅이가 되잖아요. 이런 속담도 있어요. 손(損)은 덕(德)의 형이다. 그리고 이런 일이 생길 수도 있잖아요. 오늘은 부자라도 내일은 남의 집 창밑에서 있는. 그에 비해서 우리 농민들의 일은 아주 정직해요. 농민들의 생활은 가느다랗지만 오래 지속되니까요. 부자가 되지는 못하지만 배를 곯는 일은 없어요.”

그러자 언니가 말했다.

“배를 곯는 일이 없다고? 그게 뭐가 대단하니? 돼지나 송아지와 다를 바가 없잖니? 좋은 옷도 입지 못하고, 좋은 교제도 할 수가 없어. 네 남편이 아무리 억척스레 일을 한다고 해도 결국은 거름 속에서 살다가 거름 속에서 죽어갈 뿐이잖아. 네 아이들도 다를 바가 없어.”

동생이 말했다.

“여기 생활이 그래요. 그 대신 우리의 생활에는 위험이 전혀 없어요. 누구에게도 머리를 숙일 필요도 없고 두려워할 필요도 없죠. 하지만 언니가 있는 도시에서의 생활은 수많은 유혹 속의 삶이죠. 오늘은 무사히 잘 지냈을지라도 내일이 되면 어떤 악마에게 사로잡힐지 몰라요. 형부도 언제 카드놀이에 빠질지, 술독에 빠질지 알게 뭐예요? 그리고 그렇게 되면 모든 게 끝이잖아요. 그렇지 않나요?”

동생의 남편인 파홈은 페치카(러시아식 난로) 위에서 여자들의 이야기를 듣고 있었다.

“그 말이 맞아요. 우리 친구들은 어렸을 때부터 자연의 어머니인 대지를 갈았기 때문에 어리석은 생각은 하지 않죠. 오직 하나 안타까운 것은 땅이 부족하다는 것뿐입니다. 여기서 땅만 조금 더 여유가 생긴다면 나는 무서울 게 없어요. 심지어 악마가 온다고 해도 무섭지 않습니다.”

자매는 차를 다 마시고 나서도 한동안 옷 등에 관한 이야기를 나누다 잔과 접시를 치운 뒤 잠자리에 들었다.

그런데 악마 하나가 페치카 뒤에 웅크리고 앉아서 그들의 이야기를 전부 엿듣고 있었다. 악마는 농부가 자매들의 이야기에 끼어들어 자기에게 충분한 땅만 있으면 악마도 두려울 것 없다며 우쭐거리는 말을 듣고 웃음을 참을 수 없었다.

'그래, 좋았어. 어디 너랑 한판 붙어보아야겠구나. 내 너에게 땅을 얼마든지 주지. 그리고 땅으로 너를 사로잡고 말겠어.'

2.

그 마을에는 그다지 넓지 않은 땅을 가진 여자 지주가 살고 있었다. 그녀는 120데샤티나 정도의 토지를 가지고 있었다. 지금까지 그녀는 자신의 땅을 경작하는 농부들과 좋은 관계를 유지하고 있었는데 갓 제대한 젊은 남자를 관리인으로 고용한 후부터 말썽이 생기기 시작했다. 그가 이런저런 구실을 붙여 농민들에게 벌금을 뜯어내며 괴롭히고 있었던 것이다.

파홈이 제아무리 조심해도 말이 지주의 귀리 밭에 들어가거나, 암소가 정원으로 들어가거나, 송아지가 목초지로 들어가는 등의 일은 막을 수가 없었기 때문에 그럴 때마다 일일이 벌금을 뜯겼다.

벌금을 뜯길 때마다 파홈은 아내에게 소리를 지르기도 하고 때리기도 했다. 이렇게 해서 파홈은 그 관리인 때문에 여름 내내 아주 많은 죄를 짓고 말았다. 드디어 가축들을 축사 안에 들일 시기가 되자 오히려 마음이 편안해졌다. 사료 값이 들기는 했지만 벌금 걱정을 하지 않아도 되었기 때문이다. 그런데 겨울이 되자 여자 지주가 땅을 팔기위해 내놓았다는 소문이 돌았다. 그리고 여관의 주인이 도로에 접한 땅을 사려고 한다는 소문이 돌기 시작했다. 농부들은 그 소문을 듣고 걱정이 이만저만이 아니었다.

'그 땅이 여관 주인의 손에 들어가면 안 되는데. 그는 지금의 부인보다 훨씬 더 많은 벌금을 뜯어갈 거야. 하지만 우리는 그 땅 없이 살아갈 수도 없지. 이 주변에 사는 농부들은 죄다 그 땅을 부쳐 먹고 사니까.'

그래서 농부들은 무리를 지어 여자 지주를 찾아가 토지를 여관 주인에게 팔지 말고 자신들에게 넘겨 달라고 부탁하기 시작했다. 여관 주인보다 더 많은 값을 지불하겠다고 약속했다. 그녀는 그들의 제안을 승낙했다. 마을 조합에서 토지를 전부 사들이기 위한 절차를 밟기 위해 몇 번이고 집회를 열었지만 이야기는 쉽게 마무리되지 않았다. 악마가 그들을 방해했기 때문에 의견을 하나로 모을 수가 없었던 것이었다. 결국 농부들은 각자 형편대로 땅을 사기로 결정했다. 여자 지주도 그 의견에 동의했다.

파홈은 이웃집 남자가 20데샤티나를 샀는데 여자 지주가 그 절반의 금액을 일 년 동안 받지 않기로 했다는 소문을 들었다. 파홈은 그가 몹시 부러웠다.

'땅이 전부 팔리고 나면 나는 빈털터리가 되고 말 거야.'

그래서 그는 아내와 의논했다.

"모두 땅을 사고 있으니 우리도 10데샤티나 정도는 사야할 것 같아. 아니면 벌금 때문에 살 수가 없을 거야."

두 사람은 어떻게 살지 의논했다. 그들에게는 저축한 돈 100루블이 있었다. 거기다 망아지 한 마리와 꿀벌 반을 팔고, 아들을 머슴으로 보내 미리 돈을 받고 형부에게 돈을 꿔서 간신히 땅값의 절반을 마련했다.

돈이 모이자 파홈은 조그만 숲이 있는 15데샤티나의 토지를 사기 위해 여자 지주와 흥정을 하러 갔다. 이야기가 잘 돼서 마침내 계약금을 치렀다. 그리고 곧 도시로 나가 매매와 양도 절차를 밟고 땅값의 절반을 지불했다. 잔금은 2년 내에 치르면 되었다.

파홈은 드디어 토지를 갖게 되었다. 그는 씨앗을 빌려 구입한 토지에 뿌렸다. 작물은 잘 자랐다. 그는 일 년 안에 아내의 형부에게 꾼 돈과 여자 지주에게 지불할 돈을 전부 갚았다. 마침내 완전한 지주가 되었다. 그는 자신의 땅을 경작하여 씨를 부리고 가축을 길렀으며 자신의 목초지에서 꼴을 베고 자신의 숲에서 땔감을 구했다. 파홈은 자신의 넓은 밭을 갈거나 싹이 난 목초지를 둘러보기 위해 나갈 때마다 가슴 가득 기쁨이 넘쳐났다.

거기에 있는 것은 풀과 꽃까지도 다른 곳에 있는 것과는 전혀 다른 느낌이 들었다. 그는 예전에도 그 부근을 자주 지나쳤다. 틀림없이 같은 땅이었지만 지금은 그 땅이 아주 특별하게만 느껴지는 땅이 되었다.

3.

이렇게 파홈은 즐거운 나날을 보내고 있었다. 마을 농부들이 그의 작물이나 목초지를 망쳐 놓지만 않았다면 아무 일 없었을 것이다. 그는 열심히 부탁해보았지만 그것은 모두 헛수고였다. 마을 사람들이 종종 자기네 소들을 그의 목초지에 데려오기도 하고 말들이 그의 밭으로 뛰어들곤 했다. 하지만 파홈은 그들을 내쫓기만 할뿐, 관대하게 소송을 걸지는 않았다. 하지만 결국에는 참을 수가 없어서 재판소에 찾아 갔다. 농부들이 그런 행동을 하는 것은 나쁜 마음을 먹어서가 아니라 토지가 좁기 때문이라는 걸 그는 알고 있었다. 하지만 그도 생각이 있었다.

'이런 일을 매번 넘어가줄 수는 없는 노릇이야. 그러다가 전부 엉망이 되어 버릴 거야. 조금은 깨닫게 해줘야 해.'

그는 이런 마음을 먹고 재판을 걸어 사람들에게 벌금을 받아냈다. 그러자 파흠의 이웃들은 그를 욕하면서 이제는 일부러 그의 땅을 망쳐놓기 시작했다. 어떤 사람은 밤중에 몰래 숲속으로 들어가 보리수 열 그루 정도의 껍질을 벗겨놓았다. 파흠이 숲속을 지나가다 보니 뭔가 하얀 것이 보였다. 다가가서 살펴보니 껍질이 벗겨진 어린 보리수가 주변에 흩어져있었으며 여기저기 그루터기가 보였다. 하다못해 수풀 주위만을 베고 한 그릇 정도만 남겨놓아도 나았을 텐데 그 독한 녀석은 전부 깨끗하게 베어버렸다.

파흠은 벌컥 화를 내며 생각했다.

'나쁜 놈! 지금 당장 범인을 찾아내서 매운 맛을 보여주겠어!'

그러면서 과연 범인이 누굴까 생각에 생각을 거듭했다.

'이건 틀림없이 쇼무카 녀석의 짓 일거야.'

이렇게 생각한 그는 쇼무카의 집으로 찾아갔다. 하지만 그저 말다툼만 했을 뿐 얻은 것이라고는 아무 것도 없었다. 그러자 파흠은 더욱 그가 한 짓이 틀림없다고 믿었다. 그는 결국 쇼무카를 고발하게 되어 두 사람은 법정에서 만났다. 하지만 아무런 증거가 없기 때문에 쇼무카는 무죄 판결을 받았다. 파흠은 일이 그렇게 되자 한층 더 화를 내며 촌장과 재판관에게까지 욕을 했다.

"당신들은 도둑놈 편을 들고 있소. 당신들이 일을 제대로 하고 올바른 생활을 한다면 도둑놈을 용서할 리가 없을 거야."

파흠은 재판관뿐만 아니라 이웃 사람들과도 다투었다. 그러자 이웃들은 그의 집에 불을 지르겠다며 협박해왔다. 이렇게 해서 파흠은 너른 토지를 갖게 되었지만 사람들과의 관계는 아주 나빠지게 되었다.

그 무렵, 농부들이 새로운 토지로 이주하려 한다는 소문이 돌았다. 파홈은 혼자 생각했다.

'내게는 이 땅을 떠나야할 만한 이유가 없어. 이 부근의 누가 떠난다면 이곳의 토지에도 훨씬 더 여유가 생기겠지. 그러면 내가 그걸 사들여서 이 일대를 내 땅으로 만들어버리자. 그러면 생활이 훨씬 더 윤택해질 거야. 이대로는 조금 답답한 느낌이 들어.'

그러던 어느 날 파홈이 집에 있을 때였다. 마을을 지나가던 나그네가 그의 집에서 묵을 수 있냐며 부탁해왔다. 파홈과 그의 아내는 흔쾌히 허락하곤 음식을 대접했다. 그리고 이야기를 나누게 되었다.

나그네는 저 멀리 남쪽, 볼가 강 너머에서 왔고 거기서 일한다고 대답했다. 그런 다음 농부는 띄엄띄엄 말을 이어서 그곳으로 많은 사람들이 이주하고 있다고 했다. 그들이 그곳으로 이주하면 마을 조합에 들어가게 되고 한 사람 당 10데샤티나씩 땅을 받게 되어 있었다.

"정말 기름진 땅이에요. 보리를 심으면 말의 등이 보이지 않을 만큼 자라서 다섯 움큼이면 한 단이 돼요. 어떤 농부는 거의 알거지인 채로 왔다가 지금은 말 여섯 마리와 암소를 두 마리나 가지고 있답니다."

이 말을 들은 파홈은 몹시 들뜬 마음이 들었다.

'그렇게 좋은 생활을 할 수 있는 곳이 있단 말이야? 그러면 여기처럼 답답한 곳에서 가난하게 살 필요가 없지 않은가? 여기 땅과 집을 팔고 그곳에 가서 집을 짓고 새 생활을 시작해보자. 이렇게 좁아터진 곳에서 있어봐야 죄만 지을 뿐이지. 하지만 그보다 먼저 내 눈으로 보고 와야겠어.'

여름이 되자 파홈은 그곳으로 출발했다. 증기선을 타고 볼가 강을 따라 사마라까지 이르러서는 거기서부터 400베르스타를 걸어서 목적지에 다다랐다. 나그네가 말한 대로 농부들은 각자 10데샤티나의 땅을 얻어 풍족하게 살고 있었다. 그리고 누구든지 조합에 가입할 수 있었다. 그뿐만 아니라 돈을 가지고 있는 사람은 할당받은 토지 외에도 원하는 만큼 얼마든지 가장 좋은 토지를 3루블씩에 자기 소유로 사들일 수가 있었다.

파홈은 철저히 그 곳에 대해서 조사를 한 후 가을이 되기 전에 집으로 돌아왔다. 그는 가지고 있는 것들을 전부 시장에 내놓았다. 토지는 아주 높은 값에 팔렸다. 집과 가축들도 전부 팔았다. 그런 다음 마을 조합에서 탈퇴한 뒤 봄이 오기를 기다렸다가 가족들을 데리고 새로운 마을로 이사를 갔다.

4.

파홈은 가족을 데리고 온 마을의 조합에 가입했다. 그는 마을 어른들에게 술을 한잔씩 돌린 뒤, 필요한 서류를 작성했다. 파홈은 마을에 들어와도 좋다는 허락을 받고 다섯 가족 앞으로 목장을 제외한 곳곳의 땅을 50데샤티나 할당받았다. 파홉은 집을 짓고 가축도 길렀다. 전에 비해서 그의 토지는 세 배나 넓어졌고 땅이 비옥한 덕에 생활은 열 배나 더 풍족해졌다. 경작지와 목초지는 원하는 만큼 얻을 수 있었다. 따라서 가축은 얼마든지 기를 수 있었다.

처음 집을 짓고 가축을 사들이는 동안 파홈은 더할 나위 없이 행복했다. 하지만 그곳의 생활에 점점 익숙해져 감에 따라 그곳도 답답하다는 생각이 들었다. 첫 해에 파홈은 자기 밭에 밀을 심었다. 밀농사는 아주 잘 됐다. 그는 더 많은 밀을 생산하고 싶었지만 그러기에는 토지가 부족했다. 어떤 곳은 밀을 키우기에 적합하지 않았다. 그곳에서 밀은 초원지대나 휴경지에 심어야만 했다. 한두 해 정도 밀농사를 지은 다음에는 또다시 땅을 묵혀 풀이 자라게 했다. 하지만 그런 토지는 원하는 사람들이 많았기 때문에 아무래도 부족할 수밖에 없었다.

그 때문에 경쟁자들끼리 다툼이 벌어지기 일쑤였다. 돈 많은 사람들은 그런 땅을 사려고 애쓰고 돈 없는 사람들은 상인들에게 빚을 내거나 농경지를 빌려 농사를 지었다.

파홈도 밀농사를 많이 짓고 싶었다. 그래서 다음 해에 그는 상인을 찾아가 1년간 땅을 빌렸다. 그리하여 더 많은 밀을 심어 더 많은 밀을 수확했다. 하지만 그가 이 땅에 가려면 마을에서 최소한 15베르스타를 걸어야했다. 그 땅 부근에는 장사까지 하는 부유한 농부의 별장이 있었는데 그것을 보고 파홈은 생각했다.

'만약 이 땅을 내 것으로 만들어 경영지를 갖게 된다면 얼마나 좋을까? 가까운 곳에서 모든 일을 처리할 수 있을 텐데.'

그래서 파홈은 어떻게 해서든 땅을 자신의 소유로 사들여야겠다고 생각했다.

파홈은 3년이란 세월을 그렇게 보냈다. 땅을 빌려 밀을 심은 것이었다. 매년 수확이 좋아 많은 밀을 거두어 수중에 돈도 상당히 많이 모을 수 있었다. 하지만 파홈은 매년 남들에게 땅을 빌려야 한다는 것이 번거롭게만 느껴졌다. 어딘가 좋은 땅이 나오면 농부들이 날듯이 달려가서 먼저 차지하곤 했다. 그러다 땅을 빌리지 못하면 그 해 농사는 물건너갔다.

3년 째 되는 해, 그는 한 상인과 손을 잡고 농민들로부터 목장을 빌려 그 땅을 완전히 갈아놓았는데 농민들이 재판을 걸어 그동안 들인

공이 허사가 되고 말았다. 그는 화가 났다.

'내 땅이었다면 사람들한테 굽실거릴 필요도 없고 귀찮은 일도 일어나지 않았을 텐데.'

파홈은 어떻게 하면 자신의 땅을 가질 수 있는지 알아보기 시작했다. 그러다 한 농부를 알게 되었다. 그 농부는 500데샤티나의 토지를 갖고 있었지만 파산했기 때문에 토지를 헐값에 판다는 것이었다. 파홈은 그 남자와 흥정을 시작했다. 수차례에 걸친 만남 끝에 1,500루블에 합의를 보고 돈의 절반은 얼마간 시간을 두었다 주기로 했다. 이야기가 거의 마무리되어 갈 무렵, 여행을 하던 상인 한 명이 먹을 것을 얻기 위해 파홈의 집에 찾아왔다.

두 사람은 차를 마시며 이런저런 이야기를 나눴다. 상인은 먼 바슈키르에서 왔다고 했다. 그는 바슈키르 사람들에게서 5,000데샤티나의 토지를 사들였다고 했다. 그것도 겨우 1,000루블을 주고 샀다는 이야기였다. 그러자 파홈은 귀가 솔깃해 캐묻기 시작했다. 그러자 상인이 말했다.

"그냥 노인네들의 기분을 잘 맞춰주기만 하면 됩니다. 선물을 주거나 술을 조금 대접했죠. 그 덕분에 1데샤티나당 20코페이카를 주고 땅을 살 수 있었습니다."

이렇게 말하면 그는 땅문서를 보여주며 말을 이어갔다.

"그 땅이 작은 강을 끼고 있어서 전부가 기름진 평원이죠."

파홈은 그 외에도 여러 가지 일들을 자세히 물어보았다.

"일 년이 걸려도 다 돌아보지 못할 정도로 넓은 땅이지요. 땅들은 모두 바슈키르 사람들 소유인데 그 사람들이 워낙 순한 양 같아서 거의 공짜로 얻은 거나 진배없죠."

파홈은 생각했다.

'잠깐만 듣고 보니 500데샤티나의 토지를 빚을 내어 1,500루블이나 주고 사는 것보다 그곳에 가서 10배나 넓은 땅을 1,000루블에 사는 것이 더 이득이잖아?'

5.

파홈은 그곳으로 가는 길을 자세하게 상인에게 물었다. 그리고 그가 떠나자마자 자신도 곧바로 여행에 나설 준비를 했다. 그는 아내를 집에 남겨둔 채 하인 한 명을 데리고 길을 나섰다. 그는 가는 도중에 도시에 들러 상인이 일러준 대로 차 한 상자와 선물과 술을 샀다. 그런다음 500베르스타를 걸어갔다.

그들은 꼬박 7일 지나서야 바슈키르의 땅에 도착했다. 모든 것이 상인의 말 그대로였다. 사람들은 강가 초원에 펠트를 두른 마차를 세워놓고 그 안에서 생활하고 있었다. 그들은 땅을 갈지도 않았으며 곡식도 먹지 않았다. 그들이 기르는 가축들은 넓은 초원에서 풀을 뜯고 있었으며, 말들도 떼를 지어 이리저리 돌아다니고 있었다. 마차 뒤에 망아지들이 매어 있었는데 하루에 두 번씩 암말들을 데려다 젖을 물렸다. 여인들은 암말의 젖을 짜서 쿠미스를 만들었다. 여자들은 쿠미스를 저어 치즈를 만들었다. 하지만 남자들은 그저 쿠미스나 차를 마시고 양고기를 먹으며 피리를 불 뿐이었다. 모두 뚱뚱하고 쾌활하고 여름동안에는 그저 놀기만 할 뿐이었다. 그들은 교육을 받지 못해 러시아어도 알지 못했지만 다정하고 친절했다.

파홈의 모습을 본 바슈키르 사람들은 텐트 마차에서 나와 손님을 둘러쌌다. 통역을 할 수 있는 사람이 나왔다. 파홈은 그에게 자신은 토지에 관해서 알아보기 위해 왔다고 말했다. 바슈키르 사람들은 기뻐하며 파홈을 거의 끌어안다시피 했고 가장 좋은 텐트 마차로 데려가 융단 위에 앉히고 깃털 이불을 덮어주었다. 그리고 그의 주위에 둘러앉아 차와 술과 양고기 요리를 대접했다. 파홈은 짐을 풀고 선물을 그들에게 나누어주었다. 바슈키르인들은 기뻐했다. 그러고는 그들끼리 이야기를 나누더니 통역을 통해 이런 말을 전했다.

"당신이 아주 마음에 들었습니다. 그래서 우리의 관습에 따라 선물에 대한 보답을 하고 싶습니다. 우리가 가진 것 중 원하는 것이 있다면 무엇이든 주겠습니다. 그걸 말씀해달라고 합니다."

그러자 파홈이 말했다.

"제가 원하는 것은……."

그는 조금 뜸을 들이더니 말을 이었다.

"당신들의 땅입니다. 제가 있는 곳은 땅이 좁을 뿐만 아니라 매우 거칩니다. 하지만 여기에는 땅이 얼마든지 있을 뿐만 아니라 매우 기름집니다. 저는 아직 이렇게 좋은 땅을 본 적이 없습니다."

통역이 그의 말을 전하자 바슈키르인들은 자기들끼리 의논하기 시작했다. 파홈은 그들이 뭐라 하는지 전혀 알아들을 수 없었지만 유쾌하게 웃으며 이야기하는 모습을 보니 긍정적인 대답이 나오리라 기대했다. 그들은 곧 일제히 이야기를 멈추고 파홈을 바라보았다. 통역이 말을 전했다.

"당신의 친절에 대한 답례로 당신이 원하는 만큼의 땅을 기꺼이 드리겠다고 합니다. 그냥 손짓으로 얼마만큼의 땅이 필요한지 말해보시길 바랍니다."

그들은 다시 의논을 하기 시작했다. 그러다가 어떤 일로 다투는 듯했다. 파홈은 왜 다투는 것이냐고 물었다. 그러자 통역이 대답했다.

"사실은 몇몇 사람들이 토지에 관한 일은 촌장에게 물어볼 필요가 있다고 합니다. 말없이 주자는 사람들과 물어보자는 사람들로 갈렸습니다."

6.

바슈키르인들이 한참 다투고 있을 때 여우가죽으로 만든 모자를 쓴 남자 한 명이 천막 안으로 들어왔다. 그러다 모두가 입을 다물고 자리에서 일어났다.

"이분이 우리 촌장님입니다."

파홈은 서둘러 자신이 가져온 것 중에 가장 좋은 옷과 다섯 근 차를 촌장에게 주었다. 그것을 받아든 촌장은 가장 상석에 앉았다. 사람들이 촌장에게 뭐라고 이야기하자, 촌장은 귀 기울여 듣고 있다가 조용히 하라는 뜻으로 고개를 끄덕이고는 파홈에게 러시아어로 말했다.

"그러죠. 당신이 원하는 만큼 땅을 가지십시오. 이곳에는 땅이 얼마든지 있으니까요."

'내가 원하는 만큼 땅을 가지라고? 이런 일일수록 계약을 철저하게 해둬야 해. 나중에 다시 내놓으라고 할지도 모르니까.'

"친절하신 말씀 정말 감사드립니다. 말씀하신 대로 여기에는 토지가 얼마든지 있지만 제게는 그저 조금만 있으면 됩니다. 저는 단지 얼마만큼이 제 땅인지 그것만 알면 됩니다. 일단 땅을 대충 측량해서 이만큼이 제 땅이라는 사실만은 분명히 해둘 필요가 있다고 생각합니다. 여러분께서는 친절한 분들이시니 제게 땅을 주셨다 할지라도 아들 세대가 되면 다시 되찾아가려 할지도 모르니까요."

"맞는 말씀이십니다. 그렇게 해드리지요."

촌장이 대답하자 파흄이 말했다.

"제가 듣기로 이곳에 한 상인이 온 적이 있었다고 들었습니다. 그에게는 토지와 함께 땅문서를 만들어주셨다고 들었는데 제게도 그렇게 해주셨으면 합니다."

촌장은 모든 것을 받아들였다.

"네, 네. 그런 건 전부 간단한 일입니다. 저희에게 서기가 있으니 함께 마을로 가서 정식으로 절차를 밟도록 합시다."

"그렇다면 값은 얼마 정도로 해주시겠습니까?"

"이곳에서는 값이 전부 똑같습니다. 하루치에 1,000루블이죠."

파흄은 언뜻 이해할 수가 없었다.

"그게 무슨 뜻인가요? 하루치가 대체 몇 데샤티나 입니까?"

촌장이 답했다.

"우리는 그런 단위를 알지 못합니다. 언제나 하루치라는 단위로만 팔고 있습니다. 그러니까 그 사람이 하루 동안 걸어간 만큼의 토지를 기꺼이 드리도록 되어 있습니다. 그리고 그렇게 결정된 하루치가 1,000루블입니다."

파흄은 깜짝 놀랐다.

"그렇다면 말입니다. 하루 동안 걸어갈 수 있는 토지라면 굉장한 면적이 될 텐데요."

촌장이 웃음을 터뜨리며 말했다.

"네, 당신이 하루 종일 걸어간 땅이 모두 당신 것이 되는 겁니다. 다만 한 가지 조건이 있습니다. 해 지기 전에 출발한 곳으로 돌아오지 못하면 무효가 됩니다."

"그럼 내가 돌아다닌 땅이라는 표시는 어떻게 해야 합니까?"

"우리가 함께 가서 서있을 테니 그곳에서 출발해 원을 그리며 다시 돌아오면 됩니다. 삽을 가지고 다니면서 원하는 곳에 표시하면 됩니다. 조그마한 구멍을 파놓으시던지, 나뭇가지나 풀을 꽂아두십시오. 우리가 그 구덩이를 따라 선을 긋고 쟁기질을 하면 되니까. 얼마든지 돌아다녀도 상관은 없지만 반드시 해가 지기 전에 당신이 출발한 지점으로 돌아와야 한다는 것을 잊으시면 안 됩니다. 그러면 당신이 둘러본 땅은 모두 당신 것이 됩니다."

파홈은 기뻤다. 그들은 아침 일찍 출발하기로 약속하고 이야기를 나누며 쿠미스를 마시고 양고기를 먹고 차도 나누어 마셨다. 밤이 올 때까지 그렇게 시간을 보냈다. 밤이 오자 파홈을 깃털 이불에서 자게하고 각자 자신의 마차로 돌아갔다.

7.

파홈은 이불에 누웠지만 잠을 이룰 수가 없었다. 그는 쉽사리 잠을 이루지 못하고 어떻게 하면 조금이라도 더 많은 땅을 가질 수 있을까 생각했다.

'온종일 50베르스타는 갈 수 있을 거야. 게다가 지금은 해가 가장 길 때야. 둘레가 50베르스타나 된다면 그건 대체 얼마만한 넓이가 될까? 그 중에서 좋지 않은 곳은 팔거나 농민들에게 빌려주면 될 거야. 제일 좋은 땅만 골라서 정착할 거야. 암소 두 마리가 끌 쟁기를 만들고 머슴 두 명을 두어 50데샤티나 정도를 경작지로 쓰고 나머지는 목축에 쓰도록 하자.'

파홈은 밤새 뜬눈으로 이런저런 생각을 하다 새벽녘이 돼서야 잠에 들었다. 그는 꿈을 꾸었다. 꿈속에서 그는 자신이 누운 천막 마차 밖에서 누군가 낄낄대는 소리를 들었다. 그는 자리에서 일어나 밖으로 향했다. 마을 촌장이 마차 앞에 앉아 배를 움켜잡고 큰 소리로 웃고 있었다. 그는 촌장에게 다가가 물었다.

"왜 그렇게 웃으십니까?"

그런 다음에 보니 그는 바슈키르의 촌장이 아니라 그에게 땅에 대한 이야기를 들려주었던 상인인 듯했다. 그래서 곁으로 다가가 물었다.

"여기는 언제 오셨나요?"

그러자 그 사람은 상인이 아니라 예전에 볼가 강에서 왔다며 그의 집에 들른 적이 있는 그 농부로 변해 있었다. 그런데 더욱 자세히 살펴보니 그 농부의 모습은 사라지고 뿔과 발굽을 가진 악마의 모습으로 변하고 있었다. 그리고 그의 앞에는 맨발에 셔츠와 속바지 차림을 한 사내가 누워있었다. 파홈은 가까이 다가가 그 사내를 살펴보았다. 그는 다른 아닌 죽어 있는 자신의 모습이었다. 파홈은 깜짝 놀라는 순간 잠에서 깰 수 있었다.

"뭐야, 무슨 꿈이 이래?"

주위를 둘러보고 열린 문 밖을 보니 밖이 벌써 뿌옇게 밝아오고 있었다.

'이제 슬슬 사람들을 깨워야겠다. 출발할 시간이야.'

파홈은 자리에서 일어나 마차에 있는 하인을 깨워 말을 묶으라고 지시한 다음, 자신은 바슈키르 사람들을 깨우러갔다.

"출발할 시간입니다. 초원에 나가 땅을 측량해야죠."

바슈키르인들이 일어나 모두가 밖으로 나왔다. 촌장도 나왔다. 바슈키르 사람들이 쿠미스를 마시기 시작했다. 그리고 파홈에게도 차를 주려고 했지만 그는 정중히 거절했다.

"어서 서두릅시다. 시간이 없어요."

8.

준비를 마친 바슈키르 사람들은 마차나 말을 타고 출발했다. 파홈은 하인과 함께 마차를 탔다. 초원에 다다르자 날이 밝기 시작했다. 바슈키르 어로 시간이라는 언덕에 도착하자 그들은 마차와 말에서 내려 한 군데로 모였다. 파홈 곁으로 온 촌장이 한 손을 들어 가리키며 말했다.

"눈에 보이는 모든 땅이 우리 것입니다. 어디든 마음에 드는 곳을 고르십시오."

파홈의 눈에서 불똥이 튀는 듯했다. 눈앞에 펼쳐진 땅은 기름진 초원이었다. 손바닥처럼 평평하고 양귀비처럼 까맸으며 조금 웅덩이 진 곳에는 여러 가지 잡초가 가슴까지 자라고 있었다.

촌장은 여우 가죽 모자를 벗어 그것을 땅 위에 올려놓고 말했다.

"여기가 출발점입니다. 이곳에서 출발해 다시 이곳으로 돌아오면 됩니다. 당신이 돌고 온 땅은 모두 당신의 것입니다."

파홈은 돈을 꺼내 여우 가죽 모자에 집어넣었다. 그리고 겉옷을 벗고 조끼 바람으로 가죽 띠를 졸라맸다. 빵이 든 자루를 옆구리에 끼고 물이 든 통을 가죽 허리띠에 묶었다. 부츠의 정강이 부분을 잡아 올리고 하인이 들고 있던 삽을 건네받아 출발 준비를 마쳤다. 어느 방향으로 갈 것인지 한동안 깊은 생각에 잠겼다. 어디를 보나 기름진 땅뿐이었다. 그리고 이렇게 생각했다.

'어느 땅이든 다 훌륭하구나. 그러면 해가 오르는 쪽을 향해 가보자.'

그리고 그는 태양이 떠오르는 쪽으로 돌아서서 제자리걸음을 하면서 지평선 너머로 해가 떠오르기를 기다렸다.

'일 분이라도 시간 낭비를 해선 안 돼. 조금이라도 시원할 때 걷는 게 편할 거야.'

드디어 해가 지평선 위로 오르기 무섭게 파홈은 삽을 짊어지고는 드넓은 초원으로 힘차게 발을 구르기 시작했다. 파홈은 느리지도 빠르지도 않은 속도로 걸었다. 그리고 1베르스타마다 가던 길을 멈추고 작은 구덩이를 파서 잔디 몇 덩이를 채워 표시했다. 그는 다시 걸었다. 걷기 시작하자 자연스럽게 발걸음이 빨라졌다. 조금 앞으로 가다 다시 다른 구멍을 팠다.

파홈은 뒤를 돌아보았다. 햇빛을 받고 있는 언덕이 뚜렷이 눈에 들어왔다. 그 위에는 사람들이 서있었는데 마차의 쇠바퀴는 번쩍 빛나고 있었다. 파홈은 이미 5베르스타 정도는 걸었을 것이라고 생각했다. 더위가 느껴지기에 조끼를 벗어 어깨에 걸치고 다시 앞으로 나아갔다. 더위가 더욱 심해졌다. 태양의 위치로 봐서 벌써 아침을 먹을 때가 된 듯했다.

'이제 한쪽 면은 지났군. 이런 식으로 네 면을 돌아야 하니 아직 방향을 돌리기에는 이르지. 부츠만 벗고 가도록 하자.'

그는 앉아서 부츠를 벗어 허리띠에 차고 계속 걸었다. 걷기가 훨씬 편했다.

'5베르스타만 더 가서 왼쪽으로 꺾자. 이렇게 좋은 땅을 포기할 순 없지. 최대한 걸어가 보는 게 좋겠어.'

그는 여전히 방향을 바꾸지 않고 똑바로 걸어 나갔다. 뒤돌아보니 언덕은 희미하고 그 위에 사람들도 개미처럼 검게 보였다. 번쩍 빛을 내는 것도 간신히 알아볼 수 있을 뿐이었다.

'자, 이쪽 면은 이 정도면 충분하다. 이제는 꺾어야만 해. 게다가 땀을 너무 많이 흘렸더니 물도 마시고 싶군.'

그는 멈춰 서서 가능한 한 크게 구멍을 파고 거기에 풀을 넣은 다음, 물을 충분히 마셨다. 그는 다시 또 걷고 걸었다. 갈수록 풀은 점점 더 키가 크고 무성했다. 파홈은 지치기 시작했다. 해를 쳐다보니 점심때였다.

"좋아. 여기서 조금만 쉬자."

파홈은 걸음을 멈추고 앉아 빵과 물을 먹었다. 그러나 드러눕지는 않았다. 괜히 누웠다가 잠들어버릴지도 모른다는 생각이 들었던 것이다.

그는 또다시 걷기 시작했다. 처음에는 쉽게 걸을 수 있었다. 빵을 먹었기 때문에 힘이 솟았다. 하지만 더위가 기승을 부리고 졸음이 그를 괴롭게 했다. 그래도 그는 쉴 새 없이 걸으면서 생각했다.

'한 시간의 인내가 평생의 이득이 될 것이다.'

그는 이쪽 면도 상당히 멀리까지 걸었다. 그래서 다시 왼쪽으로 꺾어야겠다고 생각한 순간, 바로 눈앞에 촉촉하게 웅덩이진 곳이 있었다. 그냥 버리고 가기가 아까울 정도였다.

그는 생각했다.

'버리기 아까운 땅이야. 저기라면 아마 잘 자랄 거야.'

그래서 다시 똑바로 걸어 나아갔다. 웅덩이진 곳이 포함되자 그 너머에 구멍을 파고 거기에 두 번째 모퉁이를 만들었다. 파홈은 언덕 쪽을 돌아보았다. 열기 때문에 뿌옇게 흐린 대기 속에 무엇인가가 아른거리고 있었다. 그 뒤에 언덕 위에 있는 사람들의 모습이 희미하게 보였다.

'자, 두 번째 면을 길게 잡았으니 다음에는 조금 짧게 잡아야겠다.'

이렇게 해서 세 번째 면으로 들어선 그는 걸음을 재촉했다. 해를 보니 벌써 서쪽으로 기울고 있었다. 세 번째 방향으로는 2베르스타 밖에 걷지 못했다. 그러나 출발점에 도착하려면 15베르스타나 걸어가야 했다.

'안 되겠다. 땅 모양이 일그러지더라도 이제는 그냥 도착지로 서둘러 가야겠어. 욕심을 내지 않아도 이 정도로도 땅은 충분하니까.'

파홈은 서둘러 작은 구덩이를 파고 잔디를 채운 다음 언덕을 향해 곧장 걸어갔다.

9.

파홈은 언덕을 향해 똑바로 나아가기 시작했지만 몸이 조금씩 괴로웠다. 몸은 이미 땀으로 범벅이 되어있었고 아무 것도 신지 않은 발은 터지고 찢어져서 상처투성이가 되었다. 하지만 쉴 수가 없었다. 해가 지기 전에 도착하지 못하면 모든 것이 무효가 된다는 말이 머리에 맴돌았다. 해는 뉘엿뉘엿 떨어지고 있었다.

'아아! 내가 너무 욕심을 부렸다. 모든 게 끝이야. 해가 떨어지기 전에 도착할 수 없을 것 같아.'

그러자 이런 생각 때문에 한층 더 호흡이 가빠졌다. 파홈은 오로지 달렸다. 셔츠와 바지도 땀 때문에 몸에 들러붙었으며 입은 버쩍 말라 있었다. 가슴은 대장간의 풀무처럼 헐떡거렸고 심장은 망치처럼 뛰었다. 두 다리는 거의 부러질 것 같았다. 파홈은 죽음의 공포를 느끼기 시작했다. 하지만 여기서 걸음을 멈출 수는 없었다. 죽음은 무서웠지만 포기할 수도 없었다.

'죽도록 고생했는데. 이제 와서 멈춰 선다면 그야말로 바보 취급을 당할 거야.'

그는 달리고 달렸다. 간신히 출발점에 가까워졌을 때 바슈키르인들이 외치는 소리가 들려왔다. 그들의 소리가 들리자 그의 심장은 한층 더 빨리 뛰기 시작했다. 파홈은 젖 먹던 힘까지 다해 달렸다. 해는 새빨개 진채로 지평선에 걸쳐있었다. 조금 있으면 해가 완전히 넘어갈 것만 같았다.

이제 출발점도 얼마 남지 않았다. 파홈은 그를 향해 손을 흔들며 재촉하는 사람들의 모습과 땅 위에 놓인 여우가죽 모자, 그리고 그 속에 든 돈까지 보일 만큼 가까이 왔다. 땅바닥에 앉아 배를 움켜잡고 있는 촌장의 모습도 보였다. 그때 문득 파홈은 간밤에 꾸었던 꿈이 떠올랐다.

'땅은 원 없이 얻었지만 하나님께서 나를 그 땅에 살게 해주실까? 아아! 결국 내가 나 자신을 망치고 말았구나. 더 이상 달릴 수가 없어.'

파홈은 지평선 너머로 지는 해를 보았다. 해는 이미 끝 부분만을 살짝 남겨두고 있을 뿐이었다. 파홈은 안간힘을 다해 걸었다. 몸은 앞으로 쓰러지기 직전이었다. 두 다리는 겨우 버티고 있었다. 파홈이 언덕 밑에 도착하자 주위가 어두컴컴해졌다. 해를 바라보니 이미 지평선 너머로 사라지고 없었다. 파홈은 두려움에 휩싸였다.

'이렇게 고생을 했는데 헛수고였구나.'

그만 멈춰 서려고 하는 순간 바슈키르인들의 외침이 들렸다. 그러자 문득 자신은 언덕 아래에 있고 그들이 서있는 언덕 위에서는 아직 해가 보일 거라는 생각이 들었다. 그는 마지막 힘을 다해 언덕 위로 달렸다. 언덕 위에서는 아직 해가 보이는 듯했다. 언덕 위에 올라서자 파홈은 곧장 모자가 놓인 곳으로 달려갔다. 모자 앞에서는 촌장이 주저앉아 배를 움켜쥐며 웃고 있었다. 파홈은 또다시 간밤의 꿈이 떠올랐다. 그러나 그는 더 이상 서있을 수 없었다. 두 다리가 꺾이면서 땅에 쓰러지는 순간 그는 손을 뻗어 모자를 움켜쥐었다.

촌장이 그에게 말했다.

"참으로 대단하시구려. 참 좋은 땅을 손에 넣으셨어."

파홈이 하인이 달려와 파홈을 부축해 일으키려 했다. 하지만 파홈은 이미 피를 토한 채 죽어있었다. 바슈키르인들은 안 됐다는 표정을 지으며 혀를 끌끌 찼다.

하인은 삽을 들고 파홈의 시신을 묻을 무덤을 팠다. 파홈의 머리에서 발끝까지 길이로 정확하게 3아르신(1아르신은 71.12cm)이었다. 결국 파홈이 차지한 땅은 그것이 전부였으며 그는 그곳에 묻혔다.

욕심이 잉태한즉, 죄를 낳고 죄가 장성한즉, 사망을 낳느니라.

–야고보서 1장 15

의인은 고난이 많으나 여호와께서 그의 모든 고난에서 건지시는도다.

그의 모든 뼈를 보호하심이여 그 중에서 하나도 꺾이지 아니하도다.

−시편 34편 19~20

빈 북

남의 집 머슴살이를 하는 에밀리안이라는 남자가 있었다. 어느 날, 일을 하러 가는 길에 목초지를 지나다 문득 바라보니 개구리 한 마리가 폴짝폴짝 자기 앞으로 뛰어가고 있었다. 그는 하마터면 개구리를 밟을 뻔했다. 그는 간신히 다리를 벌려 개구리를 피해 지나갔다. 그때 '에밀리안!' 하고 뒤에서 부르는 소리가 들렸다. 그가 돌아보니 아름다운 아가씨가 자기를 쳐다보고 있었다.

"에멜리안, 당신은 왜 결혼을 안 하세요?"

그러자 에멜리안이 대답했다.

"내가 어떻게 아내를 맞아들일 수 있겠어요? 가진 거라곤 이 몸뚱이밖에 없는데요."

그러자 아가씨가 말했다.

"그럼 나를 아내로 맞아주세요."

에밀리안은 그 아가씨가 마음에 들었다.

"나야 당연히 좋지만. 어떻게 먹고 살아요?"

"그런 건 걱정할 필요 없잖아요? 일을 많이 하고 잠을 조금만 자면 어디에 가서나 먹고 입는 데는 불편함이 없을 거예요."

"그건 그렇죠. 그럼 우리 결혼해요. 그런데 어디서 살죠?"

"마을에 가서 살아요."

에밀리안은 아가씨와 함께 마을로 갔다. 아가씨는 그를 마을 어귀에 있는 조그만 집으로 데려갔다. 두 사람은 결혼을 하고 새로운 생활을 시작했다.

그러던 어느 날, 임금님의 마차 행렬이 마을을 지나가게 되었다. 임금님이 에밀리안의 집 옆을 지날 때, 에밀리안의 아내는 임금을 보기 위해 밖에 나와 있었다. 그 모습을 본 임금은 깜짝 놀랐다.

'저렇게 아름다운 여자가 어디서 나타난 걸까?'

임금은 마차를 멈추고 에밀리안의 아내를 곁으로 불러 묻기 시작했다.

"너는 누구인가?

"농부 에밀리안의 아내입니다."

"이렇게 아름다운 아가씨가 농부의 아내라니? 왕비가 되고도 남을 미인인데 말이야."

"황송한 말씀이십니다. 하지만 저는 농부의 아내에 만족하고 있습니다."

임금은 한동안 그녀와 이야기를 나누다 그곳을 떠났다. 임금은 궁전에 도착한 후에도 에밀리안 아내의 모습이 머릿속에서 떠나질 않았다. 임금은 밤새도록 한잠도 자지 못하고, 어떻게 해야 에밀리안에게서 아내를 빼앗을 수 있을지 생각했다. 그러나 묘안이 떠오르지 않았다. 그래서 신하들을 불러 모아 놓고 그들에게 좋은 방법이 없느냐고 물었다.

궁리 끝에 신하들이 임금에게 말했다.

"우선은 에밀리안을 하인으로 궁전에 불러들이시길 바랍니다. 그런 다음 녀석에게 혹독하게 일을 시키는 겁니다. 그러다 쓰러져 죽으면 그때 과부가 된 아내를 취하시면 되는 것 아니겠습니까?”

임금은 그 말에 따라 에밀라인의 집으로 사람을 보내 정원을 만들어야 하니 궁전에서 일을 하라는 명령을 전달하라고 했다. 물론 아내와 함께 궁전에 들어와 살라는 말과 함께였다. 사자가 에밀리안의 집으로 찾아와 그 명령을 전달했다. 아내가 말했다.

“걱정하지 말고 다녀오세요. 낮에는 일을 하고 밤에는 제게로 돌아오세요.”

에밀리안은 길을 나섰다. 그가 궁전에 도착하자 왕의 집사가 그에게 물었다.

“너는 어째서 혼자 온 것이냐? 어째서 아내는 데려오지 않은 거지?”

“제가 어찌 그녀를 데려올 수 있겠습니까? 그녀에게도 엄연히 집이 있습니다.”

왕의 집사는 에밀리안에게 두 사람분의 일을 떠넘겼다. 에밀리안은 일을 시작하기는 했지만 그날 안으로 일을 끝낼 수 있을까 걱정이 되었다. 그러나 한 눈 팔지 않고 열심히 일에만 집중하다보니 저녁이 되기도 전에 일은 완전히 끝나 버렸다. 집사도 일을 마쳤다는 사실에 깜짝 놀라며 다음 날 네 사람분의 일을 맡길 계획을 세웠다.

에밀리안은 집으로 돌아왔다. 집 안은 깨끗이 청소가 되어 있었고 난롯불을 피워 훈훈했다. 아내는 저녁을 준비해놓고 식탁 앞에 앉아 바느질을 하면서 남편을 기다리고 있었다. 남편을 맞이한 그녀는 남편에게 저녁을 차려주며 궁전에서의 일을 물어보았다.

“도저히 견디기 힘든 일이에요. 내가 감당할 수 없을 만큼의 일을 주고 있소. 아무래도 나를 혹사시켜 죽일 작정인 것 같소.”

“그래도 당신은 일에 대해서 생각하지 않아도 돼요. 일을 얼마나 했는지 얼마나 남았는지 생각도 하지 말고요. 묵묵히 일만 하다보면 어느새 그날 일들이 다 끝나있을 거예요."

에밀리안은 식사를 끝내고 잠자리에 들었다. 이튿날 아침 다시 일을 하러 나갔다. 그리고 일을 시작하고 단 한 번도 뒤를 돌아보지 않았다. 문득 살펴보니 저녁이 되기 전에 모든 일이 끝나 어둠이 내리기 전 집에 돌아올 수 있었다.

에밀리안의 일은 나날이 늘어갔지만 그는 어떤 일이든 시간 안에 마치고 잠을 자기 위해 집으로 돌아가고 있었다. 일주일이 지났다. 임금의 신하들은 노동으로는 이 농부를 괴롭힐 수 없다는 사실을 깨닫게 되었다. 그래서 이번에는 이 농부에게 어려운 일을 맡기기로 했다. 하지만 그것으로도 그를 괴롭힐 수는 없었다. 목수 일을 해도, 석공 일을 해도, 지붕 얽는 일을 해도, 에밀리안은 무슨 일이든 정해진 시간 안에 그것을 마무리 짓고 밤이며 아내가 있는 집으로 돌아가는 것이었다. 다시 일주일이 지났고 심기가 불편한 임금은 자신의 신하들을 불러 말했다.

"내가 네놈들을 공짜로 먹여 살려야 한단 말인가? 벌써 이 주일이나 지났는데 아무런 효과도 없지 않은가? 에밀리안을 일로 지치게 만들어 죽이겠다고 했지만, 내 창밖을 보니 에밀리안은 콧노래를 부르며 집으로 돌아가고 있었어. 너희들은 나를 바보로 만들 셈인건가?"

신하들은 어쩔 줄 몰라 하며 변명하기 시작했다.

"저희들도 최선을 다했습니다. 그런데 아무리 일을 많이 줘도 그는 끄떡도 하지 않았습니다. 어떤 일이든 마치 빗자루로 쓸어내듯 해치워버리고도 전혀 지칠 줄을 몰랐습니다. 그래서 저희들은 그 사람에게 어려운 일을 맡기고 그것을 해낼 만큼의 지혜는 없을 거라고 생각했지만 그것도 전부 허사였습니다. 무엇을 어떻게 하는 건지 어떤 일이든 전부 해치워버립니다. 아마도 녀석이나 녀석의 아내가 마법을 알고 있는 것이 틀림없습니다. 그래서 이번에는 사람이 도저히 해낼 수 없는 일을 시킬까합니다. 에밀리안을 불러 하루 만에 궁전 앞에 성당 하나를 지으라고 명령하십시오. 하루 만에 완성하지 못하면 왕의 명령을 어긴 죄로 목을 치면 되지 않습니까?"

그 말을 들은 임금은 에밀리안을 불러오라며 사람을 보냈다.

"그래, 네게 한 가지 부탁할 것이 있다. 이 궁전 앞에 있는 광장에 새로운 대성당을 건축해주길 바라네. 내일 밤까지 완성하도록 해. 시간 안에 완성을 한다면 큰 상을 내리겠지만 그렇게 못 한다면 자네를 사형대에 올리겠네."

임금의 말을 듣고 에밀리안은 발걸음을 돌려 바로 집으로 향했다.

'아, 이제 나도 끝이로구나.'

이렇게 생각하며 집에 도착하지마자 아내에게 말했다.

"어서 준비를 해요. 어디든 상관없으니 함께 도망치도록 해요. 아니면 우리는 지은 죄도 없이 죽고 말 거에요."

그러자 아내가 발끈하며 말했다.

"그게 무슨 말이요? 도망을 가다니요? 뭐가 그렇게 두려운가요?"

"어떻게 두렵지 않을 수 있겠소? 임금께서 내일 하루 만에 대성당을 지으라고 명령하셨소. 완성하지 못한다면 사형대에 올리겠다며 으름장을 놓으셨단 말이요. 이제는 선택의 여지가 없어요. 시간이 있을 때 도망가는 수밖에……."

그러자 아내가 차분하게 말했다.

"이 나라엔 임금님의 병사가 없는 곳이 없어요. 어디로 가든 붙잡힐 거예요. 있는 힘껏 명령에 따르는 수밖에 없어요."

"하지만 도저히 불가능한 일을 어떻게 해낸단 말이에요?"

"여보! 그렇게 풀죽지 마시고, 지금은 저녁식사 하시고 푹 주무세요. 그리고 내일은 평소보다 조금 일찍 일어나세요. 그러면 모든 일이 잘 풀릴 거예요."

에밀리안은 잠자리에 들었다. 다음 날 아침이 되자 아내가 그를 깨웠다.

"자, 얼른 가서 성당을 지어야죠. 여기 못과 망치가 있어요. 거기 가서 하루 일거리만 하면 될 거예요."

에밀리안은 거리로 나섰다. 가서 보니 아내의 말대로 광장 한가운데에 새로운 대성당이 세워져있었다. 마무리할 곳이 몇 군데 남아 있을 뿐이었다. 에밀리안은 저녁까지 마지막 손질을 완벽하게 끝낼 수 있었다.

임금이 일어나 궁전에서 바라보니 대성당이 세워져있었다. 에밀리안은 이리저리 다니며 못질을 하고 있었다. 임금은 그 성당의 완성을 기뻐할 수 없었다. 임금은 에밀리안을 벌할 구실이 없어져 그의 아내를 빼앗을 수 없게 되었기 때문에 화가 치밀었다. 임금은 당장 신하들을 불러들여 소리쳤다.

"이번에도 에밀리안은 완벽하게 명령을 완수해냈다. 이래서야 놈을 처단할 수 있겠는가? 이번 일도 놈에게는 너무 쉬웠던 거야. 자네들은 훨씬 더 어려운 일을 생각해 내야 할 것이야. 안 그러면 자네들이 먼저 엄벌에 처하게 될 테니까."

신하들은 궁리 끝에 에밀리안에게 이번에는 강을 파라고 시킬 것을 제안했다. 그것도 궁전 둘레를 흐르며 커다란 배를 띄울 수 있을 정도로 큰 강을 파라고 시킬 것을 권했다. 입금은 에밀리안을 다시 한 번 불러들여 그에게 새로운 일을 명령했다.

"너는 하룻밤 만에 저런 대성당을 지어냈으니 이번 일도 틀림없이 해낼 수 있을 거야. 이번에도 내 명령대로 내일까지 완성해야만 한다. 그렇지 못하면 목을 칠 테니 그리 알고 있게나."

어제보다 더 절망한 에밀리안은 울상이 되어 집으로 돌아왔다.

아내가 그의 표정을 보고 말했다.

"왜 그런 표정을 하고 있나요? 임금님께서 또 말도 안 되는 일을 시키신 건가요?"

에밀라안은 모든 사실을 아내에게 털어놓았다.

"이번에야말로 도망치는 수밖에 없어."

그러자 아내가 말했다.

"그 많은 군대를 피할 수는 없어요. 이번에도 저번처럼 하는 데까지 할 수 밖에요."

"하지만 그 말도 안 되는 명령을 어떻게 지킬 수 있단 말이오?"

"어쨌든 오늘 밤도 더 이상 생각하지 말고 일단 주무세요. 내일 조금만 더 일찍 일어나면 다 되어 있을 거예요."

다음 날 아침, 아내가 에밀리안을 깨우더니 삽을 건네며 말했다.

"이제 궁전으로 가세요. 모든 일이 전부 다 끝났을 거예요. 단 궁전 정면에 있는 부두에 흙더미가 남아 있을 뿐이니 삽을 가지고 가서 그 것을 퍼내기만 하면 돼요."

에밀리안은 집에서 나와 거리로 나갔다. 진짜 궁전 주위에는 강이 있었고, 그 위에 배도 떠다니고 있었다. 그가 궁전 정면에 있는 부두에 가보니 조금 울퉁불퉁한 곳이 있기에 그는 그곳을 평평하게 만들기 시작했다.

임금이 잠자리에서 일어나 바라보니, 눈앞에 지금까지 없었던 강이 생기고 커다란 배가 떠 있었으며 에밀리안은 삽으로 땅을 고르고 있었다. 임금은 놀란 가슴을 진정시킬 수 없었다. 눈앞에 보이는 모든 것들을 믿을 수 없었다. 임금은 또 마음이 무척이나 상했다.

'녀석에게 불가능한 일이란 없어 보이는 구나. 그렇다면 어떻게 해야 하지?'

임금은 신하들을 불러 그들과 함께 고민했다.

"무슨 일이 있어도 에밀리안이 해낼 수 없는 일을 한번 생각해보기 바라네. 우리가 무슨 일을 시켜도 녀석은 전부 해내고야 말았어. 이래서는 녀석의 아내를 빼앗을 수 없지 않나?"

신하들이 생각에 생각을 거듭한 끝에 한 가지 방법을 떠올렸다. 그리고 임금 앞으로 나아가 말했다.

"에밀리안을 불러 이리 명령하십시오. '어딘지도 모르는 곳에 가서 무엇인지도 모르는 것을 가지고 오라.'라고 말입니다. 이제 더 이상 그 놈도 빠져나갈 수 없을 것입니다. 제 아무리 녀석이라도 해도 어디를 가든 그곳이 아니라 하고 무엇을 가져오든 명령한 것과 다르다고 말씀만 하시면 됩니다. 그렇게 하시면 녀석을 벌할 수도, 아내를 빼앗아 올 수도 있을 것입니다."

임금은 크게 기뻐했다.

"이번에는 정말 좋은 방법을 생각해냈구나."

임금은 즉시 에밀리안을 불러 그에게 말했다.

"어딘지도 모를 곳으로 가서 무엇인지도 모를 것을 가져오너라. 만일 실패한다면 네 목을 칠 테니 그리 알거라."

에밀리안은 아내에게로 임금이 한 말을 전했다. 그러자 아내가 말했다.

"이건 아마도 당신을 죽이기 위해서 신하들이 임금님께 알려 준 일일 거예요. 이번에는 좀 신중해야겠어요."

이렇게 말한 아내는 한동안 곰곰이 생각하더니 말을 꺼냈다.

"이번에는 좀 멀리 가셔야겠네요. 한 군인의 어머니이자 아주 나이가 많은 할머니께 도움을 청해야 하거든요. 당신은 그분이 주는 물건을 가지고 궁으로 가세요. 저도 궁에 가있을 거예요. 더 이상 그들이 나를 가만 놔두지 않을 거예요. 틀림없이 저를 강제로 끌고 가려 하겠죠. 하지만 오래 붙잡아 두지는 못할 거예요. 당신이 그 할머니가 하라는 대로 하면 저를 구할 수 있어요."

아내는 남편에게 길 떠날 준비를 시킨 다음 그에게 자루 하나와 방추를 주었다.

"이걸 가지고 가서 할머니께 드리세요. 이걸 보시면 당신이 내 남편이라는 것을 아실 거예요."

그리고 남편에게 길을 가르쳐주었다. 에밀리안이 시내를 벗어나자 훈련받고 있는 군인들의 모습이 보였다. 한참동안 서서 그것을 지켜보았다. 잠시 후, 병사들은 훈련을 마치고 자리에 앉아 휴식을 취했다. 에밀리안은 그들에게 다가가 물었다.

"형제들, 당신들은 어딘지도 모를 곳으로 가려면 어디로 가야하는지 알고 있나? 그리고 무엇인지도 모르는 물건을 가져오려면 어떻게 해야 하는지 알고 있나?"

병사들은 그 말을 듣고 되물었다.

"도대체 누가 그런 걸 시켰소?"

"누군 누구야. 임금이지."

"사실 우리도 병사가 되고부터 어딘지도 모를 곳으로 가려고 했지만 그게 어딘지 모르고, 무엇인지도 모를 것을 찾고 있지만 도저히 그것을 찾아낼 수가 없었소. 그러니 그대에게 도움이 될 만한 이야기는 해줄 수 있는 게 없소."

에밀리안은 한동안 병사들과 함께 앉아 있다가 다시 길을 떠났다. 그는 한없이 걷고 또 걷다가 한 숲에 이르렀다. 숲속에는 오두막이 한 채가 있었다. 그곳에는 군인의 어머니이자 아주 늙은 할머니가 의자에 앉아있었는데 그녀는 침 대신 눈물을 손가락에 묻혀가며 삼을 삼고 있었다. 에밀리안을 보곤 할머니가 소리를 질렀다.

"여긴 뭐 하러 온 거지?"

에밀리안은 그녀에게 방추를 내보이며 자신의 아내가 여기로 보냈다는 사실을 이야기 했다. 그러자 할머니는 바로 마음의 경계를 풀고 그에게 묻기 시작했다. 에밀리안은 그녀에게 지금까지 있었던 일을 전부 이야기해주었다. 결혼 이야기, 신혼집 이야기, 임금과의 이야기 등을 모두 해주었다.

"드디어 때가 왔구나. 젊은이, 여기 앉아서 뭘 좀 먹게나."

에밀리안이 식사를 마치자 할머니가 그에게 말했다.

"자, 여기 실 꾸러미가 있다. 이걸 네 앞으로 굴려 실 꾸러미가 굴러가는 대로 따라 가거라. 아주 멀리, 바다 근처까지 가게 될 거야. 바다 근처로 가면 거기에 커다란 마을이 있다. 그 마을에 들어가거든 도시에서 가장 멀리 있는 집으로 가서 하룻밤 묵어가자고 청해. 네게 필요한 것은 그 곳에 있을 게다."

"하지만 할머니. 제가 그걸 어떻게 알아볼 수 있죠?"

"그 집 아들이 아비나 어미의 말보다도 더 따르는 것이 있다는 걸 보게 될게다. 그것이 네가 찾는 '그것'이야. 그러니 그것을 가지고 임금님께로 가. 임금님께로 가져가면 임금님께서는 틀림없이 네가 가지고 온 것을 아니라고 말씀하실 거다. 그러면 너는 이렇게 말하도록 해. '만약 이것이 잘못된 것이라면 부술 수밖에 없습니다.' 그리고 그것을 두드리며 강 쪽으로 가져가 조각조각 내어 강물 속으로 던져 넣어. 그렇게 하면 네 아내도 찾을 수 있고 내 눈물도 마를 거야."

에밀리안은 할머니에게 인사를 하고 그 집에서 나왔다. 나오자마자 실 꾸러미를 던졌다. 실 꾸러미는 계속 굴러 갔고, 그는 마침내 어느 큰 바닷가 마을에 도착했다. 그 입구에 높다란 집이 있었다. 에밀리안은 그 집으로 가서 하룻밤 묵게 해달라고 청했다. 흔쾌히 허락을 받아 안으로 들어가 잠자리에 들었다. 아침 일찍 눈을 떠 보니 아버지가 일어나서 아들을 깨워 장작을 가져오라 시키는 목소리가 들렸다. 하지만 아들을 그 말을 듣지 않았다.

"아직 이르잖아요. 좀 있다 가도 되잖아요."

그러자 이번에는 난로 쪽에서 어머니의 목소리가 들려왔다.

"얘야, 어서 다녀오너라. 아버지는 관절이 안 좋잖아. 너 정말 아버지가 직접 장작을 가져오게 할 셈이냐? 얼른 가지 못해!"

이야기를 다 들은 아들은 잠시 중얼대다 다시 잠이 들고 말았다. 그가 잠들었나 싶었는데 갑자기 거리에서 뭔가 요란한 소리가 나기 시작했다. 아들은 벌떡 일어나 옷도 대충 걸치고 밖으로 뛰어 나갔다. 에밀리안도 벌떡 일어나 소리가 나는 이유를 찾아 아버지보다도 어머니보다도 그 아들을 잘 따르게 하는 것이 무엇인지를 보기 위해 뒤를 따라 달려 나갔다.

달려 나간 에밀리안이 보니, 한 남자가 배 앞에 어떤 둥근 물건을 매달아놓고 채로 두드리며 거리를 지나고 있었다. 바로 그 것이 요란한 소리를 내어 아들을 따르게 했던 것이었다. 에밀리안은 그 곁으로 달려가서 그것을 뚫어져라 바라보았다. 그것은 대야처럼 둥근 물건으로 양쪽에는 가죽이 쳐져있었다. 에밀리안은 그 남자에게 물어보았다.

"이 물건의 이름이 뭐죠?"

"북이요."

"속이 비어있는 건가요?"

"비었죠."

에밀리안은 놀라며 그것을 달라고 부탁을 했다. 하지만 그 남자는 그것을 주려하지 않았다. 에일리안은 부탁하기를 그만두고 마냥 그 사람을 따라서 걷기 시작했다. 온종일 뒤따라 다니다가 그가 잠든 틈을 타, 그것을 훔쳐 달아났다. 달리고 또 달린 에밀리안은 드디어 자신의 집에 도착할 수 있었다. 그는 집에 들어가 아내를 찾았지만 아내의 모습은 보이지 않았다. 아내는 그가 출발한 다음 날 임금에게로 잡혀갔던 것이다.

에밀리안은 궁전으로 가서 임금을 만나게 해달라고 청했다.

"어딘지도 모를 곳으로 가서 무엇인지도 모를 것을 가지고 왔습니다."

신하들이 임금에게로 가서 그의 말을 전했다. 임금은 내일 다시 찾아오라고 명령했다. 에밀리안은 곧바로 다시 한 번 만나 달라고 청했다.

"제가 오늘 찾아온 것은 명령하신 것을 가져왔기 때문입니다. 그러니 나오셔서 이것을 봐주시길 청합니다. 아니면 제가 직접 가지고 들어가겠습니다."

그러자 임금이 나오며 물었다.

"너는 어디에 다녀온 것이냐?"

에밀리안이 답했다.

"거기가 아니다. 거기서 무엇을 가지고 왔느냐?"

에밀리안이 북을 가르켰다. 임금은 보는 척도 안 하고 대답했다.

"그게 아니야."

"그렇다면 저는 이 물건을 부술 수밖에 없습니다. 악마에게라도 주는 수밖에요."

에밀리안은 북을 든 채 궁전 밖으로 나가 그것을 두드렸다. 그러자 임금의 군대가 전부 에밀리안에게로 달려나왔다. 그리고 에밀리안에게 경례한 뒤 그의 명령을 기다렸다. 임금은 창을 통해서 자신의 군대에게 에밀리안의 명령을 따라서는 안 된다고 외쳤다. 하지만 병사들은 임금의 말이 들리지 않았다. 모두 에밀리안의 뒤를 따를 뿐이었다. 그것을 본 임금은 아내를 에밀리안에게 돌려보내며 그에게 북을 달라고 부탁을 했다.

"그럴 수 없습니다. 저는 이 북을 산산 조각내어 강물 속에 던져버리라는 말을 들었습니다."

임금의 부탁을 거절한 에밀리안은 북을 두드리며 강으로 향했다. 병사들이 그 뒤를 따랐다. 에밀리안은 강변에서 북을 부순 뒤 갈기갈기 찢어 강에 전부 던져버렸다. 그러자 병사들은 단 한 사람도 남김없이 사방으로 흩어졌다. 에밀리안은 아내를 데리고 집으로 돌아왔다.

그날 이후로 임금은 그를 괴롭히지 않았다. 그리고 부부는 그 뒤로 행복하게 살 수 있었다.

이것을 너희에게 이르는 것은 너희로 내 안에서 평안을 누리게 하려 함이라. 세상에서는 너희가 환난을 당하나 담대하라. 내가 세상을 이기었노라.

-요한복음 16장 33절

지극히 작은 것에 충성된 자는 큰 것에도 충성되고 지극히 작은 것에 불의한 자는 큰 것에도 불의하니라.

-누가복음 16장 10

돌

 장로가 있는 곳으로 두 여인이 가르침을 받기 위해 찾아왔다. 한 사람은 스스로 큰 죄인이라 생각하고 있었다. 그녀는 젊었을 때 남편을 배신한 것 때문에 언제나 괴로워하고 있었다. 다른 한 사람은 평생 규율을 지켜왔으며, 특별히 죄를 저지른 적이 없다는 생각에 자신의 삶에 만족을 느끼고 있었다.

 장로는 두 여자에게 지금까지의 삶에 대해 이것저것 물어보았다. 한 사람은 눈물과 함께 자신의 커다란 죄를 고백했다. 그녀는 자신의 죄가 용서받을 수 없는 너무나도 큰 죄라고 생각하고 있었다. 다른 한 사람은 특별히 죄를 저지른 적이 없다고 말했다. 장로는 처음 여인에게 말했다.

 "하나님의 종이여. 밖으로 나가서 당신이 들 수 있는 가장 큰 돌을 가지고 오도록 하세요."

 그리고 장로는 자신에게 커다란 죄 같은 것은 없다고 생각하는 여인에게 말했다.

 "그리고 그대는 작은 돌들을 가능한 많이 모아서 가지고 오도록 해보세요."

 여인들은 밖으로 나가서 장로가 말한 대로 따랐다. 한 여자는 커다란 돌을 가지고 왔으며 또 다른 여자는 작은 돌을 하나 가득 넣은 자루를 들고 왔다.

그 돌들을 보고 장로가 말했다.

"자, 이번에는 그 돌을 가지고 가서 원래 있던 자리에 갖다 놓고 오세요. 그리고 그 다음 다시 제게로 돌아오시면 됩니다."

여인들은 장로의 말을 듣고 밖으로 나갔다. 처음 여인은 자기가 돌을 주웠던 자리를 찾아서 원래대로 금방 돌려놓았다. 하지만 다른 여인은 어떤 돌을 어디서 주웠는지 도저히 생각이 나지 않았기 때문에 우물쭈물하다가 돌을 넣은 자루를 들고 장로가 있는 곳으로 다시 돌아왔다.

장로가 말했다.

"새겨들으세요. 우리에게 있어 죄란 바로 이런 것입니다. 당신은 어디서 돌을 주웠는지를 기억하고 있었기 때문에 커다랗고 무거운 돌을 원래 있던 자리에 가져다놓을 수 있었지요. 하지만 이분은 어디서 그 작은 돌을 주웠는지 잊어버렸기에 제자리에 가져다 놓을 수 없었지요? 죄도 그것과 마찬가지랍니다. 자신의 죄를 기억하고 있는 사람은 그 죄 때문에 사람들에게 비난을 받고 자신의 양심으로부터 비난을 받아도 겸허한 마음을 갖게 되어 죄의 결과로부터 벗어날 수 있게 된 것입니다."

장로가 이번에는 작은 돌을 가지고 돌아온 여자에게 말했다.

"하지만 당신은 여러 가지 죄를 범했음에도 그것들을 기억하지 못해 회개하지도 않고 죄를 저지르는 생활에 익숙해진 겁니다. 오히려 다른 죄인을 비난하여 더욱 깊은 죄에 빠지게 된 것이죠."

우리는 모두 죄인이다. 만약 회개하지 않는다면 모두가 멸망의 길을 걷게 될지도 모른다.

여호와의 율법은 완전하여 영혼을 소성시키며 여호와의 증거는 확실하여 우둔한 자를

지혜롭게 하며 여호와의 교훈은 정직하여 마음을 기쁘게 하고 여호와의 계명은 순결하

여 눈을 밝게 하시도다.

여호와를 경외하는 도는 정결하여 영원까지 이르고 여호와의 법도 진실하여 다 의로우

니, 금 곧 많은 순금보다 더 사모할 것이며 꿀과 송이꿀보다 더 달도다. 또 주의 종이 이

것으로 경고를 받고 이것을 지킴으로 상이 크니이다.

자기 허물을 능히 깨달을 자 누구리요. 나를 숨은 허물에서 벗어나게 하소서.

–시편 19편 7~12

바보 이반

1.

아주 먼 옛날 어느 나라의 한 마을에 부유한 농민이 살고 있었다. 그 농민은 슬하에 아들 셋과 딸 하나를 두었다. 군인인 시몬과 배불뚝이 타라스와 바보 이반과 그 외에도 날 때부터 벙어리였던 말라냐라는 딸이 있었다. 군인인 시몬은 왕을 위해 전쟁에 나갔고, 배불뚝이 타라스는 장사를 하기 위해 마을에 있는 상인의 집으로 갔지만, 바보 이반은 동생과 함께 집에 남아서 열심히 일을 했다.

전쟁에서 공을 세워 높은 벼슬과 영지를 얻은 시몬은 귀족의 딸과 결혼했다. 그는 아주 많은 월급과 넓은 영지를 가지고 있었지만 늘 돈에 허덕였다. 남편의 벌이가 얼마든지 상관없이 귀부인인 아내가 전부 탕진해버렸기 때문이었다. 그래서 시몬은 돈을 모으기 위해 영지로 나갔다. 그러자 관리인이 그에게 말했다.

"우리한테는 들어올 돈이 없습니다. 가축과 농기구, 말, 소, 쟁기, 아무것도 없는데 무슨 곡식이 있겠습니까? 우선 그런 것들을 준비해야 합니다. 그래야만 수입이 생길 겁니다."

그래서 시몬은 아버지를 찾아가 말했다.

"아버지, 아버지는 부자이시면서 왜 우리에게 아무것도 주시지 않으십니까? 제게도 재산의 3분의 1을 주십시오. 제 소유로 말입니다."

그러자 아버지가 대답했다.

"너는 이 집을 위해서 뭐 하나 보탠 게 있느냐? 그런데 어떻게 너에게 3분의 1이나 줄 수 있겠느냐? 그러면 이반과 여동생의 마음은 누가 챙겨주느냐?"

그러자 시몬이 말했다.

"녀석은 바보잖아요. 그리고 여동생도 벙어리에 홀몸이에요. 그 아이들한테 뭐가 필요하겠어요?"

아들의 말을 듣고 아버지가 말했다.

"그럼 이반이 뭐라고 할지 한번 물어보자꾸나."

아버지가 묻자 이반은 이렇게 말했다.

"아무렴 어때요. 그냥 줘버리세요."

시몬은 아버지의 땅 3분의 1을 자신의 재산으로 삼은 뒤, 다시 왕을 섬기기 위해 돌아갔다.

배불뚝이 타라스도 많은 돈을 벌어서 장사치의 딸을 아내로 맞아들였다. 그러나 그는 매번 돈이 부족했다. 그래서 그도 아버지를 찾아갔다.

"저한테도 땅을 주세요. 제 몫을 주십시오."

아버지는 타라스에게도 재산을 주고 싶은 마음이 없었다.

"너는 우리 집을 위해서 무엇 하나 한 게 있느냐? 지금 집에 있는 건 전부 이반이 벌어들인 것뿐이다. 또 딸의 마음도 상하게 할 순 없다."

그러자 타라스가 말했다.

"저 녀석은 바보예요. 저런 녀석한테 뭐가 필요하죠? 누가 시집이나 온답니까? 그리고 벙어리 여동생에게도 필요한 건 아무 것도 없어요. 안 그래, 이반?"

그러고는 이반에게 말했다.

"곡식의 절반을 줘! 농기구는 내게 필요 없으니 가축 중에서 저 얼룩털을 가진 종마를 갖도록 하겠어. 저건 네가 경작용으로 쓰기에 적합하지 않잖아."

이반은 웃었다.

"아무렴 좋고말고! 내가 가서 데려올게."

이렇게 해서 타라스에게도 그의 몫을 나눠 주었다. 타라스가 마을로 곡물과 종마를 가져갔기 때문에 이반은 다시 예전처럼 늙은 암말만으로 농사를 지으며 아버지와 어머니를 모셔야 했다.

2.

늙은 악마는 세 형제가 재산분배로 서로 싸우지도 않고 사이좋게 헤어졌다는 사실에 분해서 견딜 수가 없었다. 그래서 그는 작은 악마 셋을 불러들였다.

"저길 한번 봐. 저기 세 형제 보이지? 군인 시몬, 배불뚝이 테라스와 바보 이반 말이야. 나는 저 녀석들한테 싸움이 나는 걸 봐야겠어. 싸움은커녕 소란 한 번 안 피웠어. 저 바보 이반 녀석이 내 일을 전부 망쳐 놓고 있지. 지금부터 너희 셋은 저 녀석들에게 가서 서로 미워하도록 셋 사이를 흔들어봐. 어때? 너희들 할 수 있겠어?"

"물론이죠."

악마 셋이 대답했다.

"그럼 어떻게 할 생각이지?"

"먼저 이렇게 해보죠. 우선 녀석들에게 먹을 것도 없을 만큼 가난하게 만드는 겁니다. 그런 다음 셋을 한 자리에 모이게 하면 틀림없이 치고 박고 싸우게 되겠죠."

그러자 늙은 악마가 말했다.

"그래 그거야. 너희는 각자 할 일을 잘 알고 있는 것 같군. 이젠 가 보
도록 해! 그리고 세 사람의 사이를 갈라놓기 전에는 돌아올 생각도 하
지 마. 그렇지 않으면 너희 셋의 가죽을 벗겨버리고 말 테니까."

작은 악마들은 어느 연못 속으로 들어가서 무슨 일부터 시작할지 상
의 했다. 서로 쉬운 일을 맡으려고만 했다. 그러다 결국에는 제비뽑기
로 누가 누구를 책임질지 결정하기로 했다. 그리고 먼저 일을 마친 자
가 일이 남은 자를 돕기로 했다. 제비뽑기를 끝낸 악마들은 정해진 날
짜에 이 연못에서 다시 만나 누가 일을 끝냈으며 누구를 도우러가야
하는지를 서로 이야기하기로 했다.

정해진 날짜가 다가오자 작은 악마들은 연못에 다시 모였다. 그들은
각자 맡아야할 일이 어떻게 되었는지 설명하기 시작했다. 시몬을 맡
았던 첫 번째 작은 악마가 먼저 말했다.

"나는 순조롭게 진행되고 있어. 시몬이란 놈은 내일 분명히 자기 아
버지에게 찾아 갈 거야."

그러자 두 악마가 물었다.

"어떻게 했는데?"

"나는 말이지 우선 시몬에게 용기를 잔뜩 불어넣어 주었지. 왕 앞
에서 전 세계를 정복하도록 선언하게 만들었어. 그랬더니 왕은 시몬
을 대장으로 삼아서 인도의 왕을 정복하라고 보냈어. 녀석들은 정복
을 위해 출발했지. 나는 그날 밤으로 시몬의 군대가 가지고 있는 화약
에 물을 뿌리고, 인도의 왕 쪽으로 가서 지푸라기로 병사들을 헤아릴
수도 없이 많이 만들어놨어. 시몬의 병사들은 사방팔방에서 지푸라기

병사들이 밀려드는 것을 보고 갑자기 겁을 집어먹더라고. 시몬은 총포를 쏘라고 명령했지만 대포도 소총도 전혀 발사가 되지 않았지. 내가 적셔놨으니까. 당황한 시몬의 군대는 양떼처럼 달아나기 시작했어. 인도의 왕은 그들의 뒤를 쫓았어. 비참하게 패배한 시몬은 재산을 몰수당했어. 그게 끝이 아니야. 내일이면 사형에 처해질 예정이지. 이제 내일이 되면 나의 일은 모두 끝나. 시몬을 도망치게 만들어서 집으로 돌아갈 수 있도록 하기만 하면 그만이지. 내일이면 난 일이 다 끝나니까 도움이 필요하면 나한테 말하라고."

타라스에게로 갔던 두 번째 악마도 자신이 한 일에 대해서 이야기하기 시작했다.

"나는 도움이 필요하지 않아. 아무 탈 없이 잘 진행되고 있으니까. 타라스는 이제 일주일도 못 버틸 거야. 나는 먼저 그 녀석의 배를 더욱 뚱뚱하게 만들어서 욕심쟁이가 되게 했지. 그랬더니 그 녀석이 남의 재산까지 무턱대고 탐내면서 한 번도 보지 못한 것들까지 마구 사들이더군. 돈을 있는 대로 긁어모아 엄청나게 사들이고 있어. 그래도 욕심이 끊기질 않는지 빚까지 내면서 사들이고 있는 중이야. 그런데 너무 많이 사들여서 이제는 어떻게 해야 좋을지 모르는 상황에 처하게 됐어. 이제 일주일 뒷면 돈을 갚아야 할 날이 돌아오는데, 그 전에 나는 그 녀석의 물건들을 모두 똥으로 만들어버릴 작정이야. 결국 그 녀석은 돈을 갚지 못하고 자기 아버지한테 달려가게 될 걸?"

마지막으로 이반의 집에서 온 세 번째 작은 악마가 질문을 받았다.

"그래, 넌 어떻게 됐어?"

"그게 말이지. 내 일은 썩 잘 풀리지 않았어. 나는 녀석의 배를 아프게 해줄 생각으로 녀석이 크바스(러시아의 전통음료)를 넣어두는 병에 침을 가득 뱉어놓았어. 그리고 녀석의 밭을 돌처럼 딱딱하게 굳혀 놓았지. 그 정도면 절대로 밭을 갈 수 없을 거라 생각했지. 그런데 웬걸? 그 바보 녀석이 글쎄 쟁기를 가지고 와서 묵묵히 밭을 갈지 뭔가? 배가 아파 끙끙대는 와중에도 계속 밭을 가는 거야. 그래서 나는 녀석의 쟁기를 부러뜨려버렸어. 그랬더니 녀석은 집으로 가서 새로운 쟁기 날로 갈아 끼우고 새로운 짚신으로 갈아 신더니 다시 쟁기질을 하더군. 할 수 없이 내가 땅 속으로 들어가 쟁기를 잡고 있으려 했는데 도저히 잡을 수가 없었어. 그 녀석이 쟁기를 발로 눌러대는 데다 쟁기가 날카로워서 결국 손만 베이고 말았어. 결국 그 녀석은 밭을 거의 다 갈고 남은 건 밭두둑 하나뿐이야. 그러니 형제들, 둘이 와서 나 좀 도와주게나. 만약 그 녀석을 이기지 못한다면 우리의 일은 전부 헛수고가 되어 버리고 말 거야. 녀석이 농사를 계속 짓게 되면 모두가 별 어려움 없이 살아가게 될 거야. 녀석이 두 형제들을 먹여 살릴 테니까 말이야"

  그래서 군인인 시몬을 맡은 악마가 이튿날부터 도와주러 가기로 약속하고 작은 악마들은 일단 헤어졌다.

3.

  이반은 밭을 전부 다 갈아엎고, 이제는 두둑 하나만을 남겨둔 상태였다. 그는 남은 한 두둑도 마저 다 갈아버릴 작정으로 말을 타고 밭으로 왔다. 그는 배가 아파서 못 견딜 것 같았지만 갈 수 있을 때까지는 갈아두어야만 했다. 가죽 끈을 한 번 울리더니 쟁기를 휘둘러 땅을 갈기 시작했다. 한 줄을 간 뒤에 다시 돌아서서 원래 있던 곳으로 돌아가려는 순간, 마치 쟁기가 나무뿌리에라도 걸린 것처럼 힘껏 잡아당기는 것이 있었다. 작은 악마가 두 발로 쟁기를 꽉 누르고 있었기 때문이다.

'어떻게 된 거지? 여기에 나무뿌리 같은 건 있을 리가 없는데? 나무 뿌리인가?'

이반은 쟁기가 지나가는 길에 한쪽 손을 넣어보았다. 그러자 뭔가 뭉클한 것이 손에 잡혔다. 이반은 그것을 잡아당겼다. 나무뿌리처럼 생긴 검은 것이 튀어나왔다. 그 뿌리처럼 생긴 것 위에서 무엇인가가 꿈틀꿈틀 움직이고 있었다. 잘 살펴보니 살아있는 작은 악마였다.

"이게 뭐야? 뭐 이런 게 다 있어?"

이반은 쟁기로 녀석을 죽이려 했다. 그러자 작은 악마가 피리 같은 목소리로 외쳤다.

"제발 살려 주세요. 그 대신 무엇이든 소원을 들어 드릴 테니."

"네가 뭘 할 수 있는데?"

"뭐든 소원을 말씀하시면 들어드릴게요."

이반은 잠깐 머리를 긁었다.

"난 지금 배가 아픈데 그걸 고쳐 줄 수 있겠어?"

"물론이죠. 할 수 있고말고요."

작은 악마가 말했다.

"그럼 낫게 해줘."

작은 악마는 몸을 굽혀 쟁기가 지나온 길 여기저기를 손톱으로 휘젓다가 드디어 세 갈래로 갈라진 조그만 뿌리를 주워 이반에게 주었다.

"이 뿌리 하나만 먹으면 세상 어떤 통증도 금방 나을 것입니다."

이반은 그것을 받아들고 뿌리를 한 줄기 찢어먹었다. 그러자 배의 통증이 씻은 듯이 가셨다.

작은 악마는 다시 한 번 부탁했다.

"이제는 저를 놔 주세요. 저는 땅 속으로 들어가서 두 번 다시 나오지 않을 테니까요."

"그래, 그래, 놔줘야지. 하나님의 가호가 함께하기를."

이반이 말을 마치기 무섭게 작은 악마는 물속에 빠진 돌처럼 순식간에 흔적도 없이 땅 속으로 사라졌다. 작은 악마가 들어간 자리에 작은 구멍만 하나 남아있을 뿐이었다.

이반은 나머지 뿌리 두 가지를 모자 속에 넣고 마지막 쟁기질을 했다. 마지막 두둑을 끝까지 다 갈아엎은 이반은 쟁기를 거둬 집으로 돌아왔다. 말을 풀어주고 오두막 안으로 들어가 보니 군인인 형 시몬이 형수와 함께 앉아서 저녁을 먹고 있었다. 그는 재산을 몰수당하고 감옥에 갇혔다가 간신히 도망쳐서 아버지 집으로 온 것이었다.

이반을 보고 시몬이 말했다.

"네게 신세를 좀 져야겠구나. 새 일자리를 찾을 때까지만 나와 아내를 보살펴주기 바란다."

"네, 그렇게 하세요. 언제까지 있어도 전 괜찮아요."

그런데 이반이 의자에 앉으려고 할 때 이반에게서 지독한 냄새가 났다. 그 냄새가 마음에 들지 않은 형수는 시몬에게 말했다.

"나 이렇게 지독한 냄새가 나는 사람이랑 식사를 해본 적도 없고 하고 싶지도 않아요."

그러자 시몬이 말했다.

"형수가 네게서 나는 냄새가 지독하다고 하니 너는 문 앞에서 먹는 게 좋겠다."

"네, 그럴게요. 어차피 저는 가축들을 돌보러가야 할 시간이에요. 암말에게도 사료를 주어야 하고……."

이반은 빵과 카프탄을 들고 가축들을 보살피기 위해 밖으로 나갔다.

4.

시몬을 맡았던 첫 번째 작은 악마는 그날 밤 안으로 일을 마치고 약속한 대로 이반을 맡은 세 번째 작은 악마를 찾아왔다. 그리고 밭으로 와서 오랫동안 여기저기를 살펴보았지만 어디에서도 동료의 모습은 보이지 않고 그저 뽕하고 뚫린 구멍 하나만을 발견했을 뿐이었다. 그것을 본 첫 번째 작은 악마가 생각했다.

'음, 아무래도 좋지 않은 일이 생긴 모양이군. 그렇다면 내가 대신 남은 일을 처리해야지. 어디 보자, 밭은 벌써 다 갈아버렸으니 이제는 목초지에서 녀석을 괴롭힐 수밖에 없었겠군.'

첫 번째 작은 악마는 목초지로 가서 이반의 풀 위에 많은 물을 흘려보냈다. 모든 풀들이 흙탕물을 뒤집어쓰고 말았다. 밤에 가축을 돌보다 새벽이 되어서야 돌아온 이반은 커다란 낫을 들고 풀을 베러 갔다. 이반은 도착하자마자 풀베기를 시작했다. 그런데 몇 번만 낫질을 해도 금세 날이 무뎌져 풀이 베어지지 않았다.

"안 되겠어. 집에 가서 숫돌을 가져와야겠다. 가는 김에 빵도 커다란 것으로 가져와야지. 일주일이 걸린다 하더라도 다 벨 때까지는 그만두지 않겠어!"

그의 말을 듣고 있던 작은 악마가 생각했다.

'이 녀석은 만만치가 않군. 이래서야 어떻게 할 수가 없겠어. 뭔가 다른 방법을 찾아야겠는데.'

집에 가서 숫돌을 가지고 온 이반은 낫을 갈아가며 풀을 베기 시작했다. 작은 악마는 풀숲으로 기어들어가 낫의 등을 붙잡고 그 끝을 땅

속으로 처박았다. 이반은 힘들어서 죽을 지경이었지만 그래도 이반은 계속해서 풀을 베었기 때문에 남은 건 늪지의 일부분뿐이었다. 첫 번째 작은 악마는 늪지 안으로 들어가 혼자 생각했다.

'손이 끊어지는 한이 있어도 더 이상은 못 베도록 하겠어.'

이반은 늪 주위의 풀을 베기 시작했다. 보기에는 풀이 그렇게 우거지지도 않았는데 낫이 잘 들지 않았다. 화가 난 이반이 온 힘을 다해 낫을 휘두르는 바람에 작은 악마는 힘에 부쳐서 뒤로 물러설 틈도 없이 이러다가는 큰일 나겠다싶어 덤불 속으로 얼른 숨었다. 이반은 커다란 낫을 휘둘러서 풀과 함께 첫 번째 작은 악마의 꼬리를 반 정도 잘라버렸다. 풀을 전부 벤 이반은 여동생에게 풀을 걷어 모으라 하고는 다시 쌀보리를 베러 갔다.

그가 갈고랑이를 들고 갔을 때는, 꼬리를 잘린 작은 악마가 한발 앞서 와서는 쌀보리를 헤집어놨기 때문에 갈고랑이로는 일을 마칠 수가 없었다. 집으로 돌아간 이반은 다른 낫을 가지고 와서 베기 시작하여 쌀보리도 전부 베었다.

"자, 다음에는 귀리를 베면 되겠구나."

이 말을 들은 꼬리가 짧아진 작은 악마는 생각했다.

'쌀보리에서는 실패했지만 귀리에서는 본때를 보여줄 테다. 어디 내일 아침에 두고 보자.'

이튿날 아침 첫 번째 작은 악마는 귀리 밭으로 달려갔지만 이반이 이미 귀리를 다 베고 난 뒤였다. 낟알이 적게 떨어지라고 이반이 밤 동안에 베어낸 것이었다. 첫 번째 작은 악마는 펄쩍 뛰며 화를 냈다.

"이 바보 자식, 내 꼬리를 잘라먹더니 나를 끝까지 괴롭히는 구나. 전쟁에서도 이런 불행을 맛본 적은 없었는데. 녀석은 밤에도 잠도 자지 않으니 당해낼 재간이 없군. 안 되겠다. 이번에는 보릿단 안으로 들어가서 그걸 전부 썩게 만들어야겠어.”

그래서 첫 번째 작은 악마는 쌀 보릿단이 있는 곳으로 갔다. 그 안으로 들어가서 쌀보리를 썩게 만들기 시작했는데 곡물을 따뜻하게 하고 있자니 자기 몸도 따뜻해져서 깜짝 잠이 들어버렸다.

이반은 암말을 마차에 묶어 동생을 데리고 보릿단을 나르기 위해 나갔다. 보릿단이 있는 곳에 도착하여 짐마차에 싣기 시작했다. 두 단 정도 싣고 세 번째에 손을 찔러 넣었을 때 무언가의 등짝이 나타났다. 이반이 꺼내보니 마른 풀 끝에 꼬리가 짧고 작은 악마가 걸려있었다. 작은 악마는 도망가려고 발버둥을 치고 있었다.

“어? 이 녀석, 정말 몹쓸 녀석이네! 너 또 나온 거냐?”

작은 악마는 다급히 말했다.

“저는 다른 악마입니다. 전에 본 건 제 형제고요. 저는 당신의 형인 시몬에게 붙어있었습니다.”

“그래? 하지만 네가 어디에 있는 녀석이든 내 행동에는 변함이 없어!”

이렇게 말한 이반은 그를 밭두둑에 내팽개치려 했다. 그러자 첫 번째 작은 악마가 그에게 부탁했다.

“제발 용서해주십쇼. 그러면 두 번 다시 나타나지 않겠습니다. 놓아주시기만 하면 원하시는 건 뭐든 들어드리겠습니다.”

“대체 뭘 할 수 있다는 거지?”

“저는 그 어떤 것도 병사를 만들 수 있습니다.”

“그런 건 필요 없어. 쓸 데가 없잖아.”

“아닙니다. 무슨 일에든 쓸 수 있습니다. 그들을 이리저리 돌리면 무슨 일이든 하니까요."

"노래도 부를 수 있나?"

"부를 수 있고말고요."

"그래? 좋아. 한번 만들어봐."

그러자 작은 악마가 말했다.

"이 쌀 보릿단을 잡아서 말이죠. 그 끝을 땅에 대고 흔들며 이렇게 말하면 됩니다. '내 종에게 이르노라. 너는 이제 보릿단이 아니니 지푸라기의 숫자만큼 병사가 되어라!'라고."

이반은 보릿단을 집어 땅에 대고 흔들면서 첫 번째 작은 악마가 가르쳐준 대로 말해보았다. 그러자 보릿단이 휘날리며 수많은 병사가 되었다. 선두에서는 고수와 나팔수가 쿵짝쿵짝 연주하기 시작했다. 이반은 웃음을 터뜨렸다.

"야아, 이거 재밌는데? 이걸 보면 여자들도 좋아할 거야."

"그럼 이제 놔주시는 거죠?"

"아니. 병사들은 보리를 털고 난 지푸라기로 만들지 않으면 기껏 만들어놓은 보리 알갱이를 버리게 되잖아. 그러니까 그걸 다시 보릿단으로 만드는 방법을 가르쳐 줘. 내가 보리 알갱이를 털 테니."

첫 번째 작은 악마는 말했다.

"이렇게 말하면 됩니다. '내 종에게 이르노라! 군사의 수만큼 지푸라기가 되어라. 다시 한 번 보릿단이 되어라!'라고"

이반이 그대로 말하자 그것들은 원래대로 돌아왔다.

그러자 첫 번째 작은 악마가 다시 한 번 부탁했다.

"제발 좀 놔주세요."

"그러지. 잘 가거라."

이반은 작은 악마를 놓아주었다.

이반이 말을 마치기 무섭게 작은 악마는 물속으로 돌을 던진 것처럼 땅속으로 튀어 들어갔고, 그 자리에는 구멍 하나만 남았을 뿐이었다.

이반이 일을 모두 마치고 집으로 돌아오니, 둘째 형 타라스 내외가 한창 저녁을 먹고 있었다. 배불뚝이 타라스는 돈을 갚지 못해 빚을 남긴 채 아버지의 집으로 도망쳐온 것이었다. 이반을 본 그가 말했다.

"이반, 다시 장사를 시작해서 한밑천 잡을 때까지 아내와 함께 보살펴줬으면 해."

"네, 그렇게 할게요. 얼마든지 여기 계셔도 괜찮습니다."

이반은 긴 외투를 벗고 식탁에 앉았다. 그러자 타라스의 아내가 말했다.

"저는 바보와 함께 식사를 하고 싶지 않아요. 땀 냄새가 나서 견딜 수가 없네요."

그러자 타라스가 말했다.

"이반, 너한테서 지독한 냄새가 나니, 너는 저 문간에 가서 먹는 게 좋겠구나."

"네, 그러죠. 마침 날도 저물어 한 바퀴 살펴보고 와야 해요. 말 먹이도 줘야하고요."

5.

그날 밤에 모든 일을 마친 두 번째 작은 악마는 약속한 대로 타라스에게서 떠나 친구를 도와 이반을 괴롭히기 위해 찾아왔다. 그는 밭으로 가서 친구들을 찾아보았지만 아무도 보이지 않았다. 단지 조그만 구멍이 하나 뚫려있을 뿐이었다. 목초지에 가보니 늪지에 꼬리가 떨어져 있었고, 쌀보리를 벤 자리에도 똑같은 구멍이 하나 뚫려있을 뿐이었다.

'아무래도 친구들이 큰 변을 당한 모양이군. 그렇다면 내가 이들을 대신해서 바보 녀석을 혼내줘야지.'

작은 악마는 이반을 찾기 위해 타작마당으로 가보았다. 그랬더니 이반은 벌써 밭일을 마치고 숲 속에서 나무를 베고 있었다.

좁은 집에서 살기 힘들었던 두 형은 이반에게 집을 지어달라며 떼를 썼기 때문이었다. 숲으로 달려간 작은 악마는 이반이 나무 쓰러뜨리는 것을 방해하려고 나무 꼭대기에 올라갔다. 이반은 비어있는 장소에 쓰러뜨릴 수 있을 만큼의 길이로 나무를 베었는데 나무가 막 넘어가려고 할 때 뒤틀려서 다른 쪽으로 쓰러져 다른 나뭇가지에 걸리고 말았다. 이반은 나무를 잘라 지렛대를 만들어 나무의 방향을 틀어 있는 힘껏 밀어 쓰러뜨렸다.

이반은 다른 나무를 베기 시작했다. 또 같은 일이 일어났다. 온 힘을 다해 가까스로 나무를 쓰러뜨릴 수 있었다. 세 번째 나무를 벨 때도 마찬가지였다. 이반은 50그루 정도를 벨 생각이었지만 채 10그루도 베지 못했는데 벌써 해가 지기 시작했다.

이반도 완전히 지쳐버리고 말았다. 그의 옷이 땀에 젖어 모락모락 더운 김이 일어 안개처럼 숲속을 떠다녔지만 그는 일을 그만두려 하지 않았다. 이반은 다시 나무 한 그루를 베었다. 그러자 등이 쑤셔와 조금도 힘을 쓸 수 없기 때문에 도끼는 나무 밑동에 박아놓고 앉아서 담배를 한 대 피웠다.

이반이 조용해지자 작은 악마는 기뻐했다.

'흥, 드디어 뻗어버렸군. 이제 나도 좀 쉬어볼까.'

작은 악마는 나뭇가지에 걸터앉아 즐거워했다. 그런데 이반이 다시 일어나 도끼를 들고 힘껏 나무를 내리쳤다. 나무는 금세 소리를 내며 넘어갔다. 순식간에 일어난 일이라 미처 피하지 못한 작은 악마는 쓰러진 나무 밑에 발이 끼고 말았다. 작은 악마를 발견한 이반은 놀라 소리쳤다.

"아니, 이 녀석. 정말 몹쓸 녀석이로구나? 또 나오다니!"

"아닙니다. 저는 다른 악마입니다. 저는 당신의 둘째 형인 탈라스한테 있다가 오늘 왔습니다."

"네가 어떤 놈이든 상관없어!"

이반은 작은 악마를 쳐 죽이려고 도끼를 힘껏 치켜들었다. 그러자 작은 악마가 간절히 부탁했다.

"제발 저를 죽이지 마세요. 그러면 당신에게 무슨 일이든 해드리겠습니다."

"네가 대체 뭘 할 수 있는데?"

"저는 당신에게 돈을 얼마든지 만들어드릴 수가 있습니다."

"그래? 그럼 어디 한번 만들어봐."

그러자 두 번째 작은 악마가 그에게 가르쳐 주었다.

"이 떡갈나무 잎을 잡고 손으로 비벼 보세요. 그러면 금화가 후루룩 떨어질 겁니다."

이반은 작은 악마의 말대로 나뭇잎을 손으로 비벼보았다. 그랬더니 금화가 좌르르 떨어졌다.

"이야, 이거 재미있는데. 시간이 나서 아이들과 놀 때 쓰면 좋겠어."

"그럼 저를 놓아 주세요."

"물론, 놔 줘야지!"

이반은 지렛대를 들어 나뭇가지에 껴있는 악마를 놔주며 말했다.

"그럼 하나님께서 너를 지켜주시길 기도해주마."

그가 하나님이라는 말을 하자 작은 악마는 물속에 떨어진 돌처럼 땅속으로 모습을 감췄다. 그리고 그 자리에는 역시나 작은 구멍 하나가 남았을 뿐이었다.

6.

형제들은 집을 지어 따로따로 살게 되었다. 이반은 밭일이 마무리되자 맥주를 빚어 두 형을 잔치에 초대했다. 하지만 형들은 이반의 초대를 거절했다.

"농부들 따위나 모이는 잔치에 가서 뭐 해."

이반은 농부들과 그 아내들을 불러 음식을 먹이고 자신도 술을 마셨다. 취기가 오른 이반은 춤판이 벌어진 가운데로 걸어 나가 아낙네들에게 자기를 칭찬해달라고 하며 이렇게 말했다.

"지금까지 본 적 없는 걸 보여 드리죠."

여자들은 그 모습에 한 동안 웃은 뒤 그를 찬미하는 노래를 부르기 시작했다. 그리고 노래가 끝나자 말했다.

"자, 이제 보여줘요."

"잠시만, 지금 가서 가져오죠."

이반은 말을 끝낸 뒤 씨앗상자를 들고 숲속으로 달려갔다. 여자들은 웃으며 "하하하, 바보 녀석!"이라고 소리쳤다. 그리고 이반을 무시하고 먹고 마셨다. 문득 바라보니 이반은 다시 씨앗 상자를 들고 돌아왔다.

"자, 나눠줄게요!"

"뭔데요? 어서 줘봐요."

이반은 금화를 한 움큼 쥐어 여자들에게 던져주었다. 그러자 큰 소동이 벌어졌다. 여자들은 금화를 주우려고 나뒹굴었으며, 농부들까지 뛰어들어 서로 금화를 훔치기도 하고 빼앗기도 했다. 하마터면 한 노파는 밟혀 죽을 뻔했다. 이반이 말했다.

"싸우지들 말아요. 할머니가 다치실 뻔했잖아요. 조금 진정들 하세요. 여기 더 있으니까."

이렇게 말한 이반은 다시 던지기 시작했다. 사람들이 구름처럼 몰려들었다. 이반은 상자에 있는 것을 전부 던졌다. 사람들이 좀 더 달라고 조르기 시작했다. 이반이 말했다.

"이제 없어요. 다음에 또 줄게요. 자, 이제 춤추고 노래 불러요."

여자들은 노래를 부르기 시작했다.

"당신들 노래는 영 재미가 없네요."

"그럼 어떤 노래가 재미있는 건가요?"

여자들이 물었다.

"지금 내가 직접 보여줄게요."

이반은 창고로 가서 보릿단 한 줌을 꺼내와 그 낟알을 털어낸 뒤 똑바로 세운 다음, 툭 하고 두드렸다.

"내 종에게 이르노라. 너는 이제 보릿단이 아니니 지푸라기의 숫자만큼 병사가 되어라!"

그러자 보릿단이 흩어지더니 병사가 되어 큰북과 나팔을 울리기 시작했다. 이반은 병사들에게 노래를 부르라고 명령한 뒤, 그들과 함께 거리로 나갔다. 모여 있던 사람들은 깜짝 놀라 입을 다물지 못했다. 군사들은 한바탕 쿵작거리며 신나게 노래를 불렀다.

한동안 병사들에게 노래를 시킨 후, 이반은 누구에게도 따라오지 말라고 한 뒤 원래 있던 창고로 병사들을 데려가 원래의 보릿단으로 만들어 놓았다. 그리고 집으로 돌아와 잠을 잤다.

7.

이튿날 아침 시몬이 이 소식을 듣고 이반을 찾아왔다.

"이봐, 이반. 숨김없이 털어놔. 너는 대체 그 병사들을 어디서 데려와서 어디로 데려간 거냐?"

"그걸 알아서 어쩌려고요, 형?"

"뭘 하다니? 군대만 있으면 무슨 일이든 할 수 있잖아. 나라까지도 손에 넣을 수 있을 거야."

이반은 깜짝 놀라며 소리쳤다.

"좀 더 빨리 말씀하시지 그러셨어요? 내가 얼마든지 만들어드릴 수 있었을 텐데. 마침 저와 동생이 보리를 많이 털어놨어요."

이렇게 말하고 이반은 형을 창고로 데려가 다시 말했다.

"그럼, 병사들을 만들어 드릴게요. 하지만 꼭 데려가셔야 해요. 안 그러면 내가 다 먹여 살려야 하거든요. 그렇게 되면 이 마을에 있는 곡식이 하루 만에 동이 나고 말 거예요."

군인 시몬이 병사들을 데려가겠다고 약속하자 이반이 그것을 만들기 시작했다. 그는 보리를 한 움큼 쥐어 보리타작 마당을 '툭' 두드렸다. 순식간에 한 중대가 만들어졌고, 얼마 지나지 않아 들판이 군사들로 가득 들어찼다.

"어때요? 이 정도면 되겠지요?"

시몬이 춤추듯 기뻐하며 말했다.

"됐고말고. 고맙구나. 이반."

"뭘요! 만약 더 필요하다면 언제든지 찾아오세요. 얼마든지 만들어 드릴 테니까요."

군인 시몬은 바로 군대를 지휘해서 정해진 대로 대오를 갖추게 한 다음, 전쟁을 하러 갔다.

군인 시몬이 떠나자 이번에는 둘째형 타라스가 찾아왔다. 그도 역시 어제 있었던 일에 대한 이야기를 듣고 동생에게 부탁을 하러 찾아온 것이었다.

"제발 내게 이야기해줘. 그 많은 금화는 어디서 난 거냐? 나한테 그런 돈이 있다면 그걸 밑천으로 세상의 돈을 다 긁어모을 수 있을 거다."

그러자 이반이 말했다.

"네, 그래요? 그러면 좀 더 빨리 말씀하시지 그러셨어요? 필요한 만큼 얼마든지 만들어드릴 수 있는데."

타라스는 기뻐서 소리쳤다.

"나는 씨앗 상자로 세 상자만 있으면 돼."

"그래요. 그럼 같이 숲으로 가세요. 말을 끌고 가야겠어요. 무거워서 다 들고 올 수 없을 테니까요."

그들이 숲에 도착하자, 이반은 떡갈나무 잎을 쥐어뜯어 그것을 비비기 시작했다. 곧 금화가 산더미처럼 쌓였다.

"어때요, 이 정도면?"

"당장은 이 정도면 충분할 거야. 고마워, 이반."

"뭘요! 별것도 아닌 걸요. 만약 더 필요하시면 언제든지 찾아오세요. 더 만들어드릴 테니까요. 잎은 숲에 얼마든지 있어요."

배불뚝이 타라스는 금화를 마차에 가득 싣고 장사를 하러 갔다.

이렇게 해서 두 형은 떠났다. 시몬은 전쟁터로, 타라스는 장사를 하러 떠났다. 군인 시몬은 승리해서 나라를 손에 넣었고, 타라스는 어마어마한 돈을 벌었다.

그러던 어느 날, 시몬과 타라스가 만나 이런저런 이야기를 주고받았다. 시몬은 어디서 병사들을 얻었는지, 타라스는 어디서 돈을 손에 넣었는지 등을 이야기했다.

시몬이 동생에게 말했다.

"나는 나라를 빼앗아 좋은 생활을 하고 있지만 사정이 넉넉지는 못해서 힘이 드는구나. 군대를 먹여 살리려면 더 많은 돈이 필요하거든."

타라스도 말했다.

"저도 골치가 아픕니다. 돈은 썩힐 만큼 많이 벌었지만 그것을 지켜줄 사람이 없다는 게 문제예요."

그러자 시몬이 말했다.

"다시 이반에게로 가 보세. 나는 녀석에게 병사를 더 얻어서 너에게 주고, 너는 돈을 더 얻어서 나에게 주면 되잖아."

"그거 좋은 생각이네요."

시몬과 타라스는 곧바로 이반을 찾아갔다. 시몬이 먼저 말을 꺼냈다.

"이반. 내게는 아직도 군대가 조금 모자라. 앞으로 두 움큼 정도면 되니 내게 병사를 만들어 줘."

이반이 고래를 저었다.

"전 이제 쓸데없이 형에게 병사를 만들어주지 않을 거예요."

"뭐라고? 전에는 만들어주겠다고 약속했잖아."

"약속은 했었죠. 하지만 더 이상은 만들고 싶지 않아요."

"그게 무슨 말이냐? 왜 다시는 만들지 않겠다는 거냐. 이 바보 녀석아."

"왜냐고요? 형님의 군사가 사람을 죽였잖아요. 며칠 전, 길 옆에 있는 밭을 갈고 있는데 문득 바라보니 한 여자가 그 길을 따라 관을 옮기며 울고 있었어요. 제가 물어봤죠. 누가 죽었냐고요. 그랬더니 여자가 말하기를 '우리 남편을 시몬의 군대가 전쟁에서 죽였어요.'라고 했어요. 저는 병사란 노래를 부르는 사람이라고만 생각하고 있었는데 녀석들은 사람을 쏴 죽였어요. 이젠 절대로 만들지 않을 겁니다."

이렇게 고집을 부리며 이반은 끝까지 병사를 만들어주지 않았다.

배불뚝이 타라스도 나서서 금화를 더 만들어달라고 부탁했지만 이반은 이번에도 고개를 저으며 말했다.

"이제 저는 쓸데없이 돈을 만들지 않을 거예요."

"뭐라고? 전에 했던 약속은 어쩌고 그런 말을 하는 거냐?"

"약속은 했지요. 하지만 더 이상은 만들지 않을 거란 말이에요."

"왜 다시는 못 만들겠다는 거냐? 이 바보 녀석아!"

"왜냐고 물으신 건가요? 왜냐하면 형의 돈이 미하일로비나네 암소를 빼앗아갔기 때문이에요."

"내가? 내 금화가 암소를 빼앗았다고?"

"미하일로비나한테는 암소 한 마리가 있었는데, 그 암소 젖으로 그 집 아이들이 우유를 먹었어요. 그런데 며칠 전부터 그 집 아이들이 우리 집을 찾아와 우유를 얻어가는 거예요. 그래서 너희 집 암소는 어쩌고 우리 집에 와서 우유를 얻어 마시냐고 물으니 어떤 사람이 와서 끌고 가버렸다는 겁니다. 누가 그랬냐고 물었더니 배불뚝이 타라스네

마름이 자기 엄마한테 금화를 세 닢 주고 그 암소를 끌고 갔다더군요. 엄마가 암소를 팔아버리는 바람에 더 이상 우유를 마실 수 없게 되었다는 거예요. 장난감으로 쓰면 좋겠다 싶어서 만들어드린 금화인데, 그걸로 아이들한테서 암소를 빼앗아가 버리다니요. 그래서 더 이상 금화는 만들어드릴 수가 없습니다."

이반은 이렇게 말하면 절대 돈을 만들지 않았다. 두 형은 빈손으로 돌아갈 수밖에 없었다. 돌아가는 길에 두 사람은 자신들의 어려움을 해결한 방법에 대해서 의논했다. 시몬이 말했다.

"그럼 이렇게 하자. 네가 내게 병사들을 유지할 돈을 줘. 그러면 나는 네게 병사를 붙여 나라의 절반을 나눠줄 테니. 네 돈을 지키도록 말이야."

타라스도 그 말에 동의했다. 이렇게 해서 두 사람은 가진 것을 서로 나눠 두 사람 모두 왕이 되었고, 두 사람 모두 부자가 되었다.

8.

이반은 여전히 한 집에서 부모님을 모시고 살면서 벙어리 여동생과 함께 열심히 농사를 지었다.

한번은 이반의 집에서 키우던 늙은 개가 병이 들어 옴이 생겨 죽어가고 있었다. 이반은 불쌍한 개한테 빵 한 조각이라도 주고 싶은 마음에 벙어리 여동생에게 얻은 빵을 모자에 담아 와 개 앞에 던져주었다. 그때 마침 모자에 뚫린 구멍 사이로 작은 악마가 준 작은 뿌리 한 갈래가 같이 떨어졌다. 늙은 개는 빵과 뿌리를 날름 주워 먹었다. 먹자마자 벌떡 일어나더니 펄쩍펄쩍 뛰어 놀고 꼬리를 흔들기 시작했다. 아버지와 어머니는 그것을 보고 깜짝 놀랐다.

"도대체 어떻게 해서 개의 병을 고친 거냐?"

그러자 이반이 대답했다.

"어떤 병이든 고칠 수 있는 나무뿌리를 두 개 가지고 있었는데 그중 하나를 이 녀석이 먹은 거예요."

그 무렵, 그 나라 공주가 병에 걸려 왕의 근심이 이만저만이 아니었다. 어떤 수를 써도 병이 낫지 않자 왕은 급기야 공주의 병을 고치는 사람에게 큰 상을 내리고, 아직 결혼하지 않았다면 공주와 혼인을 맺게 해주겠다고 선포했다. 왕은 이 내용을 나라 방방곡곡에 알렸다. 이반이 사는 마을에도 이 소식이 들려왔다.

이 소식을 들은 이반의 부모님은 아들을 불러 말했다.

"너도 임금님의 포고를 들었느냐? 네게 아주 좋은 나무뿌리가 있다고 하니 그걸 가지고 가서 공주님을 고쳐 주거라. 그러면 너도 평생 행복하게 살 수 있을 거야."

"네, 그럴게요."

이렇게 말한 이반은 곧 길 떠날 채비를 했다. 그는 부모님이 입혀주신 좋은 옷을 입고 집을 나섰는데 거기에 손이 비틀어진 여자 거지가 하나 서있었다.

"당신이 무슨 병이든 고칠 수 있다는 말을 듣고 왔어요. 제발 부탁이니, 제 손을 좀 고쳐주세요. 이 손으론 구두끈도 묶을 수가 없을 거예요."

이반이 말했다.

"그러죠!"

그리고 나무뿌리를 꺼내어 여자 거지에게 줘서 먹게 했다. 여자 거지는 그것을 받아먹자마자 곧 병이 나아 팔을 휘두를 수 있게 되었다. 이반과 함께 길을 떠나려 했던 그의 부모는 이반이 하나 밖에 없는 나무 뿌리를 줘버려 이제는 공주님을 고칠 수 없다는 사실을 알게 되자 갑자기 아들을 야단치기 시작했다.

"너는 여자 거지를 도와줬지만, 공주님은 불쌍하다고 생각지 않는 거냐?"

그러자 이반은 공주가 가엾다는 생각이 들었다. 그래서 그는 서둘러 말에 마차에 말을 묶고 지푸라기 하나 가득 싣더니 그것을 타고 떠나려고 했다.

이를 보고 그의 아버지가 말했다.

"지금 어디 가려고 그러는 거냐?"

"공주님한테요. 병을 고쳐드려야죠."

"하지만 너에게는 병을 고칠 약이 없지 않느냐?"

"그건 걱정 마세요."

이반은 대답한 후, 말을 달렸다. 임금님의 궁전에 도착한 그가 마차에서 내려 첫 번째 계단을 밟자마자, 갑자기 공주의 병이 말끔히 나았다. 임금님은 기뻐하며 이반을 곁으로 불러 그에게 훌륭한 옷을 입혔다.

이반을 보자 왕이 말했다.

"그대를 지금부터 나의 사위니라."

이반이 대답했다.

"황공하옵니다. 전하."

이반은 공주와 결혼했다. 얼마 뒤 왕이 세상을 떠나자 새 왕좌에 이반이 오르게 되었다. 그렇게 세 형제 모두 왕이 되었다.

9.

　세 형제는 각자의 나라를 다스리며 살았다.

　장남인 시몬은 남부럽지 않은 생활을 하고 있었다. 그는 짚으로 만든 군사를 기반으로 군대를 늘려나갔다. 그는 10가구 당 한 명씩 병사를 징집했는데 모두 키가 크고, 살결이 하얗고 얼굴이 잘생긴 사람들만 뽑았다. 그는 이런 병사들을 많이 모아서 훈련을 시켰다. 그리고 무슨 일이든 자신을 거역하는 사람이 있으면 바로 그 병사들을 보내 제멋대로 횡포를 부렸다. 모든 사람들이 그를 두려워하게 되었다.

　또한 시몬은 사치스러운 생활을 하고 있었다. 그가 갖고 싶다고 생각하는 것, 그의 눈에 띄는 것은 전부 그의 차지가 되었다. 병사들에게 말하기만 하면 그것이 무엇이든 그가 바라는 것을 갖게 해주었던 것이었다.

　둘째형인 타라스도 호화롭게 살았다. 그는 이반에게서 받은 돈은 조금도 잃지 않고 그것을 밑천으로 어마어마한 돈을 벌어들였다. 그는 자신의 나라에 그럴 듯한 법을 제정했다. 그리고 자기 돈은 금고에 쌓아 둔 채, 인두세, 통행세, 거마세, 짚신세, 복장세 등 온갖 세금을 만들어 백성들 주머니에서 돈을 긁어모았다. 돈이 없는 백성들은 가진 물건들을 죄다 가져와 바쳤으며 그것마저도 없는 백성들은 노역으로 대신하려고 몰려왔다.

　왜냐하면 국민들은 모두 돈이 궁했기 때문이었다.

　바보 이반 역시 그럭저럭 괜찮은 생활을 하고 있었다. 그는 장인의 장례식이 끝나자마자 왕의 옷을 벗어 왕비에게 서랍에 넣어두라고 시켰다. 그리고는 다시 삼베로 만든 셔츠에 방한용 속옷을 입고 짚신을 신고 일을 하기 시작했다.

"가만히 있으려니 답답해서 미치겠군. 배만 점점 나와서 더 먹을 수도 없고, 잠도 잘 못 자겠어."

그는 그의 부모와 벙어리 여동생을 불러들여 다시 농사를 짓기 시작했다. 이를 본 사람들이 물었다.

"왕의 신분으로 왜 이런 일을 하십니까?"

"괜찮아. 왕도 역시 먹어야 살아갈 수 있는 거 아냐?"

어느 날, 총리가 그의 앞으로 나와 말했다.

"전하, 궁 안의 일하는 이들에게 줄 녹봉이 바닥이 났습니다."

"그런가? 없으면 안 주면 될 거 아닌가?"

"그러면 아무도 일을 하지 않을 것입니다."

"그런가? 일을 하지 않게 된다면 그것도 괜찮지. 오히려 더 자유롭게 일 할 수 있을 테니. 그럼 비료를 나르게 해. 녀석들은 비료를 듬뿍 만들어놨으니."

한번은 사람들이 이반에게 재판을 받으러 왔다. 한 사람이 말했다.

"저 사람이 제 돈을 훔쳤습니다."

그러자 이반이 말했다.

"그래? 돈이 필요해서 그랬나보군."

머지않아 이반이 바보라는 사실을 모두다 조금씩은 알게 되었다. 아내가 그에게 말했다.

"모두가 당신을 바보라고 말하고 있어요."

"뭐, 어때? 상관없어."

이반의 아내는 생각에 생각을 거듭했다.

"내가 어찌 남편을 거역할 수 있겠어? 바늘이 가는 곳에 실도 따라가는 법이지."

그녀는 곧 자신도 왕비의 옷을 벗어 서랍에 넣고 벙어리 여동생에게 농사를 배우러갔다. 그리고 일을 배우자 남편의 일을 돕기 시작했다.

결국 이반이 다스리는 나라에서 똑똑한 자들은 모두 떠나버리고 바보들만 남게 되었다. 돈을 가진 사람은 하나도 없었다. 모두 스스로 일해서 먹고 살았고 다른 사람들을 도우며 살아갔다.

10.

늙은 악마는 작은 악마들로부터 세 형제를 파멸시켰다는 소식이 오기만을 기다리고 있었다. 하지만 작은 악마들은 코빼기도 보이지 않고 어떤 소식도 들려오지 않았다.

늙은 악마는 하는 수없이 직접 나서기로 했다. 사방팔방 다 찾아보았지만 작은 악마들의 모습은 볼 수 없고 단지 구멍 세 개만을 찾아냈을 뿐이었다.

'아무래도 실패한 모양이군. 결국에는 내가 손을 쓰는 수밖에 없겠어.'

늙은 악마는 세 형제를 찾아 나섰지만 그들은 전에 살던 곳에는 없었다. 그는 세 사람을 각각 다른 나라에서 발견했다. 세 사람은 모두 건강했을 뿐만 아니라 모두가 각자 한 나라씩을 다스리고 있었다. 늙은 악마는 커다란 모욕감을 느꼈다.

"어디 내가 직접 나서서 놀아볼까?"

늙은 악마는 혼자 중얼거리며 시몬 왕의 나라로 향했다. 그는 장군의 모습으로 둔갑한 뒤 시몬 왕 앞으로 나가서 말했다.

"시몬 왕이시여. 왕께서 매우 훌륭한 군인이란 소문을 듣고 찾아오게 되었습니다. 저도 역시 전술을 잘 알고 있으니 부디 제게 왕을 섬기도록 해주십시오.”

그러자 시몬 왕은 이것저것 물어본 뒤 그가 상당히 현명한 사람임을 알고 바로 그를 받아들였다. 새로운 장군은 시몬 왕에게 강대한 군대를 만드는 방법에 대해 진언했다.

“무엇보다도 군사를 더 많이 모아야 합니다. 그렇지 않으면 이 나라에는 농부들만 늘어나게 될 것입니다. 젊은 사람들은 모두 군인으로 뽑아 훈련시켜야 합니다. 그 다음으로 신식 소총과 대포를 만들어야 합니다. 콩을 흩뿌리듯 한 번에 백 발을 쏠 수 있는 소총을 만들어 바치겠습니다. 그리고 어떠한 것이든 불바다로 만들어버릴 수 있는 대포도 만들어보겠습니다. 이 대포 한 방이면 사람이든 말이든 성벽이든 모조리 불에 타 없어질 것입니다.”

시몬 왕은 새로운 장군의 진언에 따라서 젊은 사람들을 하나도 남김없이 병사로 만들라고 명령하고 또 한편으로는 새로운 공장을 지어 최신의 총과 대포를 차례차례로 만들더니 당장에 이웃나라에게 전쟁을 선포했다. 그리고 시몬 왕은 적군을 보자마자 발포 명령을 내려 총을 쏘고 대포로 포탄을 퍼부어 순식간에 적군의 절반을 불태우고 격퇴했다. 깜짝 놀란 이웃 나라 왕은 하루아침에 항복하고 자기 나라를 바쳤다.

시몬 왕은 크게 기뻐했다.

“좋아. 이제는 인도 왕을 정복해야겠어.”

하지만 인도의 왕은 시몬 왕의 소문을 듣고 시몬 왕처럼 따라했을 뿐만 아니라 거기에 자신의 생각까지도 더했다. 인도 왕은 자기 나라의 젊은 남자들은 물론이고 심지어 아직 결혼하지 않은 처녀들까지 모조리 군사로 만들었다. 그리하여 그의 군대는 시몬의 군대보다 훨씬 더 많았다. 게다가 시몬 군대의 소총이며 대포 만드는 법을 알아냈을 뿐만 아니라 공중을 날아다니며 위에서 폭탄을 떨어뜨리는 것까지 생각해두었다.

시몬 왕은 인도의 왕에게 전쟁을 선포했다. 전처럼 삽시간에 정복해버릴 생각이었지만 날카로운 낫도 영원히 잘 들라는 법은 없었다. 인도의 왕은 시몬의 군대가 탄환이 닿을 만한 거리에 오기도 전에 여자 병사들을 비행기에 태워 공중에서 시몬의 군대 위에 폭탄을 떨어뜨렸다. 여자들은 공중에서 시몬의 군대 위로 벌레에 약을 치듯 폭탄을 퍼부어 시몬의 군대가 흩어져 달아나게 했다. 결국 시몬 왕 혼자 남겨졌다. 인도의 왕은 시몬의 나라를 정복하고 모든 재산을 몰수했다. 겨우 도망친 시몬은 이리저리 떠도는 신세가 되었다.

늙은 악마는 시몬은 파멸시킨 후 타라스 왕에게도 찾아갔다. 상인으로 가장한 그는 타라스 왕의 나라에 거처를 정하고 가게를 열어 돈을 뿌리기 시작했다. 그가 어떤 물건이든 후한 값을 쳐준다는 소문이 퍼지자 백성들은 모두 돈을 벌기 위해 그에게로 모여들었다. 그 덕분에 백성들이 돈을 많이 벌게 되어 밀린 세금을 깨끗이 청산했고 어떤 세금이든 체납하는 일이 없었다.

타라스 왕은 기뻐했다.

'고마운 그 상인 덕분에 돈은 더 늘어나고, 생활도 더욱 좋아지겠구나.'

풍족해져만 가는 삶에 기뻐하던 타라스 왕은 새로운 설계로 새로운 궁전을 짓기로 마음먹었다. 그는 백성들에게 포고하여 건축 자재를 옮기는 일을 하러 오라 명령했고 모두에게 높은 삯을 치러줄 것을 약속했다. 타라스 왕은 예전처럼 백성들이 돈을 벌려고 자기한테 몰려오리라 생각했다. 그런데 백성들은 목재며 돌을 모두 그 상인에게 가져다 팔았고 노동자들 역시 한 명도 남김없이 그에게 가버렸다. 타라스 왕은 삯을 올렸지만 상인 그보다 많은 돈을 치르고 있었다. 타라스 왕에게는 많은 돈이 있었지만 상인은 그보다 더 많은 돈이 있었기 때문에 상인은 언제나 왕보다 더 많은 돈을 지급했던 것이다. 왕의 궁전은 짓다만 채로 그대로 있었다.

그리고 타라스 왕에게는 정원을 만들겠다는 계획도 있었다. 가을이 되자 타라스 왕은 백성들에게 정원을 만들러오라는 포고령을 내렸다. 하지만 백성들은 모두 왕의 정원을 공사하는 곳에는 오지 않고 모두 상인의 집 연못을 파러갔다.

겨울이 되자, 타라스 왕은 새로운 모피 외투를 만들기 위해 검은담비의 가죽을 사려했다. 그래서 사람을 보내 사오라고 시켰지만 그 사람이 돌아와서 말하기를 '검은담비는 없습니다, 모피란 모피는 전부 그 상인이 사들였습니다, 상인은 아주 많은 돈을 주고 검은담비 가죽으로 깔개를 만들었다고 합니다'라는 것이었다.

타라스 왕은 신하에게 종마를 사오라고 명령했다. 그 신하가 돌아와 이르기를 '쓸 만한 종마는 전부 상인의 손에 들어가 연못으로 짐을 나르는 일을 하고 있습니다'라는 것이었다. 왕의 일은 무엇이든, 누구하나 하려들지 않게 되었다. 하지만 상인을 위해서는 뭐든 달려들었다. 그러고는 상인에게서 번 돈으로 세금을 냈다.

타라스 왕은 더 이상 보관할 곳이 없을 정도로 많은 돈이 들어왔지만, 반대로 삶을 점점 궁핍해져만 갔다. 이제는 어떤 계획을 세우기는 커녕, 하루하루 살아갈 궁리를 해야 했다. 궁색한 게 한두 가지가 아니었다. 궁에서 일하던 요리사, 하인들도 모두 그를 떠나 상인에게 가기 시작했다. 먹을 것이 없어 굶는 날도 있었다. 물건을 사러 시장에 나가봐도 아무 것도 없었다. 이미 상인이 몽땅 사들였기 때문이었다. 급기야 화가 난 타라스 왕이 그 상인을 나라 밖으로 쫓아내버렸다. 그러나 상인은 국경 부근에서 자리를 잡고 똑같은 짓을 되풀이 했다. 백성들은 여전히 돈을 벌려고 그에게 몰려갔다. 타라스 왕의 생활은 나빠질 대로 나빠져 며칠째 아무 것도 먹지 못하는 날도 있었다. 심지어 상인이 왕비를 사려한다는 소문까지 나돌았다. 지칠 대로 지친 타라스 왕은 어찌할 바를 몰라 망연자실했다.

군인인 시몬이 타라스를 찾아와 말했다.

"날 좀 도와다오. 나는 인도의 왕에게 지고 말았어."

하지만 타라스 왕도 제 코가 석 자였다.

"난 벌써 이틀째 아무것도 먹지 못했어요."

11.

두 형제를 파멸시킨 늙은 악마는 이반이 있는 곳으로 향했다. 늙은 악마는 장군으로 변장을 하고 이반에게로 가서 그에게 군대를 만들라고 종용했다.

"군대가 없다면 왕에겐 어울리지 않는 일입니다. 그저 제게 병사를 만들라 명령만 하신다면 제가 당신의 백성들 중에서 사람을 뽑아 군대를 만들어드리겠습니다."

이반은 그의 말을 끝까지 들었다.

"그런가? 그거 괜찮겠군. 그럼 어디 한번 만들어보아라. 그리고 그들에게 노래를 가르쳐라. 나는 병사들이 부르는 노래가 좋으니까."

늙은 악마는 이반의 나라를 돌아다니며 병사들을 모집하기 시작했다. 그는 병사가 되는 사람에게는 보드카 한 병과 빨간 모자를 주겠다고 말했다.

　바보들은 웃었다.

"술 같은 건 우리에게도 얼마든지 있지요. 우리가 직접 빚고 있으니까요. 그리고 모자도 어떤 것이든 여자들이 만들어주고 있습니다. 예쁜 색을 한 것도, 술이 달린 것도."

　누구 하나 병사가 되려는 사람이 없었다. 늙은 악마는 이반이 있는 곳으로 되돌아왔다.

"이 나라의 바보들은 스스로 병사가 되려는 사람은 아무도 없습니다. 권력을 동원하여 모집하는 수밖에 없을 것 같습니다."

"그런가? 그럴 수도 있겠군. 그럼 어디 모집 해봐라."

　그래서 늙은 악마는 사람들에게 공포했다.

"모든 백성들은 군사가 되어야 한다. 거역하는 자는 왕의 이름으로 참형에 처하게 될 것이다."

　이 말을 들은 바보들이 장군에게로 찾아왔다.

"우리가 군대에 가지 않으면 왕께서 우리를 죽인다고 말했지만, 군대에 가면 어떤 일이 일어날지에 대해서는 말하지 않았습니다. 그리고 군대에 가면 목숨을 잃을 수도 있는 겁니까?"

"그래. 그럴 수도 있지."

　이 말을 듣고 백성들은 버텼다.

"우리는 군대에 가지 않겠습니다. 어차피 죽을 거라면 차라리 편하게 집에서 죽겠습니다."

"너희들은 바보로구나. 군대에 간다고 해서 전부 죽는 것은 아니야. 하지만 군대에 가지 않으면 이반 왕께서 모두를 사형에 처하게 만들

것이다.”

그러자 바보들은 잠깐 생각하더니 왕에게 찾아가 물었다.

“장군이 우리 모두 병사가 되라고 말했습니다. 군대에 들어가면 죽을지 살지 알 수 없지만, 들어오지 않으면 이반 왕께서 모두를 사형에 처할 것이라고 말했습니다. 그게 사실입니까?”

그러자 이반이 껄껄 웃으며 말했다.

“나 혼자서 어떻게 너희 모두를 참형할 수 있겠는가? 내가 바보만 아니었어도 너희가 알아듣도록 설명해주었을 텐데, 내가 아는 게 없으니 어쩐담.”

“그렇다면 저희는 병사가 되지 않겠습니다.”

그러자 이반이 말했다.

“그렇게 해라. 군사가 되지 않아도 되느니라.”

바보들은 장군에게 몰려가서 군대에 가지 않겠다고 말했다.

늙은 악마는 일이 자신의 뜻대로 되지 않자 타라칸 왕에게로 찾아갔다.

“어떻습니까? 한바탕 전쟁을 일으켜서 이반 왕의 나라를 빼앗아 버리시는 게. 돈은 없지만 그 나라에는 곡식, 가축 등 없는 게 없습니다.”

그러자 타라칸 왕은 전쟁을 일으켰다. 그는 총과 포를 갖추고 대군을 모아 이반의 나라로 쳐들어갔다. 이웃 나라가 군대를 일으켜 국경을 넘어서려고 하자 백성들이 이반에게 달려왔다.

“타라칸 왕이 쳐들어오고 있습니다.”

“어어, 오라해.”

군대를 이끌고 국경을 넘은 타라칸 왕은 우선 척후병을 보내 이반 군대의 상황을 살펴보도록 했다. 그러나 척후병이 아무리 돌아다녀 봐도 군사 하나 보이지 않았다. 군대가 갑자기 나타날 수도 있다는 생각에 한참을 기다려보았지만 군대에 대한 소문조차 들려오지 않았기 때문에 싸우려 해도 싸울 상대다 없었다. 타라칸 왕은 중대 병력을 보내어 마을을 점령하게 했다.

군사들이 마을에 들이닥치자 바보들이 뛰쳐나와 께름한 눈길로 그들을 쳐다볼 뿐이었다. 군사들이 그들에게서 곡식과 가축을 빼앗아도 바보들은 무엇이든 기꺼이 내주었다. 누구 하나 자신을 지키려 하지도 않았다.

군사들은 다음 마을로 갔다. 거기서도 매한가지였다. 하루하루 진군했지만 어디를 가나 마찬가지였다. 무엇이든 망설이지 않고 내놓을 뿐 누구 하나 자신을 지키려는 사람은 없었다. 오히려 그들에게 함께 살자고 하는 사람도 있었다.

군대는 거침없이 진군했지만 어디서도 군대의 모습은 볼 수 없었다. 백성들은 모두 일을 하며 자신과 다른 사람들을 돌보며 살아가고 있을 뿐, 자신을 지키려는 노력을 조금도 하지 않았다. 단지 여기로 와서 살자고 권할 뿐이었다.

결국 전의를 상실한 군대는 타라칸 왕에게 돌아가 말했다.

"저희는 전쟁을 할 수 없습니다. 저희를 다른 나라로 보내주십시오. 이 나라에서는 도저히 전쟁을 치를 수가 없습니다. 아무 힘도 없는 사람들을 괴롭히는 짓을 계속 할 순 없습니다."

화가 난 타라칸 왕은 온 나라를 들쑤시고 다니면서 마을을 파괴하고 집이나 곡식을 불태우고 가축을 죽이라고 명령했다.

"만약 내 명령에 따르지 않는다면 너희들을 전부 추방해버리겠어."

깜짝 놀란 병사들이 왕의 명령대로 움직였다. 집과 곡식을 태우고 가축을 죽이기 시작했다. 하지만 바보들은 자기 몸을 보호하려고 하기는커녕 그저 울기만 할 뿐이었다.

"무엇 때문에 우리를 이렇게 괴롭히는 겁니까? 왜 우리 물건을 다 망가뜨리는 거예요? 필요한 게 있으면 차라리 다 가져가세요."

이 말을 듣고 병사들은 슬픈 생각이 들었다. 그들은 더 이상 앞으로 나아가지 못하고 얼마 후 사방으로 흩어져 달아나버렸다.

12

늙은 악마는 군대의 힘으로도 이반을 무너뜨리지 못하자 타라칸을 떠났다. 그리고 이번에는 훌륭한 신사 차림을 하고 이반의 나라로 들어갔다. 배불뚝이 타라스와 마찬가지로 이번에는 돈으로 이반을 무너뜨릴 속셈이었다.

그가 이반 앞에 나아가 말했다.

"저는 당신의 나라에 멋진 지식을 주어 당신들에게 도움이 되고 싶습니다. 저는 이 나라에서 집을 짓고 일을 시작하고 싶습니다."

"그래, 좋다. 여기에 살거라."

하룻밤이 지나고 아침이 되자 그 신사는 금화가 든 커다란 자루와 종이를 가지고 광장으로 나가 사람들에게 말했다.

"여러분은 모두 마치 돼지와도 같은 삶을 살고 있습니다. 그래서 저는 여러분께 어떻게 살아야 하는지 가르쳐드리고자 합니다. 먼저 이 도면에 있는 대로 집을 지어주시기 바랍니다. 모든 지시는 제가 내리고 여러분들은 그저 일을 해주시기만 한다면 그 보답으로 이 금화를 드리도록 하겠습니다."

이렇게 말한 그는 사람들에게 금화를 보여줬다. 바보들은 몹시 신기했다. 그들은 지금까지 돈이라는 것을 가져본 적이 없었기 때문이다.

서로 물건을 교환하거나 노동으로 셈을 치러서 돈이라는 것이 필요하지 않았다.

"이야, 정말 아름다운 물건인데!"

그들은 금화가 갖고 싶은 마음에 물건과 일을 가지고 그것과 교환하기 위해 그 신사에게 몰려들기 시작했다. 늙은 악마는 타라스의 나라에서 그랬던 것처럼 금화를 뿌리기 시작했다. 늙은 악마는 기뻐하며 생각했다.

'이번에야말로 내 생각대로 되겠군! 이번에는 무슨 일이 있어도 그 바보 녀석을 두 형제처럼 망가뜨려야지.'

바보들은 금화를 가지고 목걸이를 만들어 여자들에게 나눠주기도 하고 여자아이들한테는 머리장식으로 만들어주기도 했다. 얼마 지나지 않아 어린아이들까지 금화를 가지고 놀 정도였다. 이렇게 해서 금화가 쌓이게 되자 사람들은 더 이상 금화를 얻으려고 하지 않았다. 하지만 신사의 집은 아직 반도 지어지지 않았으며, 곡식과 가축 등도 채일 년분도 쌓이지 않았다. 그래서 신사는 자신의 집에 일을 하러 오라고, 곡식과 가축을 가지고 오라고 선전했다.

"내 집에서 일하면 후한 품삯으로 금화를 주겠소! 곡식이든 가축이든 어떤 물건이든 간에 가지고 오기만 하면 비싼 값을 쳐서 금화를 주겠소!"

그러나 아무리 이야기를 해도 일하러 오거나 물건을 가지고 오는 사람이 하나도 없었다. 단지 때때로 아이들이 계란을 가지고 금화와 바꿔갔을 뿐, 그 외에는 누구도 오지 않았기 때문에 신사는 점점 먹을 것이 부족하게 되었다.

늙은 악마가 먹을 것이 없어 한 집에 들어가서 소작농 여인에게 암탉을 한 마리 달라고 금화를 내밀었다. 그러자 여인이 말했다.

"그건 우리 집에 얼마든지 있어요."

그래서 그는 다른 집을 찾아가 청어를 사려고 돈을 내밀었다.

"제게 그런 건 필요 없어요. 애들이 없으니 가지고 놀 사람이 없어서요. 그리고 하도 귀한 물건이라기에 이미 세 닢이나 얻어놨어요."

늙은 악마는 빵이라도 사기 위해 한 농가로 들어갔다. 농부도 돈을 받지 않았다.

"나한텐 그런 건 필요 없어. 하지만 예수님을 위해서 달라고 한다면 조금만 기다리게. 지금 할머니에게 말씀드려서 한 조각 잘라달라고 할 터이니."

화가 난 늙은 악마는 퉤하고 침까지 뱉으며 농부의 집에서 도망쳐 나왔다. 예수를 위해서 빵을 받기는커녕 그런 말을 듣는 것만으로도 칼에 찔리는 듯이 무서웠기 때문이다.

늙은 악마는 빵도 얻지 못하게 되었다. 모두가 금화를 넘칠 만큼 가지고 있었다. 그가 어디를 가도 누구 하나 돈으로는 아무것도 내주지 않았다. 그리고 모두가 이렇게 말했다.

"이보슈, 그거 말고 다른 것을 가져와요. 일을 하러 오거나, 아니면 예수님을 위해서 얻으러온다면 줄 수 있어요."

하지만 늙은 악마는 돈 의외에 아무 것도 가진 것이 없었으며 일을 하기도 싫었고 예수님의 이름으로 물건을 받는다는 것은 꿈에도 생각지 못할 일이었다. 늙은 악마는 분한 마음이 들었다.

"내가 돈을 주겠다는데, 그것 말고 너희에게 무엇이 더 필요하다는 것이지? 돈만 있으면 뭐든지 살 수 있고, 편하게 앉아서 어떤 일꾼이든 부릴 수 있는데 말이야!"

그러나 바보들은 누구 하나 귀를 기울이지 않았다.

"아니, 우리에겐 그런 건 필요 없어요. 우리에게는 돈으로 치를 일도 없고 세금도 없으니까요. 그까짓 돈이 뭔 필요가 있겠어요."

늙은 악마는 저녁 끼니도 거른 채 잠자리에 들었다.

그 소문이 이반 왕의 귀에까지 들어갔다. 백성들이 그를 찾아가 물었기 때문이다.

"도대체 어찌 해야 할지 모르겠습니다. 갑자기 그 신사가 나타났는데, 그 신사는 맛있는 음식과 좋은 술을 즐겨 마시고, 깨끗한 옷이나 입고 어슬렁거리면서 일 같은 건 아예 할 생각을 안 합니다. 그렇다고 도움을 구하지도 않습니다. 오로지 금화를 내밀면서 원하는 걸 말할 뿐입니다. 처음에는 금화를 얻으려고 아무거나 다 그 사람한테 주었지만 이제는 웬만큼 가지고 있어서 그자에게 뭐 하나 주는 사람이 없습니다. 그 신사를 어떻게 하면 되겠습니까? 저러다 굶어죽지나 않았으면 좋으련만."

이반은 이야기를 다 들은 후 대답했다.

"굶어 죽게 할 수는 없지 않은가? 어쨌든 먹여 살려야 해. 그자를 양치기처럼 여기저기 집을 돌아다니라고 하면 될 거야."

달리 방법이 없었기에 늙은 악마도 마을의 집들을 돌아다녔다. 그러는 동안 이반의 궁전을 찾아갈 차례가 되었다. 늙은 악마가 점심을 먹으러 갔더니 이반의 집에서는 벙어리 동생이 식사를 차리는 중이었다. 그녀는 지금까지 수없이 게으름뱅이들에게 속아왔다. 게으름뱅이들은 일도 하지 않는 주제에 누구보다도 먼저 밥을 먹으러 와서는 보리죽을 하나도 남김없이 먹어치우곤 했다. 그래서 벙어리 아가씨는 손을 보고도 간단하게 게으름뱅이를 구별해낼 수 있게 되었다.

손에 굳은살이 있는 사람은 바로 식탁에 앉게 했지만 굳은 삶이 없는 사람에게는 남은 음식을 주었다. 늙은 악마가 식탁에 앉으려 하자, 벙어리 아가씨는 재빨리 그의 손을 잡아보고는 굳은살이 없고 깨끗하고 매끈매끈한 살결에 손톱까지 길게 자라있는 걸 알게 되었다. 아가씨는 신음소리와도 같은 이상한 소리를 내며 늙은 악마를 식탁에 못 앉게 했다.

그러자 이반의 아내가 그에게 말했다.

"이해하세요. 아가씨는 손에 굳은살이 박이지 않은 사람에게는 절대로 식탁 자리를 내어주지 않아요. 그러니 조금 기다렸다가 다른 사람들이 먹다 남긴 것을 드시도록 하세요."

늙은 악마는 왕의 궁전에서 자신에게 돼지와 같은 것을 먹이려 한다며 화를 냈다. 그래서 이반에게 말했다.

"왕의 나라에는 누구나 자기 손으로 일을 해야 한다는 아주 우스운 법이라도 있나봅니다. 그건 바보들의 머리에서나 나오는 생각입니다. 과연 모든 사람들이 자기 손으로 직접 일을 할까요? 그렇다면 영리한 사람들은 무엇으로 일하는지 아십니까?"

그러자 이반은 말했다.

"바보인 우리가 그런 걸 어떻게 알겠나? 우린 무슨 일이든 손과 등으로 한다네."

"그건 당신들이 바보라서 그런 겁니다. 제가 머리로 일하는 게 어떤 것인지 가르쳐드리려고 합니다. 그러면 손보다 머리로 일하는 게 더 편하단 사실을 깨닫게 될 것입니다."

이반은 깜짝 놀라 말했다.

"그래서 우리를 바보라고 하는군."

늙은 악마는 계속 말을 이었다.

"하지만 머리로 일한다는 것은 결코 쉬운 일이 아닙니다. 당신들은 제 손에 굳은살이 없다며 먹을 것을 주지 않으려 하면서도 머리로 일하는 게 손으로 일하는 것보다 몇 백 배나 더 어렵다는 사실을 모르고 계십니다. 때로는 머리가 깨져버릴 것 같은 경우도 있으니까요."

이반은 생각에 잠겼다.

"그런데 어째서 당신은 왜 자신을 그렇게 괴롭히고 있는 겐가? 머리가 깨지는 게 쉬운 일이란 말인가? 그보다는 손과 등으로 훨씬 더 쉬운 일을 하는 게 나을 텐데."

그러자 늙은 악마가 말했다.

"제가 자신을 괴롭히는 것은 당신들 같은 바보들을 가엾게 여기기 때문입니다. 그러지 않는다면 당신들은 영원히 바보인 채로 남을 것입니다. 하지만 저는 지금까지 머리로 일을 해왔기 때문에 이제는 당신들에게도 그 방법을 가르쳐주겠습니다."

이반은 솔깃한 표정으로 말했다.

"그럼 어서 가르쳐주게. 손이 지쳤을 때 머리로 대신 일할 수 있도록."

그러자 늙은 악마는 그것을 가르쳐주겠다고 약속했고 이반은 나라 방방곡곡에 포고령을 내렸다.

"신사가 와서 모두에게 머리로 일하는 방법을 가르쳐 줄 것이다. 머리로 일을 한다는 것은 손으로 일하는 것보다 더 많은 일을 쉽게 할 수 있다. 모두 와서 배우기 바란다."

이반의 나라에는 높은 곳에 망루가 서 있었다. 거기에는 똑바로 뻗은 사다리가 걸려있었다. 이반은 모두가 잘 볼 수 있도록 신사를 그 위에 데려다 놨다.

신사는 망루에 서서 이야기를 하기 시작했다. 바보들은 그것을 구경하러 몰려들었다. 바보들은 그 신사가 손을 사용하지 않고 머리로 일하는 방법을 그 자리에서 보여줄 것이라고 기대했다. 하지만 늙은 악마는 그저 입만으로 어떻게 해야 살아갈 수 있는지를 가르쳐주는 것이었다.

바보들은 신사가 도대체 무슨 말을 하는 건지 도통 알아들을 수 없었다. 그래서 잠시 듣고 있다가 각자 자기 일을 하러 가버렸다.

늙은 악마는 하루 종일 망루위에 서 있었다. 이튿날도 서 있었다. 그리고 그동안 쉴 새 없이 이야기를 했다. 그는 배가 너무 고파 뭐라도 좀 먹었으면 했다. 하지만 바보들은 그에게 빵을 가져다주어야 한다는 사실을 깨닫지 못했다. 그가 손보다 머리로 일을 잘 할 수 있다면 머리로 자신의 빵을 벌어들이는 것은 쉬울 것이라고 바보들은 생각했다. 그래서 그 누구도 빵을 가져다줄 생각을 하지 않았다.

다음 날도 늙은 악마는 망루 위에 서서 쉴 새 없이 이야기만 할 뿐이었다. 백성들은 그저 곁에 와서 한동안 그를 바라볼 뿐, 곧 다른 곳으로 떠나고 말았다.

이반은 가끔 신하들에게 물었다.

"그래, 저 신사. 이제는 머리로 어떻게 일을 해야 하는지 보여주기 시작했는가?"

그때마다 사람들은 말했다.

"아니요, 아직입니다. 아직도 혼자서 떠들고 있을 뿐입니다."

늙은 악마는 그렇게 몇 날 며칠을 망루 위에 서 있었기 때문에 몸이 점점 쇠약해지기 시작했다. 마침내 한 번 비틀거리더니 기둥에 머리를 부딪치고 말았다. 그것을 본 바보 중 한 명이 이반의 아내에게 이야기를 했다. 그녀는 들로 달려가 남편에게 말했다.

"어서 가보세요. 드디어 신사가 머리로 일하기 시작했답니다."

"오, 그게 정말이오?"

이반은 즉시 망루가 있는 곳으로 달려갔다. 그가 도착했을 무렵, 늙은 악마는 이미 배고픔에 몸이 완전히 지쳐서 자꾸만 비틀거리며 기둥에 머리를 부딪치고 있었다. 이반이 마침 망루 밑까지 왔을 때, 늙은 악마는 결국 쓰러지더니 사다리 하나하나에 머리를 부딪치며 커다란 소리와 함께 떨어졌다.

그것을 보고 이반이 고개를 끄덕이며 말했다.

"머리가 깨져버릴 것 같은 경우도 있다고 하더니 그게 정말이었군. 이렇게 일하다간 굳은살이 문제가 아니라 머리가 남아나질 않겠어."

사다리 밑으로 떨어진 늙은 악마는 굉장한 기세로 땅바닥에 머리를 처박았다. 이반은 그가 얼마나 많은 일을 했는지 보기 위해 그의 곁으로 다가갔다. 하지만 갑자기 땅바닥이 갈라지면서 늙은 악마는 그 속으로 떨어져 버렸고, 거기에는 구멍이 하나 뚫려 있을 뿐이었다.

"저 녀석이 또……? 또 그놈이었단 말인가? 아니야, 그놈들의 두목이 분명해. 별 이상한 놈들이 다 있구먼!"

이후로 이반은 오늘날까지 잘 살고 있으며, 다른 나라의 백성들이 여전히 그의 나라로 몰려들었다. 오갈 데 없는 두 형도 이반을 찾아왔다. 이반은 기꺼이 그들을 맞아주었다.

누구든 찾아와 도움을 청할 수 있었다.

"부디 저희들을 보살펴주십시오."

그러면 이반이 대답했다.

"아아, 그렇게 하고말고. 이곳에서 살아도 좋다. 이곳에는 모든 것이 넘쳐날 만큼 있으니!"

단, 이 나라에는 하나의 관습이 있었다. 손에 굳은살이 있는 사람은 식탁에 앉을 자격이 있지만, 손에 굳은살이 없는 사람은 사람들이 먹다 남긴 것을 먹어야만 하는 것이었다.

보라, 주의 손이 짧아서 구원하지 못하심도 아니요, 그의 귀가 둔하여 듣지 못하심도 아니라. 오직 너희 죄악들이 너희와 너희 하나님 사이를 나누었고 너희 죄들이 그의 얼굴을 너희로부터 가렸기에 그가 듣지 아니하심이라.

-이사야 59장 1~2

기도

"아니, 아니, 아니! 이런 말도 안 되는 일이……. 선생님! 정말로 안 됩니까? 왜 두 분 모두 아무 말씀을 못 하시는 거죠?"

젊은 어머니가 자신의 세 살 난 외아들 코스차가 뇌수종으로 죽어 가고 있는 방에서 성큼성큼 걸어 나오며 말했다.

낮은 목소리로 이야기를 나누고 있던 남편과 의사는 입을 다물고 말았다. 남편은 그녀의 곁으로 다가가 헝클어진 그녀의 머리를 쓸어내리고 머리 위에 가만히 손을 얹은 뒤 깊은 한숨을 내쉬었다. 의사는 고개를 숙인 채 서있었고 아무 말도 못 하고 가만히 있는 모습에서 아들의 상태가 절망적이라는 사실을 알 수 있었다.

"어쩔 수가 없소. 여보, 이제는 편하게 보내줍시다……."

남편이 말했다.

"아니! 그런 말씀 마세요. 그런 말씀 입 밖에도 꺼내지 마시라고요!"

그녀는 화난 목소리로 남편을 책망하며 외치더니 휙 돌아서서 아들의 방으로 들어가 버렸다. 남편은 그녀를 붙잡으려 했다.

"카차! 들어가지 않는 게 아무래도 좋을 것 같소."

그녀는 아무 말 없이 피곤에 지친 커다란 눈으로 남편을 바라보더니 그대로 아들의 방으로 들어갔다.

아들은 머리에 하얀 베개를 대고 유모의 손에 안겨 누워있었다. 눈을 뜨고는 있었지만 앞이 보이지 않는 상태였다. 악다문 작은 입에선 거품이 흘러나오고 있었다. 유모는 화가 난 듯, 엄숙한 표정으로 아이의 얼굴에서 눈을 돌려 어딘가를 바라본 채, 어머니가 들어와도 몸을 움직이지 않았다. 어머니가 그녀 바로 옆으로 다가와서 베개 밑에 손을 넣어 유모에게서 아이를 넘겨받으려 했지만 유모가 낮은 목소리로 말하며 어머니 쪽으로 등을 돌렸다.

"도련님은 돌아가실 거예요!"

그래도 어머니는 별 신경 쓰지 않고 익숙한 손놀림으로 아이를 자신의 품에 안았다. 아이의 길고 곱슬거리는 머리카락은 죄다 엉켜있었다. 그녀는 머리를 가지런히 해주며 아이의 얼굴을 가만히 들여다보았다.

"아니야. 절대 그럴 리 없어."

그녀는 혼잣말을 하다 조심스러우면서도 빠른 동작으로 유모에게 아이를 맡긴 뒤 방 밖으로 나갔다.

아이가 병에 걸린 지 벌써 일주일 이상이 지나갔다. 그동안 어머니는 하루에도 몇 번씩 지옥과 천국을 오가는 기분이었다. 하루에 한 시간 반도 채 잠들지 못 했고, 또 하루에도 몇 번이고 자신의 침실로 들어가 황금으로 장식한 커다란 구세주의 성상 앞에 서서 울부짖으며 아이를 살려달라고 기도했다. 얼굴이 검은 구세주 성상은 작고 검은 손에 금박으로 장신된 성경을 들고 있었다. '수고하고 무거운 짐 진 자들아, 다 내게로 오라, 내가 너희를 쉬게 하리라.'(마태복음 11장 28절) 의 구절이 새겨져있었다.

그녀는 이 성상 앞에 서서 마음을 다해 진심으로 기도했다. 기도를 하면서 그녀의 마음 깊은 곳에서는 결국 자신이 신을 움직일 수 없다는 자괴감과 신은 그저 우리가 아닌 신 자신이 원하는 대로 행하신다는 사실이 떠올랐지만 그래도 그녀는 정해진 기도 문구와 자신의 즉흥 기도를 읊으며 기도를 했다. 즉흥 기도를 할 때 더욱 힘 있게 기도를 했다.

그리고 곧 아이가 죽을 것이라는 사실을 깨달았을 때, 마치 머릿속에서 무엇인가가 뚝 끊어져버려 그것이 뱅뱅 맴돌고 있는 듯한 기분이 들었다. 자신의 침실에 들어서서도 마치 처음 와본 사람처럼 가구와 집안 살림을 두리번거리며 둘러보았다. 그런 다음에 그녀는 베개가 아닌 개어놓은 남편의 잠옷을 베고 누워 그대로 의식을 잃고 말았다. 그런데 그녀의 꿈속에 코스차가 나타났다. 생기 있고 밝은 표정을 한 코스차는 곱슬머리를 늘어뜨리고 통통하게 살이 찐 종아리를 바동거리며 입술을 삐쭉 내민 채, 열심히 남자아이 인형을 골판지로 만든 말 위에 태우려하고 있었다.

'코스차가 살 수 있다면 얼마나 좋을까?'

그녀는 생각했다.

'그런데 죽다니. 어떻게 그런 일이 일어날 수 있는 거지? 도대체 왜? 내가 그렇게 열심히 기도를 했는데 하나님은 왜 저 아이를 데리고 가실까? 저 아이가 누군가에게 해를 입힐 거라고 생각하셨을까? 하나님께서도 저 아이는 내 생명이며 나는 저 아이 없이 살아 갈 수 없다는 사실을 알고 계실 텐데. 그런데도 갑자기 저 죄 없는 귀여운 아이를 병들게 하여 괴롭게 하시고 내 생활을 엉망진창으로 만들었어. 그뿐 아니라 내 정성스러운 기도는 들어주시지도 않고 결국엔 저 아이를 데리고 가다니. 몸을 딱딱하게 굳어버리게 하고! 차갑게 만들어버리는 잔혹한 답을 하시다니! '

그녀는 다시 계속해서 꿈을 꾸었다. 코스차가 걷고 있다. 그 자그마한 체구로 아주 높은 문을 향해 작은 두 손을 흔들면서 마치 어른처럼 걷고 있었다. 그리고 이쪽을 보고서 빙그레 웃었다.

'귀엽기도 하지. 하나님께서는 어째서 저렇게 귀여운 아이를 괴롭히고 죽이려는 거야? 그렇게 잔혹한 신이라면 아무리 기도를 해도 소용없겠지.'

유모를 도와서 아이를 돌보고 있는 마트료샤가 갑자기 이상한 소리를 내기 시작했다. 어머니는 그것이 마트료샤라는 사실을 알고 있었지만 또 그와 동시에 마트료샤는 천사이기도 했다.

'하지만 이 아이가 천사라면 날개는 어디에 있는 걸까?'

어머니는 생각했다. 그런데 그녀가 누군지 정확하게 기억할 수 없었지만, 믿을 만한 사람이 자신에게 '요즘에는 천사 중에도 날개가 없는 자들이 있다.'고 말했던 사실을 기억했다. 그때, 천사 마트료샤가 말했다.

"마님, 하나님께 그렇게 불만을 가져서는 안 됩니다. 하나님이라고 해도 모든 사람들의 소원을 들어주시기만 하는 건 아니랍니다. 세상 사람들은 곧잘 자기에게만 유익하면 다른 사람들에게 해가 되는 일도 빌고는 하니까요. 사실 지금도 러시아 방방곡곡에서 많은 사람들이 기도를 드리고 있어요. 그들이 누군지 아세요? 바로 가장 위대한 주교들과 사제들이 대성당과 교회, 은혜로운 성자의 유골 앞에서 '신이시여, 제발 일본군에게 승리를 거두게 해주십시오.'라고 기도를 하고 있습니다. 이것이 선한 일인가요? 그렇게 생각하시나요? 그런 기도는 아무리 해도 소용없는 것이며, 하나님께서도 그것을 들어주실 수는 없으실 겁니다. 일본인도 자신들이 이기게 해달라고 기도하고 있습니다. 하나님은 단 한 분이신데 도대체 어떻게 하면 좋을까요?"

마트료샤는 이렇게 말했다.

"그래, 틀린 말은 아냐. 잘 아는 얘기야. 볼테르도 그런 말을 곧잘 하곤 했었지. 그건 누구나 아는 얘기고 모두가 그렇게 알고 있어. 하지만 내가 말하는 건 그런 게 아니야. 나는 특별히 나쁜 것을 빌고 있는 것이 아니라 그저 우리 소중한 아이가 죽지 않도록 해달라고 기도했을 뿐인데, '신은 어째서 그 소원을 들어주시지 않는 걸까'를 말하고 있는 거야. 나는 저 아이 없이는 살아갈 의미가 없거든."

어머니가 대답했다. 그리고 그녀는 아이가 그 통통한 양손으로 그녀의 목을 감싼 채 매달려 있는 듯한 느낌을 받았고 그녀의 몸으로 아이의 체온이 전해지고 있는 듯한 기분이 들었다.

'어머, 이것 봐. 코스차는 아직⋯⋯. 죽지 않았어.'

마트료샤가 평소와 다름없는 말투로 열심히 설명했다.

"그뿐만이 아닙니다. 부인. 때로 한 사람이 드리는 기도라 할지라도 하나님이 그것을 들어주실 수 없는 경우도 있기 마련입니다. 저희들은 그 이유를 잘 알고 있습니다. 저도 곧잘 그런 것을 하나님께 전달해 드리기 때문입니다."

천사 마트료샤는 어제 부인이 남편에게 심부름을 보내면서 '나는 남편이 집에 있다는 사실을 알고 있어. 남편이 집에 있다는 걸 분명히 전해 들었으니까'하며 유모에게 말했던 것과 같은 어투로 말했다.

마트료샤는 계속해서 말을 이었다.

"정말 나는 수도 없이 저 훌륭한 분이 당신을 위해서 부디 나쁜 짓을 하지 않도록, 주색에 빠지지 않도록, 힘을 주시도록, 제발 사악한 마음을 갖지 않도록, 죄를 범하지 않도록 해달라고 기도하고 있다는 사실을 하나님께 전해드렸습니다."

'마트료샤, 말은 참 잘하는구나.'

부인은 생각했다.

"하지만 하나님께서도 힘을 주실 수는 없습니다. 모두가 스스로 노력하지 않으면 안 됩니다. 자기 스스로가 노력을 해야만 힘이 생기는 것입니다. 부인도 제게 검은 암탉의 이야기라는 책을 읽으라고 주시지 않으셨습니까? 그 책에는 검은 암탉 한 마리가 자신의 목숨을 구해준 소년에게 보은으로 마법의 삼나무 씨앗을 건네준 이야기가 쓰여 있습니다. 그 삼나무 씨앗이 주머니 속에 있는 동안 그 소년은 공부를 열심히 하지 않아도 모든 과목을 줄줄 외울 수 있었기 때문에 공부에서 손을 떼게 되었고 결국 암기력도 떨어져버렸다는 이야기였습니다. 하나님은 인간이 죄를 범하지 않도록 하실 수는 없습니다. 또 그런 일을 청한다는 것도 말이 되지 않습니다. 모두가 스스로 죄를 범하지 않도록 해야 하며 이를 근절하도록 해야 합니다."

'이 아이는 어디서 이런 말을 배운 걸까?'

부인은 생각하며 말했다.

"그런데 마트료샤, 너는 아직도 내 질문에 대답을 하지 않았구나."

"잠시만 기다려 주십시오. 곧 모든 것을 말씀드리겠습니다. 어떤 때에는 이런 것을 전달할 때도 있습니다. 어떤 집안사람들이 자신들은 죄가 없는데도 파산해 모두가 울며 겨자 먹기 식으로 지금까지 살고 있던 으리으리한 집에서 뒷골목의 집으로 쫓겨나듯 이사한 상태가 되어 '신이시여, 제발 도와주십시오.'하며 빌고 있다고. 그래도 하나님으로서는 그들이 원하는 대로 행하실 수가 없었습니다. 왜냐하면 그 사람들은 뒷골목에서 사는 것이 더 낫기 때문입니다. 그 사람들은 알지 못하지만, 그 사람들이 이전과 같이 사치스러운 생활을 하면 곧 꼴불견일 만큼 교만해진다는 사실을 하나님께서는 확실히 꿰뚫어보고 계시기 때문입니다."

마트료사가 말했다.

'과연 그래. 그런데 이 아이는 하나님에 대해 이야기하면서 어떻게 저런 천한 말을 쓸 수 있는 거지? 꼴불견이라니……? 정말 무례하군. 언젠 한번 주의를 줘야겠어.'

"하지만 나는 그런 얘기를 하고 싶은 게 아니야. 내가 하고 싶은 말은 '도대체 신께서는 왜 나의 소중한 아이를 데려가시려 하시는가', 바로 이거라고."

어머니가 다시 말했다. 그때 어머니의 눈앞에 건강한 코스차의 모습이 떠오르며 종소리처럼 울리는 것처럼 맑기 그지없는 코스차의 사랑스러운 웃음소리가 들렸다.

'왜 우리 아이를 데려가신 걸까? 만약 하나님이 하신 일이라면 그 하나님은 심술쟁이 신, 나쁜 신이야. 그런 신은 필요 없어. 꼴도 보기 싫어.'

그러자 이상하게도 마트료샤는 이전의 마트료샤와는 완전히 다른 신비롭고 영롱한 존재가 되어 입이 아니라 아주 독특한 방법으로 어머니의 마음속에 직접 이야기를 하기 시작했다.

"그대, 맹목적이고 오만불손한 여자여. 너는 지금 손발을 씩씩하고 건강하게 움직이는, 길고 곱실거리는 머리카락을 늘어뜨린, 해맑고 귀여운 목소리로 이야기하는 네 아이의 모습을 보고 있다. 하지만 그 아이가 언제나 그런 모습이었을까? 아니, 그대는 그 아이가 '엄마', '아빠'를 부를 수 있게 되고 사람들의 얼굴을 알아볼 수 있게 되었다고 기뻐한 적이 있길 않았는가? 더 거슬러 올라가면 너는 그 아이가 두 발로 서 아장아장 걸으면서 그 부드러운 다리를 움직여 의자 곁으로 가는 것을 보고 크게 기뻐하지 않았는가? 그리고 더 거슬러 올라가 그 아이가 동물의 새끼처럼 거실을 기어 다니는 것을 보고 모두가 기뻐하지 않았는가? 사람의 얼굴을 알아볼 수 있게 되고 머리카락이 없고 정수리가 꿈틀꿈틀 움직이고 있는 머리의 무게를 목으로 버티는 것을 보고 기뻐했으며, 더 올라가 이가 나지 않은 잇몸으로 씹을 수 있게 되었다고 아주 기뻐하지 않았는가? 좀 더 거슬러 올라가 아직 탯줄도 자르지 않은 새빨간 고깃덩어리와도 같은 저 아이가 응애응애 우는 것을 보고 기뻐하지 않았는가? 그보다 일 년 전, 저 아이가 태어나기도 전에 저 아이는 도대체 어디 있었다고 생각하는 것이냐? 너희들은 모두 언제나 정지해있어서 너희들 자신도, 또 너희들이 사랑하는 사람들도 언제나 현재의 모습 그대로 있을 거라는 착각에 빠져 살고 있다. 하지만 너희들은 한순간도 멈춰 있는 것이 아니고 끊임없이 죽음을 향해 가고 있으며, 곧 너희들을 기다리고 있는 죽음을 향해서 강물처럼 흐르고 있으며 돌처럼 굴러 떨어지고 있는 것이다. 너희들은 어째서 만약 저 아이가 무에서 태어나 지금의 모습이 된 것이라면 저 아이는 한 순간도 멈추지 않고 언제나 죽은 지금의 모습 그대로는 있지 않을 것이라는 사실을 깨달으려 하지 않는 것이냐? 무에서 아기가 되고, 아기에서 아동이 되었다면 다음은 학교에 갈 것이고, 소년, 소녀가 되고, 청년이 되고, 장년이 되고, 초로가 되고, 결국에는 노인이 된다. 너는 만약 저 아이가 살아 있다면 장래에 어떻게 될지 모를 것이다. 하지만 나는 잘 알고 있다."

이번에는 어머니의 꿈에 전등이 밝게 비춰진 레스토랑의 별실이 보였다. 음식찌꺼기가 남아 있는 테이블에 늘어진 피부에 잔주름이 자글자글하고 콧수염을 위로 치켜세워 느낌이 별로 좋지 않아 보이지만 억지로 젊은 티를 내고 있는 노인이 앉아있었다. 노인은 푹신한 소파에 몸을 깊숙이 묻은 채 만취해 흐릿한 눈빛으로 요란스런 화장을 하고는 희고 커다란 목덜미를 드러낸 매춘부들을 탐욕스러운 눈빛으로 바라보며 혀가 꼬인 목소리로 몇 번이고 무례한 농담을 해댔다. 그것을 들은 그의 친구들은 웃으면서 아주 만족스럽다는 듯한 표정을 보이고 있었다.

"아니, 그럴 리가 없어. 저건 우리 코스차가 아니야!"

어머니는 그 혐오스러운 노인을 공포의 시선으로 바라보며 외쳤다. 그 노인의 눈빛이나 입술 모양이 어딘지 모르게 코스차의 모습과 겹쳐 보였기에 어머니는 두려움을 느끼고 있었다.

'꿈이기에 망정이지. 이쪽이 진짜 우리 코스차야.'

어머니는 생각했다. 그러자 그녀에게는 옷을 전부 벗어 하얀 피부와 통통한 가슴을 드러낸 코스차가 욕조 속에서 웃으며 양쪽 다리를 바동거리고 있는 모습이 보였다. 그리고 코스차가 갑자기 그녀의 팔꿈치까지 드러난 손을 잡아 몇 번이고 입맞춤을 하더니 결국에는 그 손을 깨물기 시작하는 것을 느꼈다.

"그래. 이 쪽이 우리 코스차야. 저렇게 혐오스러운 노인이 우리 코스차일 리가 없지."

그녀가 중얼거렸다.

자신의 중얼거리는 소리에 눈을 뜬 어머니는 무서운 기억과 함께 이제 더 이상 도망칠 수 없는 현실 세계로 돌아온 자신을 의식하기 시작했다.

그녀는 아이 방으로 들어갔다. 유모는 벌써 코스차의 몸을 씻긴 뒤 수의를 입힌 후였다. 오뚝 솟은 콧구멍 옆에 점이 잇는 코스차는 단정하게 머리를 쓸어 넘긴 채 높은 대 위에 누워있었다. 주위에는 촛불이 타고 머리맡 작은 테이블 위에는 하얀색, 보라색, 분홍색의 히아신스가 가지런히 놓여있었다. 유모가 의자에서 일어나 눈초리를 추켜올리고 입술을 삐쭉 내민 모양으로 누워서 돌처럼 조금도 움직이지 않는 코스차의 얼굴을 가만히 들여다보았다. 마트료샤가 소박하고 상냥한 얼굴에 눈물을 흘리며 어머니가 들어선 문의 반대편 문으로 들어섰다.

'내게는 슬퍼해서는 안 된다고 해놓고 자기가 눈물을 흘리다니.'

그녀는 시선을 죽은 아이 쪽으로 옮겼다. 코스차의 죽은 얼굴과 꿈에서 본 노인의 얼굴이 너무나도 닮았기에 순간 놀라 시선을 거뒀다. 하지만 그녀는 그 생각을 힘들게 떨쳐내고 따뜻한 입술로 차갑게 식어 버린 코스차의 이마에 입맞춤을 했다. 그리고 가슴 위에 얹힌 차갑게 식어 버린 손에도 입맞춤을 했다.

그때 갑자기 히아신스의 향기가 그녀의 코를 자극했다. 그 향기는 새삼스레 코스차는 이미 죽었으며 다시 살아 돌아오지 않을 것이라는 상기시켜주는 것 같았다. 순간 그녀는 복받쳐 오르는 슬픔에 다시 한 번 아이의 이마에 입을 맞춘 뒤, 하염없이 눈물을 흘렸다.

그녀는 울었다. 하지만 그것은 돌아오지 못할 자에 대한 눈물이 아니라 운명에 순종하겠다는 신성한 눈물이었다. 괴로운 마음이야 어쩔 수 없겠지만 그녀는 더 이상 운명에 노하지 않고 또 원망하지도 않았다. 사람의 몸에 일어나는 일은 다 하나님의 뜻이 있어서 일어나는 일이기에 선한 일임을 깨닫게 되었다.

"마님, 눈물을 흘리셔서는 안 돼요."

유모가 말하며 아이의 옆으로 다가와 접힌 손수건으로 밀랍인형과도 같은 아이의 이마에 떨어진 눈물을 닦았다.

"눈물을 흘리면 도련님의 영혼이 슬퍼하실 겁니다. 도련님은 이제 천국에 가시는 거예요. 죄로 더럽혀지지 않은 작고 예쁜 천사로 남을 거예요. 살아계셨다면 어떻게 됐을지 알 수가 없지만요."

"그래, 맞아. 백번 천번 맞는 말이야. 하지만 나는 아직 괴로워. 가슴이 터질 것만 같단 말이야……."

어머니는 마지막 말을 끝까지 이어가지 못했다.

지혜로운 자는 두려워하여 악을 떠나나, 어리석은 자는 방자하여 스스로 믿느니라.

-잠언 14장 16

또 내가 내 영혼에게 이르되 영혼아 여러 해 쓸 물건을 많이 쌓아 두었으니 평안히 쉬고

먹고 마시고 즐거워하자 하리라 하되, 하나님은 이르시되 어리석은 자여, 오늘 밤에 네

영혼을 도로 찾으리니 그러면 네 준비한 것이 누구의 것이 되겠느냐하시더라.

-누가복음 12장 19~20

세 아들

아들 셋을 둔 아버지가 있었다. 어느 날, 아버지는 자식들에게 재산을 나눠주기로 결심하고 먼저 큰아들에게 돈과 땅을 주면서 말했다.

"나처럼 살아라. 그러면 너도 행복해질 수 있을 게야."

자신의 몫을 받은 큰아들은 집에서 나와 혼자 마음 내키는 대로 살기 시작했다.

"아버지께서는 당신처럼 살라고 말씀하셨어. 아버지는 즐겁고 유쾌하게 사셨으니 나도 그렇게 살면 되겠지."

그렇게 그는 1년, 2년 , 10년, 20년이라는 시간을 보냈다. 그는 받은 것을 전부 써버리고 무일푼이 되고 말았다. 큰아들은 빈털터리로 집에 돌아와 아버지께 도움을 청했다. 하지만 아버지는 일언지하에 큰아들의 부탁을 거절했다. 큰아들은 어떻게 해서든 아버지의 마음을 움직이려고 가진 것 가운데 가장 좋은 것만을 골라 아버지께 선물로 드렸다. 그리고는 도와달라고 간곡히 부탁했다. 하지만 아버지는 큰아들을 외면했다. 큰아들이 자신이 잘못했으니 용서해달라고 해도 아버지는 요지부동이었다.

아들은 참다못해 아버지를 비난하기 시작했다.

"지금은 제게 아무 것도 저에게 주지 않으시려고 하시면서 전에는 왜 재산을 나눠주셨던 거예요? 게다가 제가 받은 것만으로도 평생을 풍족하게 살 수 있다고 말씀하지 않으셨습니까? 지금 제가 느끼는 고통은 지금까지 제가 겪어왔던 기쁨과 만족에 비해 너무나도 큰 것입니다. 저는 지금 스스로 무너져 건강까지 나빠지고 있어요. 그렇다면 저의 이 불행은 대체 누구의 잘못 때문입니까? 아버지, 아버지 때문입니다. 아버지는 저의 행복이 저를 망칠 것이라는 사실을 알고 계셨어야 했어요. 아버지는 단지 이렇게 말씀하셨죠. '나처럼 살아라. 그러면 너도 행복해질 수 있을 게야.'라고. 그래서 저는 아버지가 살아오신 대로 살았습니다. 즐겁고 유쾌한 삶을 사신 아버지를 보고 자랐기에 저도 그렇게 살았습니다. 하지만 아버지께서는 그런 생활을 보내기에 충분한 재산이 있었지만, 제게는 턱없이 부족했습니다. 당신은 아버지가 아니라 거짓말쟁이입니다. 아버지를 증오합니다. 아, 저주 받은 내 인생! 당신처럼 남을 유혹하는 자는 저주 받아 마땅합니다. 아버지의 얼굴을 두 번 다시 보고 싶지 않아요."

그런데 그 아버지는 같은 선물을 두 번째 아들에게도 주었다. 그때도 같은 말만을 했을 뿐이었다.

"내가 살아온 것처럼 살아라. 그러면 네게 행복이 찾아 올 것이야."

그 아들은 받은 것만으로는 부족함을 느꼈다. 형이 받은 것과 같은 양을 받았지만 둘째는 형이 어떻게 되었는지를 알고 있었기 때문에 형의 전철을 밟고 싶지 않았다. 그는 '나처럼 살아라.'라고 말한 아버지의 말을 형이 오해했음을 깨닫고, 단지 자기만족을 위해서만 살아서는 안 된다는 것을 알았다. 그래서 그는 무슨 방법을 써야 아버지가 주신 재산을 더 많이 늘릴 수 있을까 밤낮으로 고민했지만 그 뜻을 이루지 못했다.

그러던 어느 날 둘째가 아버지를 찾아가 어떻게 행복해질 수 있는지 물었다. 그러나 아버지는 아무런 충고도 해주지 않았다. 둘째는 아버지가 행복의 비밀을 가르쳐주려 하지 않는다고 생각했다. 그리곤 아버지의 재산을 불리는 방법을 알고자했다. 아들은 더 많은 재산을 모으고 싶었지만 아무리 노력 해봐도 돈이 모이질 않았다. 자신의 탐욕을 인정하고 싶지 않았기에 되레 아버지를 비난했다.

둘째는 아버지는 평생 궁색하게 살면서 다른 사람들에게는 베푸는 모습을 보인 적이 없고, 다른 사람들이 아버지처럼 살았다면 훨씬 더 많은 재산을 모았을 거라고 떠들고 다녔다. 그렇게 시간이 지나면서 둘째는 아버지에게 받은 재산을 탕진하고 수중에 돈이 한 푼도 없게 되자 스스로 목숨을 끊고 말았다.

아버지는 막내아들에게도 다른 형제들과 같은 양의 재산을 주었다. 그리고 그때에도 그는 똑같은 말을 했다.

"나처럼 살아라. 그러면 너도 행복해질 수 있을 게야."

기쁜 마음으로 선물을 받은 막내는 아버지의 집에서 나왔다. 그러나 그는 형들이 어떻게 되었는지를 떠올리며 아버지의 말씀을 되새겨보았다.

'큰형은 아버지처럼 사는 것을 쾌락과 만족을 위해서 사는 것이라고 생각했어. 하지만 그랬기 때문에 가진 것을 전부 잃고 말았지. 작은 형은 아버지의 말씀을 제대로 이해하지 못하고 스스로 파멸하고 말았어. 그렇다면 도대체 당신처럼 살라는 말씀은 무슨 뜻일까?'

그래서 그는 자신이 알고 있는 아버지의 삶에 대해서 생각해보기 시작했다. 생각을 하다 그는 자신이 알고 있는 것이라고는 오직 한가지 뿐이라는 사실을 깨달았다. 그것은 다름 아닌, 그가 태어나기 전까지 아버지는 자신을 위해 마련한 것이 아무것도 없었으며 자기를 낳고 키우면서 세상 모든 행복을 맛보았다는 것이었다. 두 형을 위해서도 마찬가지였을 것이다. 아버지에게 가장 본받을 점은 먼 곳에 있지 않았던 것이다. 자신이 아버지에 대해 알고 있는 것은 아버지가 자기와 두 형에게 선을 행했다는 한 가지 사실뿐이었다. 그리고 그 순간 그는 '내가 살아온 대로 살아라.'라는 아버지의 말씀의 속뜻을 깨닫게 되었다. 그것은 사람들에게 선을 행하라는 말씀이었다.

그가 그렇게 하기로 결심했을 때 아버지가 그의 곁으로 다가와 말했다.

"이제 우리는 함께 행복을 누릴 수가 있게 되었구나. 어서 가서 내가 사랑하는 모든 내 아들들에게 나처럼 사는 자는 진정으로 행복한 삶을 살 수 있다고 알려주거라."

셋째 아들은 사람들에게 가서 아버지에게서 들은 것을 이야기했다. 그로부터 사람들은 모두 자신의 몫을 받으면 그 몫이 많다는 사실보다 아버지가 살아온 것처럼 살며 행복해질 수 있다는 사실을 더 기뻐하게 되었다.

여기서 아버지는 하나님이고, 아들들은 인간, 행복은 우리의 삶이다. 인간은 하나님 없이도 자기 스스로의 힘으로 얼마든지 살아갈 수 있을 거라 생각한다.

어떤 사람은 인생의 가장 큰 목적이 쾌락이라고 생각하고 평생 그것을 좇으며 살다가 막상 죽음 앞에 서면 그동안 무엇 때문에 살아왔는지 행복은 도대체 무엇인지 전혀 알지 못한 채 죽음의 고통으로 생을 마감한다. 이들은 하나님을 저주하고 부정하며 죽는데 큰 아들이 이런 사람이다.

둘째와 같은 사람은 인생의 가장 큰 목적은 자의식과 자기완성이라고 믿는다. 이들은 오직 자신만을 위해 보다나은 생활을 위해 모든 걸 쏟아부어보지만 자신의 삶을 완성하는 동안 그것을 서서히 잃어버리고 차차 행복으로부터 멀어져간다.

마지막으로 셋째와 같은 사람들은 '우리가 하나님에 대해 알 수 있는 건 우리를 위해 행복을 만들어주셨고, 너희들도 타인과 같은 일을 하라고 말씀하신 것뿐이다.'라고 말한다. 따라서 우리는 하나님을 본받아 자신 곁에 있는 사람을 위해서 선을 행하기 위해 노력해야만 한다. 그리고 그들이 이런 생각에 도달하는 순간, 하나님께서는 그들에게 내려와 이렇게 말씀하신다.

"그래, 그래. 바로 그것이 내가 너희들에게 원하는 것이니라. 너희도 내가 한 것처럼 하기 바란다. 그렇게 하면 너희도 내가 살아온 것처럼 살 수 있을 것이니라."

내가 오늘 너희에게 명하는 내 명령을 너희가 만일 청종하고 너희의 하나님 여호와를

사랑하여 마음을 다하고 뜻을 다하여 섬기면 여호와께서 너희의 땅에 이른 비, 늦은 비

를 적당한 때에 내리시리니 너희가 곡식과 포도주와 기름을 얻을 것이요 또 가축을 위

하여 들에 풀이 나게 하시리니 네가 먹고 배부를 것이라.

-신명기 11장 13~15

너희가 그 때에 무슨 열매를 얻었느냐. 이제는 너희가 그 일을 부끄러워하나니 이는 그 마지막이 사망임이라. 그러나 이제는 너희가 죄로부터 해방되고 하나님께 종이 되어 거룩함에 이르는 열매를 맺었으니 그 마지막은 영생이라. 죄의 삯은 사망이요 하나님의 은사는 그리스도 예수 우리 주 안에 있는 영생이니라.

-로마서 6장 21~23

달걀만한 날알

어느 날 아이들이 골짜기에서 한가운데 줄무늬가 있고 생김새는 꼭 곡식의 씨앗 같으며 크기는 달걀만한 물건을 발견했다. 마침 그곳을 지나던 사람이 그것을 몇 푼에 사서 진귀한 물건이라며 황제에게 팔았다.

황제는 학자들을 불러 이것이 달걀인지 아니면 씨앗인지, 과연 무엇인지 알아보라고 명령했다. 학자들은 이리저리 생각을 해 보았지만 도무지 해답을 찾을 수가 없었다. 그런데 그것을 창 위에 올려놓았더니 암탉이 날아와 그것을 쪼아서 중간에 구멍을 뚫어놓고 말았다. 그 일로 그것이 곡식이라는 것을 알게 되었다. 학자들은 황제를 알현해 '이것은 곡식의 씨앗입니다'라고 말했다.

황제는 놀라서 학자들에게 이런 씨앗이 어디서 어떻게 생겨날 수 있었는지 알아오라고 명했다. 학자들은 이리저리 생각도 해보고 책도 찾아보고 했지만 그 어디서도 단서를 찾을 수가 없었다. 그래서 다시 황제에게 찾아가 말했다.

"어떤 책에도 이러한 씨앗에 관한 기록은 없습니다. 그러니 농부에게 직접 물어보는 게 나을 듯하옵니다. 나이 든 농부들 중에 이런 씨앗을 언제 어디서 뿌려본 적이 있는지 알아보면 될 것 같사옵니다."

황제는 곧바로 사람을 보내 나이 든 농부를 데려오라 명했다. 그래서 아주 나이 든 농부 하나가 황제를 알현할 영광을 얻게 되었다. 그 노인은 얼굴빛이 창백하고 이가 남은 것이 없었으며, 목발 두 개에 간신히 의지해서 그곳에 왔다.

황제는 그에게 낟알을 내밀었지만 노인은 오래전부터 시력이 나빠졌기에 이러 저리 둘러보고 손으로 만져보기도 했다.

"너는 이 낟알이 어디서 났는지 알고 있느냐? 혹 네 밭에 이런 곡식을 뿌린 적이 있느냐? 아니면 이런 곡식을 어딘가에서 날아온 적은 있지 않은가?"

황제는 노인에게 물었다.

노인은 귀도 잘 들리지 않았지만 그래도 간신히 황제의 목소리를 들어 그 질문의 의미를 알 수 있었다.

"네, 제 밭에 뿌린 적도, 거둔 적도 없습니다. 어딘가에서 날아온 적은 더더욱 없습니다. 산 것은 요즘 흔히 볼 수 있는 조그만 알갱이들뿐입니다. 제 아버지께 물어보면 알지도 모르겠습니다. 아버지는 어디서 이런 곡식이 나왔는지 알고 계실지도 모르시죠."

황제는 노인의 아버지가 있는 곳으로 사자를 보내어 자신이 있는 곳으로 오라고 명령을 내렸다. 그 노인은 한쪽 목발만 짚고 황제의 앞에 나타났다. 황제는 그에게도 낟알을 보여주었다. 그 늙은 농부는 아직 눈이 잘 보여서 그것을 제대로 볼 수가 있었다.

"너는 이 낟알이 어디서 왔는지 알고 있는가? 네 밭에 이런 곡식을 뿌린 적은 있는가? 혹 이런 곡식이 어딘가에서 날아온 건가?"

황제가 그에게 물었다. 노인도 청력은 조금 떨어지긴 했지만 그래도 아들보다는 잘 들을 수 있었다.

"네, 제 밭에 뿌린 적도 거둔 적도 없습니다. 또 사본 적도 전혀 없습니다. 왜냐하면 전에는 돈이라는 게 없었으니까요. 모두 자신이 농사지은 곡식을 먹고 부족한 것은 서로 교환해가며 살아왔기 때문입니다. 이것이 어디서 난 것인지 저는 알 수가 없습니다. 폐하. 우리 시대의 낟알은 지금 것보다 알갱이도 크고 수확량도 많았지만 이렇게 큰 것을 본 적은 단 한 번도 없습니다. 하지만 저희 아버지로부터 아버지 시대에는 우리 때보다 밀의 수확량도 많았고 알갱이도 훨씬 컸다는 이야기를 들은 적이 있습니다. 아버지에게 물어보십시오.“

그가 대답했다.

황제는 그의 아버지를 데리고 오라고 사자를 보냈다. 노인을 찾아 황제가 있는 곳으로 데리고 왔다. 노인은 지팡이도 짚지 않고, 가벼운 발걸음으로 황제 앞에 나타났다. 눈도 좋았으며 발음도 정확했다. 황제는 미묘한 기대감을 안고 그에게 낟알을 보여 주었다. 노인은 그것을 바라보더니 손에 집어 들었다.

“이렇게 좋은 낟알은 정말 오랜만에 보는군요.”

노인은 그렇게 말하면 그것을 조금 깨물어 맛보았다.

“맞습니다. 틀림없이 예전의 낟알입니다.”

그는 이렇게 말했다.

“말해보시오, 노인이여. 언제 어떤 장소에서 저런 낟알이 자라는 거요? 그대는 그대의 밭에 이런 곡식을 사거나 뿌려본 적이 있소?”

노인이 대답했다.

“저희 때에는 이런 곡식은 어디서나 찾을 수 있었습니다. 제가 젊은 시절에는 이런 낟알을 먹고 살았고 다른 사람들도 이걸 먹었습니다. 이렇게 생긴 곡식을 뿌리고 수확했었습니다.”

이 말을 들은 황제가 물었다.

"말해보시오, 이런 낟알을 어디선가 사온 거요? 저절로 자란 거요?"

노인이 웃으며 말했다.

"우리 시대에는 빵을 사거나 파는 죄스러운 행위를 아무도 생각조차 하지 않았지요. 돈 같은 것은 알지도 못했고 낟알은 모두에게 충분히 있었습니다."

황제가 다시 물었다.

"그대의 밭은 어디에 있었소? 도대체 어디에서 이런 낟알을 길렀단 말이오."

노인이 말했다.

"신의 대지가 제 밭이었습니다. 어디든 쟁기질만 하면 내 밭이었습니다. 토지는 주인이 없었습니다. 누구의 것이라고 하지 않았습니다. 단지 자신의 노동만을 자신의 것이라고 여겼습니다."

다시 황제가 말했다.

"그렇다면 두 가지만 더 네게 묻겠소. 하나는, 예전에는 이런 곡식이 있었는데 지금은 왜 찾아 볼 수가 없는지, 다른 하나는 그대의 손자는 목발을 두 개나 짚고, 그대의 아들은 하나를 짚고 왔는데 어찌 그대는 발걸음도 가볍고, 시력, 청력이 좋고 발음도 명확하고 이도 튼튼할 수 있는지 이게 무슨 일인가 싶소. 이 두 가지에 대해 이야기 해 줄 수 있겠소?"

노인이 말했다.

"두 가지 질문에 대한 답은 같습니다. 세상 사람들이 자기 힘으로 살아가지 않고 남의 것을 욕심내기 때문입니다. 옛날 사람들은 하나님의 뜻을 좇으며 살았습니다. 자기가 가진 것만 취할 뿐, 결코 남이 가진 것에 욕심내지 않았던 것입니다."

자기의 육체를 위하여 심는 자는 육체로부터 썩어질 것을 거두고 성령을 위하여 심는

자는 성령으로부터 영생을 거두리라.

-갈라디아서 6장 8절

그를 찾을 만한 때에 너희는 주를 구하며 그가 가까이 계실 때 그를 부르라. 악인은 자기의 길을, 불의한 사람은 자기 생각들을 버리고 주께로 돌아오게 하라. 그리하면 주께서 그에게 자비를 베푸시리라. 우리 하나님께로 돌아오게 하라. 그가 넘치게 용서하실 것임이라.

-이사야 55장 6~7

회개한 죄인

　한 사람이 70년간 이 세상에서 끊임없이 죄를 저지르며 살아왔다. 그리고 병에 걸렸는데도 자신의 죄를 회개하려고 하지 않았다. 그런데 죽음이 찾아왔을 때, 세상의 마지막 숨을 쉬기 직전 그는 눈물을 흘리며 말했다.

　"주여, 십자가 위의 도적처럼 나를 용서해 주십시오!"

　이 말이 끝나기가 무섭게 숨을 거두었다.

　이 죄인의 영혼은 하나님을 흠모하여 그 자비심을 믿었기에 천국의 문 앞에까지 다다를 수 있었다. 죄인은 천국의 문을 두드려 그 안으로 들어가게 해주기를 원했다. 그러자 문 안에서 소리가 들렸다.

　"천국의 문을 두드리는 자가 누구인가? 이 사람은 평생 어떤 일을 했는가?"

　고발자의 목소리가 그에 답했다. 하지만 그 사람이 저지른 모든 죄업을 읊었지만 선행에 대해서는 한마디도 하지 않았다. 그러자 문 안에서 그에 대답하는 소리가 들렸다.

　"그런 죄인은 천국에 들어올 수 없다. 떠나라."

　그 사람이 대답했다.

　"나리! 당신의 목소리는 들리지만 얼굴도 보이지 않고 이름도 알지 못합니다."

그러자 그 목소리가 대답했다.

　"나는 사도 베드로다."

　죄인이 다시 말했다.

　"사도 베드로님. 저를 불쌍히 여겨주소서. 인간의 나약함과 신의 자비로움을 생각해주십시오. 당신은 그리스도의 제자이지 않습니까? 주의 입으로부터 직접 그 가르침을 받았으며 주가 평생 보여주신 모범을 보아오시지 않으셨습니까? 주께서 걱정과 슬픔에 잠겨서 당신에게 세 번이나 잠들지 말고 기도하라고 부탁하셨는데도 당신은 세 번모두 잠들어 버렸고 주는 그때마다 당신이 잠든 모습을 보시지 않으셨습니까? 그때를 생각해주십시오. 그리고 당신은 주에게 죽는 한이 있더라도 주를 모른다고는 하지 않겠다고 맹세해놓고 주가 가야파의 뜰에 끌려갔을 때, 세 번이나 주를 모른다고 말했던 것을 생각해 보십시오. 저도 역시 그와 다를 바 없는 사람입니다. 그리고 또, 닭이 울자 당신은 바로 밖으로 나가서 심히 통곡했던 사실을 생각해보십시오. 저도 역시 마찬가지였습니다. 저를 안으로 들여보내지 않을 수 없을 것입니다."

　그러자 천국 문 안에서 들리던 목소리가 멀어졌다. 곧 죄인은 다시 천국의 문을 두드리며 안으로 들어가게 해달라고 소리쳤다. 그러자 천국 문 안에서 다른 목소리가 들려왔다.

　"이 사람은 누구인가? 땅에 있을 때 어떤 삶을 살던 자였는가?"

　고발자는 그에 다시 답했는데 또다시 선행에 대해서는 한마디 말도 하지 않았다. 그러자 문 안에서 목소리가 들려왔다.

　"당장 떠나거라. 너와 같은 죄인은 우리와 함께 천국에서 살 자격이 없다."

죄인이 말했다.

"나리, 당신의 목소리는 들리지만 얼굴도 보이지 않고 이름도 알지 못합니다."

그러자 안의 목소리가 대답했다.

"나는 왕이자 예언자인 다윗이다."

죄인은 그래도 포기하지 않고 천국의 문 앞에서 떠나지 않고 말했다.

"다윗 왕이시여. 저를 불쌍히 여겨주소서. 인간의 나약함과 신의 자비로움을 다시 한 번 생각해보십시오. 신께서는 당신을 사랑하셔서 사람들의 왕으로 세우셨습니다. 당신은 나라와 명예, 부, 수많은 여인들과 자식들까지 전부 소유했습니다. 그런데도 당신은 지붕 위에서 가난한 자의 아내를 보고 욕정을 품어 우리야의 아내를 빼앗고 아몬 사람의 칼로 그를 죽였습니다. 당신은 지체 높은 신분이었음에도 가난한 자에게서 마지막 남은 새끼 양을 빼앗아 그를 멸망케 했습니다. 저도 그와 같은 일을 했을 뿐입니다. 그리고 또 당신이 회개하며 '나는 나의 죄를 안다. 나의 죄는 언제나 내 앞에 있도다.' 하고 탄식한 것을 생각해보십시오. 저도 같은 일을 했을 뿐입니다. 저를 안으로 들여보내지 않을 수 없으실 겁니다."

그러자 문 안의 목소리가 들리지 않았다. 잠시 후, 죄인은 다시 문을 두드리며 천국에 들어가게 해달라고 소원했다. 그러자 문 안에서 또 다른 목소리가 들려왔다.

"이 사람은 누구인가? 지상에서의 삶은 어떠한가?"

고발자의 목소리가 그에 대답했는데 전과 다르지 않고 모든 죄업을 읊은 뒤, 선행은 하나도 이야기하지 않았다.

"여기를 떠나거라. 죄인이 들어올 수 있는 곳이 아니니라."

죄인이 말했다.

"당신의 목소리는 들리지만 얼굴과 이름을 알지 못합니다."

"나는 예언자 요한이다. 그리스도의 사랑하는 제자이니라."

이를 듣고 죄인은 크게 기뻐하며 말했다.

"이번에는 저를 안으로 들여보내지 않을 수 없을 것입니다. 베드로님과 다윗님은 인간의 나약함과 신의 인자함을 알고 있었기 때문에 저를 맞아들일 것입니다. 그리고 당신은 사랑이 많기 때문에 저를 안으로 들여보내주실 것으로 믿습니다. 예언자 요한이시여, 당신은 당신 글 속에서 '신은 사랑이요, 사랑 없는 신은 알지도 못한다'라고 했습니다. 노인이 되어서도 사람들에게 오직 '형제자매들이여. 서로 사랑하라.'고 되풀이해서 말한 것도 요한, 당신이 아니었습니까? 그런 당신이 지금 저를 미워하거나 내쫓을 수 있겠습니까? 당신은 지금 자신의 말을 부정하든지 아니면 저를 사랑으로 감싸 천국으로 들어갈 수 있게 하든지 둘 중 하나를 택하셔야 합니다."

그러자 천국의 문이 열리면서 요한이 그 회개한 죄인을 안고 천국으로 데리고 들어갔다.

톨스토이 사람, 사랑...

초판 1쇄 발행 | 2019년 1월 4일

지은이 | 레프 니콜라예비치 톨스토이

엮은이 | 김영훈

펴낸이 | 이봉순

펴낸곳 | 다인미디어

북디자이너 | 박혜빈

일러스트 | 김신형

주소 | 서울시 중구 예장동 1-51

전화 | 02-2274-7974 | 팩스 - 02-743-7615

등록번호 | 제 301-2009-108호

등록일자 | 2009년 6월 2일

ISBN | 파일첨부